러브썸

2학년3반

러브썸(2학년 3반) · 2

1판 1쇄 찍음 2015년 1월 20일
1판 1쇄 펴냄 2015년 1월 28일

지은이 | 이지은
펴낸이 | 고운숙
펴낸곳 | 봄 미디어

기획 · 편집 | 손수화, 정수경

출판등록 | 2014년 08월 25일 (제387-2014-000040호)
주소 | 경기도 부천시 원미구 소향로17, 304(두성프라자) (우)420-864
영업부 | 070-5015-0818 편집부 | 070-5015-0817 팩스 | 032-712-2815
E-mail | bommedia@naver.com
소식창 | http://blog.naver.com/bommedia

값 9,000원

ISBN 979-11-86093-87-0 04810
979-11-86093-85-6 04810(세트)

※파본은 구입하신 서점에서 교환하여 드립니다.

이지은 장편 소설 vol•2

c·o·n·t·e·n·t·s

prologue

나는 널 기억해

2년 후.

시간이 흘러서 좋은 건, 명확해진다는 것이다. 가령 사람과의 관계라든지, 신념이라든지 하는 것들이 그렇다. 감정과 관계가 있는 것들.

그때 어떤 기분이었고, 어떤 감정을 가지고 있었는지 하는 것들이 더 객관적인 데이터로 머릿속에 저장된다. 물론, 죽을 때까지 안고 갈 만큼 큰 사건들에 한해서.

그래서 우리는 꼭 해야 할 일이나, 하지 말아야 할 일, 만나지 말아야 할 사람, 만나야 할 사람을 구분 짓기도 한다.

"진짜 말 안 해 줄 거냐? 그거 뭔 뜻인지?"

세 번째 캔 맥주를 딴 희원은 고갯짓으로 회승의 타투를 가리키며 물었다. 반팔 소매 아래로 드러난 팔뚝 위에 읽을 수 없는 필체가 세로로 길게 새겨져 있었다.

나는 너를 기억해.

피식 웃음을 흘린 회승은 타투의 의미를 음미하며 한강변 잔디밭에 대충 깔아 놓은 담요 위로 드러누워 버렸다. 경계 없는 새까만 밤하늘을 올려다보자 속이 텄다.

“지치지도 않냐, 넌? 뭘 계속 물어, 뻔하지.”

회승을 대신해 준영이 대답했다. 마시고 있던 맥주를 내려놓고 막 담배에 불을 붙이려던 참이었다.

“뻔하다고? 뭐가 뻔한데?”

궁금함에 휩싸인 희원이 아우성을 쳐도 회승과 준영은 얄밉게 웃기만 하고 묵묵부답이었다.

“야, 그럼 이것만 말해 봐. 영어는 맞지?”

하, 진짜. 이게 어딜 봐서 영어라는 건지. 준영과 회승은 어이가 없어 짧은 웃음을 터트리고 말았다.

“라틴어냐?”

준영은 회승의 타투를 눈으로 훑으며 물었다.

“라틴어? 그건 또 뭔데. 영어 하나 외우기도 힘든 마당에 유식한 척 좀 작작하라고, 자식들아.”

“너나 무식하지 좀 말아 줄래?”

심드렁한 회승의 말에 담배 연기를 내뿜고 있다 웃음이 터진 준영은 사레가 들려 몇 번을 켁켁거렸다.

“그래, 이 무식한 머리로 재수를 하려니 내가 얼마나 힘들겠냐고. 너네가 내 아픔을 알아? 나한텐 관심도 안 가져 주고, 자기들끼리만 연애하고. 나쁜 새끼들."

안쓰러움 반, 한심스러움 반이 섞인 눈길로 아우성치는 희원을 쳐다보던 회승과 준영은 고개를 절레절레 저었다. 둘의 눈빛엔 '얠 정말 어떻게 해야 하지?' 하는 걱정이 담겨 있었다.

"이것 봐. 차에 이런 담요나 가지고 다니고. 너네 뭔 짓을 하고 돌아다니냐, 도대체?"

희원은 담요의 한쪽 자락을 쥐고 펄럭였다.

"뭔 짓이라니? 너도 깔고 앉아 있으니 잘 알 거 아냐. 그냥 이런 용도라고. 그리고 결정적으로 이거 내 거 아냐. 저 자식 거야."

준영의 눈이 회승을 가리켰다. 의미심장한 희원의 시선이 준영에게서 회승에게로 이동했다. 회승은 어이없다는 표정으로 준영을 바라봤다.

"너도 있잖아. 트렁크에."

"……어떻게 알았냐?"

부러 진지한 얼굴로 말하는 준영 때문에 셋은 동시에 웃음을 터트렸다.

"야, 전화 온다."

준영이 건넨 휴대전화를 확인하던 회승은 이내 웃음을 멈추고 통화 대기 버튼을 눌러 버렸다.

"고선영?"

"어."

"고선영? 왜 여친 전화를 안 받아?"

회승은 희원의 물음에 반응하지 않았다. 선영과의 사이가 예전 같지 않다는 것을 잘 아는 놈이다. 그다지 호의적이지 않던 선영의 전화를 반기는 목적이 무엇인지 뻔히 보였다.

하도영.

같은 과였고 선영과도 곧잘 어울려 같이 학관에서 밥도 먹고 하는, 제법 가까이 지내는 동기였다. 성격이 좋았고 말도 잘 통했다. 회승을 대할 때도 다른 여자아이들과 달리 친구 이상의 어떤 감정을 표출하지 않았다.

"얘 왜 이러냐?"

희원을 고갯짓하며 준영이 물었다.

"왜겠냐?"

"여자?"

"저번에 우리 학교 한 번 오더니 계속 저런다."

"하도영?"

"와, 미치겠네. 야, 네가 하도영을 어떻게 알아? 구회승! 난 안 된다더니 최준영은 소개시켜 줬냐, 너?"

희원의 난리에 회승은 일어나 앉더니 맥주 캔을 땄다.

"우연히 한 번 본 것뿐이야. 예쁘긴 하더라."

준영의 말에 희원은 눈에 쌍심지를 켰다. 저건 또 왜 애를 더 자극하는지. 회승은 한숨을 내쉬었다.

"그때 얜 없었나? 고선영이 도영이 데리고 온 날."

"없었어! 없었어, 없었어! 난 없었다고! 와, 배신감!"

"뭐했냐, 너?"

준영의 한마디에 희원은 입에 한 움큼 넣고 씹고 있던 땅콩을 그대로 분출하며 크게 소리 질렀다.

"재수 학원에 있었다! 왜!"

회승은 눈을 감고 릴렉스를 외쳐 보았지만, 사방에 튄 침 묻은 땅콩 부스러기는 너무 더러웠다.

"아, 스트레스……."

나직이 한마디를 내뱉은 회승은 땅콩 부스러기를 신경질적으로 털어 냈다.

"선영이 친구, 언제 소개시켜 줄 거야?"

회승의 이마에 힘줄이 솟았다.

"너 같으면 소개시켜 주고 싶겠냐?"

"그래? 그럼 나도 너 공제인 만나게 해 주려던 계획 취소."

"누가 만나게 해 달래?"

참고 있다는 티를 역력히 드러내며 회승이 말했다. 이를 앙다문 채로.

"갑자기 공제인 얘기가 왜 나와? 미쳤냐?"

준영까지 한마디 거들었지만, 기세등등한 희원의 얼굴엔 미소가 가득했다.

"그래? 알았어. 네가 만나기 싫다 그런 거다?"

아오, 저걸 그냥.

"왜? 공제인이 이제 나 만나도 괜찮대?"

벌컥벌컥 맥주를 마시는 희원의 얼굴은 생쥐를 가지고 노는 사자의 그것처럼 느긋했다. 지금과 반대의 상황에만 처해 봤던 회승은 열이 스멀스멀 오름을 느꼈다.

"어. 공제인 요즘 썸 타잖아. 아마 이제 너 어색해하지 않을걸?"

희원의 대답이 끝난 세상은 고요해졌다.

단호히 다물어진 입술 사이를 비집고 회승에게서 흐릿한 웃음이 흘러나왔다.

"다행이네. 이제라도 괜찮아져서."

봐도 괜찮겠느냐고 수없이 물어오던 애들에게 언제 적 일인데 그러느냐고, 상관없다고 말해 왔었다.

물론 백 퍼센트 진심은 아니었다. 그렇게 해서라도 제인을 한 번씩 보고 싶어질 때가 있었기 때문이다.

분명히 머릿속의 기억 장치는 제인을 만나지 말아야 할 사람으로 구분 짓고 있었음에도 불구하고 말이다.

신발을 벗은 회승은 유리와 벽을 통해 현관과 확연히 구분된 거실로 들어섰다.

"저 왔어요."

소파에 나란히 앉아 TV를 시청하고 있던 부부의 시선이 회승에게로 향했다. 인사를 하고 바로 올라갈 생각인지 몸의 반만 거실 안으로 들여 놓은 아들에게로.

"야, 독립 예정자. 너 왜 귀가 시간이 점점 빨라지냐? 불안하게."

"약속된 날짜에 나갈 거니까 걱정 안 하셔도 돼요. 그럼 쉬세요."

"밥은?"

몸을 빼고 올라가려던 회승은 다시 거실 쪽으로 상체를 기울였다.

"먹었어요."

"잘됐다. 밥 새로 해야 하나 했는데."

화색이 도는 엄마의 얼굴에 회승은 익숙한 일인 듯 '그러시겠죠' 하는 표정을 지어 보이곤 2층으로 올라갔다.

방으로 들어와 막 차 키와 휴대전화를 테이블에 올려 두려는데 전화벨이 울렸다. 또 고선영이다.

"여보세요."

전화를 받으며 회승은 드레스룸으로 향했다.

—또 그렇게 받는다. '어, 자기' 까지는 바라지도 않아요. '어, 선영아' 하는 것도 안 돼?

"그게 그렇게 중요해?"

—어, 중요해.

회승은 한숨을 숨기며 휴대전화를 목과 뺨 사이에 받치고 손목시계를 풀었다.

"나 지금 씻을 거니까 이따가 다시 통화하자."

—치, 뭐야……. 아까도 전화 안 받아 놓고. 나 별말 안 하고 있는데 진짜 이러기야?

"말해."

그래, 차라리 빨리 통화하고 씻는 게 낫겠다. 회승은 시계를 넣은 후 수납장에 엉덩이를 기대고 앉았다.

—내일 만날 거지? 친구들이 너 보고 싶대.

'또?' 라는 말이 목구멍까지 차올랐지만 회승은 참았다. 안 가면 그만인 거니까.

"안 돼. 곧 시험이잖아. 공부해야 돼."

—그럼 시험 끝나고? 근데 공부는 어디서 할 거야? 주말이라도 학교 도서관에는 자리 없겠지? 아, 너네 집 갈까? 2층은 너 혼자 쓴다 그랬지? 그럼 조용하고 좋겠다.

선영은 예전부터 집에 오고 싶어 했었다. 사귀는 사이니까 그럴 수 있었고 회승도 그래 볼까 생각하긴 했지만, 이상하게 내키지 않았다. 지금도 역시 그랬다.

"그냥 밖에서 하자. 집에서는 공부 안 돼."

—알았어. 그럼 나 데리러 오는 거다?

풀죽은 목소리에 이어 애교 섞인 말이 이어졌지만, 회승의 얼굴엔 짜증이 비쳤다.

"주말이잖아. 차 막혀. 차 안 가지고 나갈 거야."

—아, 왜에? 내일만 데리러 오면 안 돼? 구두 높은 거 신을 거란 말이야.

"낮은 거 신어, 그럼."

음성이 퍽 짜증스럽게 튀어 나갔다.

—안 돼! 벌써 옷도 다 골라 놨단 말이야. 신발 바꾸려면

옷도 다시 골라야 한다구!

"그럼 집에 있든가."

회승은 이를 앙다물며 말했다. 요즘 왜 이렇게 사람을 짜증나게 하는 건지.

—뭐야……. 너 변했어.

선영이 울먹였다.

야! 울고 싶은 사람은 나라고!

전화를 끊어 버리고 싶은 걸 회승은 꾹 눌러 참았다.

"알아서 해. 지하철 타고 오든, 택시 타고 오든. 어쨌든 난 차 안 가지고 나가."

—알았어. 내일 봐…….

선영이 대답하자 회승은 바로 전화를 끊었다. 보통은 선영이 먼저 끊도록 해 주었지만, 지금은 차를 가지고 나가겠다는 말을 기다리고 있다는 걸 알았기 때문에 그러고 싶지 않았다.

옷을 벗고 욕실로 들어간 회승은 바로 샤워기의 물을 틀었다. 머리 위에서 쏟아지는 물줄기가 온몸을 적시고 흘러내리자 마음이 좀 평온해졌다.

나는 너를 기억해.

팔뚝의 타투를 타고 흐르는 물줄기를 만지며 회승은 제인을 다시 만나게 되는 장면을 생각했다. 기약한 것도 아닌 만남을 생각한다는 것 자체도 참 병신 같은데, 심장 박동까지 빨라졌다.

풋사랑. 그럴 거라고 생각했었다. 지난 일들을 회상하며 그땐 그랬었지, 혹은 그땐 왜 그랬지? 하고 웃을 수 있는, 누구나 한 번쯤은 해 봤을 그런 풋사랑.

제인은 돌아오지 않을 것 같았고, 자신도 자신의 인생을 살아가야 한다고 생각했었다. 살아온 날보다 더 많이 남아 있는 그 시간을.

그러다 보면, 제인보다 더 좋은 여자까지는 아니더라도 좋은 여자를 만날 수 있을 것 같았고, 잘살아질 것도 같았다.

그런데 어쩌면 그게 아닐 수도 있다는 생각이 문득 차올랐다. 제인보다 더 좋은 여자는 없고, 그때의 그 감정이 풋사랑이 아니었다면 나는 어떻게 해야 하는 거지, 하는.

다른 여자를 만나도 제인은 흐릿해지지 않았다.

아직 어려서 그럴지도…….

회승은 샴푸를 덜어 머리를 거칠게 문질렀다.

chapter 01

예상치 못한 만남은 설렘을 동반하고

제인은 마을버스 창문에 채 말리지 못하고 나온 머리를 콩콩 박았다.

어떻게 하지?

잠까지 설치며 고민했지만 아직도 결론을 내지 못했다. 재열 오빠 정도면 남자 친구로 아주 훌륭하다고 생각하면서도 말이다.

나 좋다는 남자 만나기가 쉬운 것도 아니고.

고민으로 툭 튀어나온 제인의 입에서 긴 한숨이 흘러나왔다.

"오빠가 고백했을 때 그냥 그 자리에서 예스를 외쳤어도 무방한데 왜 이러느냐고. 도대체, 왜……."

버스 창문에 머리를 댄 채 중얼거린 제인은 시간 나면 들르겠다는 재열 오빠의 말을 떠올리고는 다시 머리를 콩콩 박았다.

도망치고 싶다…….

끽, 소리를 내며 버스가 멈춰 섰다. 흐느적거리며 가방을 챙긴 제인은 힘없이 버스에서 내렸다.

뜨거운 여름 햇살이 그녀의 얼굴로 사정없이 내려와 꽂혔다. 손으로 그늘을 만든 제인은 얼른 가게로 향했다. 여름방학과 동시에 시작한 아르바이트는 그렇게 열흘 차를 맞았다.

"참…… 손님 없다."

유기농 전문 매장인 '초록이야기' 카운터에 앉아 있던 제인은 한쪽 팔에 얼굴을 괴고는 투명 유리문 밖을 내다보고 있었다.

작은 동네 구석진 곳에 있어서 그럴까. 손님이 얼마나 없는지, 이래선 알바비 받기도 미안할 지경이었다.

소음을 흘리며 혼자 열심히 일하는 선풍기 프로펠러를 보니, 걔마저 꺼야 하나 하는 생각이 들었다.

—까톡.

제인은 얼굴을 괸 상태 그대로 카운터 책상에 올려 둔 휴대폰을 끌어당겼다.

〈[모두의 마블] 김희원 님이 클로버를 보냈어요! 한판 고고고!〉

으…… 또다, 또. 아침에도 까톡, 저녁에도 까톡, 심지어 새벽 2시에도 까톡. 안부를 묻는 메시지가 아니라 전부 게임 초대 메시지라는 게 함정이었지만.

"재수생이 이래도 되는 거야? 게임 대신 공부해야 하는 거 아니냐고."

간간이 '얼짱, 뭐하냐?' 등의 말들이 섞여 있는 메시지 창을 쭉 훑어본 후, 제인은 화면을 빠르게 터치했다.

〈게임 말고 공부하라고, 공부!〉

대화창에 메시지를 입력해 놓고 한 10초나 지났을까. 바로 '까톡' 소리가 들렸다.

〈지금 알바?〉

제인은 이응 두 개를 찍어 답했다. 선풍기 돌아가는 소리가 다시 매장을 채웠다.

구회승…….

희원이나 준영과 접촉하면 으레 회승이 생각났다.

이제는 고등학생이었던 그때만큼 회승을 떠올려도 가슴이 묵직하진 않지만, 그래도 궁금하긴 했다.

아주 가끔은 애들이 모이는 자리에 한번 가 볼까 싶다가도 역시 용기가 나지 않았다. 구회승은 괜찮다고, 이제 아무렇지 않다고 했다는데, 자신은 그렇지 않을까 봐 제인은 겁이 났다.

책이나 읽자.

가방의 지퍼를 열고 소설책을 꺼내려던 제인은 그것도 이내 그만두었다. 일주일째 똑같은 제목의 책이 가방 안에 들어가 있었지만, 집에서건 매장에서건 가방은 열어도 책을 꺼낸 적은 없었다.

고등학교 3학년 때 자는 시간과 밥 먹는 시간을 빼고 공부에 매진한 후유증이 큰 까닭인 것 같았다. 대학에 오니 내 할 일은 끝났다는 생각과 함께 마냥 놀고만 싶었다.

책 읽는 시간이 아까워 대학에 가면 읽을 소설 목록을 만들어 놨지만, 그중에 읽었다는 표시로 쳐 놓은 동그라미는 달랑 다섯 개였다.

아, 모르겠다. 지금 안 읽으면 좀 이따가 읽으면 되지. 어차피 아르바이트 시간도 많이 남았는데.

제인은 의미 없이 휴대폰을 만지작거리다 아이들의 SNS를 구경하기 시작했다.

이삭과 헤어진 은지가 그새 새 남자 친구와의 사진을 업데이트했고, 민주는 준영과 함께 찍었다기보다는 어쩌다 준영이 같이 찍힌 사진을, 그리고 희원은 학원에서 책상에 얼굴을 박고 자는 사진을 올려놓았다.

진짜 어떻게 하면 좋으니…….

대학에 또 떨어질까 걱정이 되면서도 입 벌리고 자는 모습에 웃음이 나왔다.

욕과 웃음이 난무하는 이모티콘, 그리고 정신 차리라는 댓글들을 쭉 내리며 보고 있는데, '구회승'이란 이름이 눈에 번쩍 띄었다.

어쩜, 똑같은 크기의 글자 중에서도 '구회승'만 눈에 들어와 박히는지 모르겠다.

너 가르친다는 데 있을 때 해라, 공부.

"풉……."

아, 웃겨. 애들 말대로 진짜 여전하구나.

"흠……."

제인의 손가락이 회승의 이름 위에서 작게 원을 그리며 움직였다.

뭐 어때. 내가 구경했다는 걸 구회승이 알 것도 아니고.

제인은 과감히 회승의 이름을 눌렀다. 화면이 이동하는 그 잠깐 동안에도 긴장감이 흘렀다.

못 보던 사진이다.

"헐, 구회승 맞아?"

그새 더, 더, 더 잘생겨졌다. 대학 가서 예뻐졌단 소리 좀 듣는 자신과는 비교도 안 될 만큼.

어떻게, 거기서 더 멋있어질 수가 있지? 그게 최대치 아니었어?

"손님 별로 없다며? 일하기 좋겠네."

희원이 난리를 쳐도 눈길 한 번 주지 않은 준영은 의자에 앉아 있는 제인을 내려다보며 말했다.

"별로 안 좋아. 알바비 알아서 내리겠다는 말이 목구멍까지 차올라. 아. 덥지, 너네?"

제인은 얼른 자리에서 일어서 선풍기를 돌려 주었다.

"그러게. 여기 왜 이렇게 찌냐? 아, 에어컨 좀 틀어!"

선풍기 앞으로 얼굴을 바짝 들이밀며 희원이 말했다.

"알바비 받기도 미안한데 에어컨까지 어떻게 켜. 어차피 손님도 별로 없어서 대부분 나 혼자 있어. 선풍기 하나면 충분해."

"야! 더워서 들어오려던 손님도 그냥 가겠다."

"시끄러. 비켜 봐."

선풍기 바람을 온전히 맞기 위해 자연스레 내밀고 있던 희원의 엉덩이를 준영이 톡 걷어찼다.

"아, 새끼 진짜……."

단번에 훅, 엉덩이가 들어가며 구부렸던 허리를 펴는 희원의 모습에 제인은 웃음이 터졌다. 준영도 선풍기를 회전으로 돌려놓으며 피식 웃었다.

"몰라. 나 에어컨 켠다?"

"야!"

희원이 데스크에 올려져 있던 에어컨 리모컨을 가져갔고, 제인은 그걸 뺏기 위해 몸을 날렸지만 헛수고였다. 경쾌한 소리를 내며 입을 연 에어컨이 기다렸다는 듯 찬바람을 뿜어 대기 시작했다.

"야! 그거 이리 못 줘?"

제인이 리모컨을 뺏기 위해 손을 뻗었지만, 차원이 다른 희원의 키와 팔 길이는 어찌할 수 없었다.

"넌 왜 아까부터 계속 당연한 걸 물어? 못 주냐고? 당근 못 줘. 나 너무 더워. 더워도 너어무 더워. 나한테 여기 있는 물건 하나 팔래? 제일 싼 게 뭐냐? 나 이제 손님인 거다?"

"정신 빠진 소리. 안 내놔?"

제인의 강경한 태도에도, 희원은 들리지 않는다는 듯 좋다고 웃으며 시원하단 소리를 연발해 속을 뒤집었다.

"하……."

한숨을 내뱉은 제인은 굳은 결심을 한 얼굴로 숙이고 있던 고개를 들었다. 그리곤…….

"아잉……."

제인의 콧소리에 정적이 흘렀다. 하지만 제인의 얼굴은 기대에 차 있었다. 희원이 곧 '옜다, 리모컨' 하고 던져 줄 거라 믿었다.

"아, 씨발……. 나 대학 가서는 욕 안 할라 그랬는데."

준영의 욕지거리가 장난인 줄 안 제인은 히죽 웃었다.

"야, 여기. 아니다. 내가 그냥 꺼 줄게."

"우리 가면 안 되냐?"

희원이 에어컨을 끄더니 공손한 자세로 리모컨을 원래 자리에 가져다 놨고, 준영은 고갯짓으로 문밖을 가리켰다.

"그치? 나 이런 거 하면 안 되겠지? 근데 왜 애들은 귀엽다고 했지?"

"뭐! 누가? 누가 그런 미친 소릴 해? 도대체 뭘 위해서? 혹시 너 겁나 싫어하는 거 아냐? 멀쩡한 사람 병신 만들려는 것 같은데?"

희원은 어느 때보다 진지하게 말을 했고, 제인을 빤히 쳐다보는 준영도 도대체 누가 그따위 소릴 했는지 진심 궁금한 얼굴이었다. 제인은 둘을 한 대씩 쥐어박고 싶었다.

"대학교 친구들. 근데 오이지랑 민주도 그러긴 했어. 자주 하면 욕을 하긴 했지만, 그래도 가끔 하면 반응 괜찮았는데?"

"대학이 순진한 애를 다 버려 놨네, 버려 놨어. 이래서 내가 대학을 안 가려고 하는 거야."

"희원아. 넌 떨어진 거야, 대학에."

제인의 말에 옆에서 휴대폰을 만지고 있던 준영이 바람 빠진 소리를 내며 웃었다.

"됐고. 너 자퇴해. 그 대학 이상하다. 그리고 나랑 같이 재수하는 거야. 어때?"

"미쳤어? 그 공부를 또 하라고?"

"그치? 네가 생각해도 너무 심하지? 그럼 너 그 얘기 울 엄마 아빠한테 좀 해 줄래?"

희원이 휴대폰을 만지며 제인에게 말했다. 슬쩍 희원의

휴대전화 화면을 쳐다보던 제인은, 녀석이 진짜 부모님 연락처를 찾고 있자 고개를 저었다.

"넌 고3 때 공부 안 했잖아. 그냥 지금 열심히 해서 1년 재수하고 끝내. 너희 부모님이 너 대학 꼭 보낸다고 그러셨다며? 재수는 1년으로 끝나는 게 아닐 수도 있다?"

제인이 희원의 머리를 쓰다듬으며 아이 타이르듯 말했다.

"제인아."

"……어?"

재열이 가게 안으로 들어서자 제인은 짐짓 놀라지 않는 척을 하느라 오히려 당황하고 말았다.

"누구? 누군데 남자 머리를 그렇게 막 만져? 기분 별로게."

바짝 붙어 선 재열이 웃는 얼굴로 제인의 정수리를 아프지 않게 꾹 눌렀다.

"어? 아, 고등학교 친구들."

"그래? 안녕."

"안녕하세요."

재열이 웃으며 인사했지만, 인사를 받는 희원과 고개만 까닥하는 준영은 확실히 좀 불편해 보였다.

"오빠, 나가서 얘기할까?"

"왜? 여기서 하면 안 돼?"

"아……니. 되지, 물론. 하하하……."

이 오빠가 원래 이런 스타일이었나? 웃는 얼굴로 할 말다 하는 스타일?

재열이 배려심 많은 성격인 줄 알았던 제인은 희원과 준영의 눈치를 보며 웃었다. 그래야 이 어색한 상황이 조금이라도 무마될 것 같았다.

"됐어. 우리 갈게. 약속도 있고……. 가자."

준영은 제인을 위해 자리를 비켜 주려 했지만, 희원은 반대였다. 조금 더 재열을 보고자 하는 마음이 있었다. 제인과 재열을 번갈아 가며 한참 쳐다보던 희원은 결국 준영에게 이끌려 입구로 향했다.

"얼짱, 연락하면 좀 나와라. 이제 같이 한잔할 때도 됐지. 안 그러냐?"

"닥치고 나와. 빨리."

준영은 희원의 팔을 잡아당기며 가게 문을 나섰다.

"안녕히 가세요!"

가는 건 저인데, 희원이 가게 문을 삐쭉 열더니 재열에게 큰 소리로 외치고 사라졌다. 빨리 가라는 뜻이었다.

"귀엽네, 애들."

"어, 뭐……."

웃으며 귀엽다고 하는 재열의 말이 진심으로 느껴지지 않았다.

하긴 고백도 한 상태이니 친해 보이는 남자애들이 반갑진 않을 수도 있겠다고 제인은 생각했다.

"잘생겼네, 두 놈 다. 인기 많겠다."

"그래서 초콜릿이며 빼빼로 같은 걸 엄청 얻어먹었지, 내가."

"너랑 사귄 애는 어느 쪽?"

"……둘 다 친군데?"

순간 회승이 떠오른 제인은 잠시 멍해 있다가 대답을 했다.

"안 넘어가네?"

재열이 제인의 보조개를 검지로 톡 치며 말했다. 과 모임 때 제인을 처음 본 날, '너 보조개 되게 예쁘다?' 하더니, 그 이후로 종종 이런 스킨십을 시도하는 재열이었다.

"진짜 그냥 친구야."

이번에도 재열의 손길을 피하지 못한 것이 제인은 못내 아쉬웠다. 보조개를 만지는 행동은 항상 회승을 떠올리게 했다.

"미치게 하네! 진짜."

"왜? 또 뭐가?"

"네 보조개."

"보조개가 왜?"

"웃을 때 너무 예쁘잖아. 다른 새끼들 앞에선 그렇게 해맑게 처웃지 말라고."

그러면서 보조개를 검지로 콕콕 찌르던 회승이…….

"……인아? 공제인?"

"……어, 왜?"

"나 그만 간다고. 이거 주려고 왔어. 출출할 때 먹어."

재열이 가방에서 작은 상자를 꺼내 제인에게 건넸다.

"마카롱이네?"

"너 이거 좋아한다며."

"응……. 고마워, 오빠. 잘 먹을게."

"그래. 이따 전화할게."

"응."

마카롱을 데스크에 내려놓고 제인은 재열을 배웅했다. 가게를 나선 재열이 몇 걸음 걸어가다 뒤를 돌아보고 손을 흔들었다. 제인도 살짝 손을 흔들어 주곤 가게로 다시 들어왔다.

오빠와 이대로 지내도 괜찮은 걸까?

색 고운 마카롱을 내려다보고 있자니 제인은 어쩐지 더 우울해졌다.

* * *

아르바이트가 없는 날이라 점심때쯤 일어난 제인은 느긋하게 씻고 나와 외출 준비를 했다. 스키니 진에 옅은 레몬색 시폰 블라우스. 서서 화장대 거울에 비춰 보니 꽤 괜찮았다.

머리띠 할까?

화장대 구석에 놓인 얇은 머리띠가 눈에 들어왔다. 제인은 파마한 머리를 느슨하게 당겨 한 손으로 잡고, 화장대로 걸어가 고무줄로 묶은 다음 머리띠를 했다.

좋아, 좋아.

여성스러워 보이는 모습이 마음에 들었다. 얼굴도 안 커 보이고.

게다가 잠을 많이 자서 그런지 오늘따라 피부도 뽀얗게 느껴졌다. 제인은 책상 의자에 걸쳐 놓은 가방을 들고 기분 좋게 방을 나섰다.

"딸, 그렇게 예쁘게 하고 어디 가?"

모처럼 쉬는 날인 아빠가 거실 소파에 앉아 TV를 보고 있다 물었다.

"아빠한테 난 원래 예뻤잖아. 친구 만나고 올게."

"남자 친구?"

신발장에서 굽이 제법 높은 힐을 꺼내 든 제인은 아빠를 쳐다보며 웃었다.

"나 아직 남자 친구 없어, 아빠."

"왜, 그 회승인가? 그놈 있잖아. 참, 그 자식 대학은 어디로 갔니? 공부를 그렇게 잘했다며?"

고등학교 수학여행 이후, 엄마가 회승의 부모님들을 저녁 식사에 초대한 날이 문득 떠올랐다. 회승과 아저씨는 바쁜 일이 있다며 오지 않았었다.

부모들이 으레 그렇듯 자식에 대한 얘기가 나왔고, 아빠는 아줌마를 통해 회승과의 관계가 그냥 친구 이상이라는 정보를 입수했었다.

그리고 불행이라고 해야 할지 아니면 다행이라고 해야 할지 모르겠지만, 어쨌든 아줌마는 아빠와 아저씨와의 일을 모르는 것 같았다. 엄마도 아빠가 아저씨에게 사정해서 가게를 얻게 된 얘기를 굳이 꺼내지 않았고.

굉장히 불안하고 불편하게 느껴졌던 자리였다.

"……한국대. 근데 걔랑 이제 안 만난다니까, 아빠."

"한국대? 이야, 걔가 그 정도였니? 그 딴따라처럼 생긴 게?"

언젠가 회승의 사진을 본 아빠가 말했다.

제인이 보기에 아빠는 회승을 싫어하는 것 같지는 않았다. 그냥 보통의 아빠들처럼 딸의 남자 친구에게 경쟁심을 느끼고 있는 듯했다. '딴따라' 라는 것도 잘생긴 애들한테만 쓰는 호칭이었다.

"아빠, 여기서 포인트는 한국대도 딴따라도 아니야. 나랑 이제 아무 사이도 아니라는 거지."

"그래, 아빠도 알아. 네가 얘기했잖아. 근데 요즘은 한국대보다는 카이스트, 뭐 이런 데가 더 잘나가지 않니? 한국대 그까짓 거 뭐……."

기분을 맞춰 주기 위해 아빠가 노력 중이라는 걸 알자 제인은 은근 웃음이 났다.

"아빠, 아빠 딸 어느 대학?"

수능 날 컨디션 난조를 보여 시험을 망쳤다고 생각한 제인은, 시험이 끝나자 펑펑 울었다. 다행히 생각보다 점수가 나와 서울권에 있는 대학에 진학했지만, 우리나라 최고라 불리는 한국대에 비할 바는 아니었다.

“잘 갔다 와, 딸. 아빠가 용돈 줄까?”

“응! 내 책상 서랍에 넣어 줘, 아빠. 나 늦었거든.”

제인은 한쪽 손으로 벽을 짚고 힐을 신으며 대답했다.

“오냐. 잘 갔다 와.”

“응. 안녕, 아빠!”

손을 흔들며 집을 나선 제인은 마침 같은 층에 멈춰 있는 엘리베이터에 재빨리 올라탔다.

3층이 전부 커피 전문점인 건물을 올려다보며 제인은 코 고는 소리를 냈다.

‘재수생은 돈이 없어서’ 라는 말을 뱉어 낼 거면서 김희원은 또 커피 값이 밥 한 끼와 맞먹는 곳으로 자신을 불러들인 것이다.

〈나 도착. 너 어디?〉

카페에 들어서서 메시지를 보내자 바로 답이 왔다.

〈2층 입구 쪽.〉

〈뭐 마실 거임?〉

다시 메시지를 입력해 희원에게 물었다.

'그래. 재수하는 것도 힘든데 커피 한 잔의 행복 정도는 느껴야지. 어차피 내가 낼 거 기분 좋게 사 주자.'

〈아직도 내 취향을 그렇게 몰라? 너 너무 낯설다.〉

〈기다려, 요물. 누나가 캬라멜마끼야또 들고 갈게.〉

오더 라인에 서며 메시지를 입력하고는 뭘 먹을까 메뉴판을 살피는데, 바로 까톡 알람이 울렸다.

〈ㅇㅇ〉

"영혼 없는 리액션하고는."

제인은 커피 두 잔과 빨대, 냅킨을 챙겨 쟁반을 들고 2층으로 올라갔다. 입구 쪽에 있다더니, 휴대폰을 만지고 있는 희원의 모습이 바로 보였다.

"지금 네 손엔 게임기 대신 영어 단어장이 있어야 해."

탁자에 쟁반을 내려놓은 제인이 중얼거리며 희원의 앞자리에 앉았다.

"게임기 아니거든?"

"넌 게임기로 쓰잖아."

"난 요즘 너 때문에 엄마가 두 명인 것 같아."

희원이 자기 몫의 커피를 가져가 빨대를 꽂더니 의자에 푹 기대앉으며 말했다.

"대학 등록금도 비싼데 재수까지 시켜 주는 부모가 흔한 줄 알아? 친구로서 부탁한다. 좀 잘해 봐. 눈 딱 감고 1년만 참아."

"너 대리 시험 볼 생각 없냐?"

"응."

희원이 또 무슨 쓸데없는 말을 할지 알기에 제인은 바로 단호히 대답했다.

"참, 안 되겠다. 내가 너보다 얼굴이 작아서."

"난 얼굴이 아니라 머리가 큰 거라고 몇 번을 말해. 두상이 큰 거라니까. 그리고 내가 머리가 작아도 안 되는 일이야, 그건."

"알아, 알아. 네가 나보다 못생겼으니까."

"아씨……. 나 여자야. 화장하잖아."

그 말에 희원이 제인을 위아래로 훑어 내렸다.

"그러게. 대학 가더니 많이 예뻐졌어. 화장도 하고, 남친도 생기고……."

"나 남자 친구 없는데?"

커피를 마시던 상태라 빨대를 입에 댄 채 제인이 대꾸했다.

"맞다, 썸이라 그랬지?"

희원은 탐탁지 않은 표정을 하고는 제인을 쳐다봤다.

"왜? 뭐? 너도 대학 가 봐. 다 그런 거야. 가고 싶지, 대학?"

제인은 여자답지 않게 흐흐 웃었다.

"아니. 전혀. 참, 회승이 오기로 했는데."

아무렇지 않게 내뱉은 희원의 말에 제인은 한순간에 표정을 굳혔다.

"……뭐? 농담이지?"

너무 어이가 없어 웃음이 나왔다. 하지만 히죽히죽 웃고만 있는 희원의 얼굴을 보자 심장이 요동을 쳤다.

"농담이라고 말해, 어서!"

제인은 자신도 모르게 희원의 멱살을 틀어쥐었다.

"켁, 이것 좀 놔 봐. 올 때 됐네."

제인의 손을 풀어낸 희원이 휴대폰으로 시간을 확인하며 말했다.

"……나 갈래."

"저기 오는데?"

제인은 부랴부랴 가방을 챙겨 들었다. 그리고 엉덩이를 반쯤 드는데, 얼마 전에 봤던 사진 속 그 머리를 하고, 사진보다 더 멋있는 모습으로 계단을 올라오고 있는 회승이 보였다.

어떡하지? 벌써 얼굴이 벌게지는 게 느껴졌다.

"구회승도 나 여기 있다는 거 알아?"

"어."

뭐라고?

"그런데도 오겠다고 했다고? 여길?"

"응."

희원이 여전히 천하태평인 모습으로 대꾸했다. 희원과 부질없는 대화를 나누고 있는 사이, 회승은 성큼성큼 앞으로 다가오더니 아무렇지도 않게 인사를 건넸다.

"오랜만."

"……어, 안녕."

제인은 후다닥 가방을 다시 내려놓고, 아무 일 없었다는 듯 슬그머니 엉덩이를 붙이고 앉았다.

"잘 지냈어?"

회승이 희원처럼 빈 의자에 편히 기대앉으며 물었다. 녀석의 긴 다리가 테이블 밑으로 뻗어 나왔다. 제인은 차렷 자세로 있던 팔을 움직였지만, 어떤 자세를 취해야 회승과 희원처럼 편해 보일지 감이 잡히지 않았다.

"응. 너는?"

어색해 미칠 것 같았다. 심장은 두근두근 뛰는데 아무렇지 않게 회승을 쳐다보고 있으려니 고역이었다.

"어, 나도 뭐……."

회승은 대충 대답하며 희미하게 웃었다.

"어……."

"……."

아, 정말.

같이 있을 땐 불편하더니, 간다니까 또 아쉬웠다. 하지만 아쉬운 티를 내기 싫어 싱긋 웃자 희원에게 가 있던 회승의 시선이 움직였다.

"또 보자."

진짜로 또 보게?

제인의 눈동자가 커짐과 동시에 회승은 미련 없이 자리를 떠났다.

곧 계단 아래로 회승의 모습이 보이지 않게 되자 제인은 희원을 획 째려보았다.

"깜짝이야! 왜? 뭐?"

"여기로 구회승 왜 불렀어? 아니지, 나 왜 불렀어?"

"그냥…… 둘이 이제 좀 편하게 지내라고."

시선을 피하는 것을 보니 믿을 수가 없었다.

"진짜야? 거짓말이면 너 3년 동안 여자 친구 없다?"

"에이…… 너네 둘이 다시 잘해 보라고."

"여자 친구 있는 애랑?"

"네가 고선영보다 백만 배……는 아니지만, 그래도 한 열 배는 나아. 그리고 구회승 요즘 고선영이랑 사이 안 좋아. 고선영보단 너야. 내가 장담한다."

"야! 그게 나랑 사귀고 싶다는 뜻은 아니잖아! 너 왜 그래, 진짜? 인생 그만 살고 싶어?"

그리고 설령 다시 잘해 볼 마음이 있다고 해도 난 그럴 수 없다고!

희원에게 이 말을 한다면 그 이유가 뭔지 따져 물을 것 같았다. 그럼 아빠 이야길 해야 할 텐데 그럴 순 없었다.

그냥 입 닫고 있는 게 낫겠다고 제인은 판단했다. 그 기억을 다시 떠올리기도 싫었다.

"변했어, 변했어. 확실히 구회승이랑 헤어지고 나서부터 너무 거칠어졌어."

"아니라고!"

자신은 전혀 모르겠는데, 희원은 보기만 하면 저 소리였다.

"아니긴, 내 말이 맞아. 근데 너 선배랑 진짜 사귀냐?"

희원이 의심스러운 눈초리로 제인을 쳐다보며 물었다.

"아니, 뭐…… 그렇지……."

"뻥치네. 딱 보니까 아니구만. 괜히 쫄려서 해 본 말이지?"

희원이 실실 비웃자 제인은 녀석을 한 대 때려 주고 싶었다.

오빠랑 진짜 사귀든가 해야지.

"지금이라도 사귈 수 있어. 그러니까 사귀는 거나 마찬가지지."

제인이 눈을 피하며 대꾸하자 희원도 그냥 웃어넘겼다.

"근데 언제부터 사귀었어?"

회승과 이루어질 수 없는 사랑이라 쳐도, 그 연애사는 궁금했다.

"누구? 구회승이랑 고선영?"

그 레베카인지 레미파인지 하는 여자가 고선영인가?

"그 SNS에 사진 올라온 애가 고선영 맞아?"

"뭐? 푸하하하. 야, 공제인. 너 회승이 SNS 엿보고 있냐?"

이런 쪽팔림이…….

"그냥…… 우연히였어, 우연히."

제인은 다른 곳을 보며 어눌하게 대답했고 희원은 계속 실실거렸다. 제인의 얼굴이 붉으락푸르락해지고 나서야 희원은 웃음을 멈췄다.

"아마 구회승 대학 가서 사귀었을걸."

수험생 때는 용케 여자는 안 사귀고 공부만 하는 것 같더니, 대학 가자마자 여자 친구를 사귀었구나.

제인은 좀 씁쓸했다. 딱 1년 정도였지만, 그래도 자신 때문에 여잘 안 만나는 건 아닌가 하는 생각을 했었는데.

그런데…… 확실히 공부 때문이었어. 엉엉엉.

"사진 있어?"

"궁금하냐?"

궁금했다. SNS의 레베카가 진짜 고선영인지.

"별로……."

반짝거리는 희원의 눈을 보니, 제인은 너무 티를 내선 안 되겠다 싶었다. 혹 회승에게 자신이 아직 관심이 있는 것 같다고 말하면 어쩌나 싶었다.

그런 창피 창피 개창피가 없지.

"내가 구회승 SNS 본 거, 구회승한테 절대 말하면 안 돼.

알았지?”

“알았어. 얘야, 얘.”

휴대전화를 꺼내 손가락을 휙휙 움직이던 희원은 제인의 앞으로 휴대전화를 내밀었다. 제인이 본 그 여자가 맞았다. 레베카.

“예쁘네.”

자신도 모르게 말이 까칠하게 튀어나왔다.

절대 질투 따윈 하지 않는 쿨한 모습을 보여 주려 했는데 쉽지 않았다. 처음 사진을 봤을 때도 느낀 거지만, 정말 예뻤다.

‘아니, 쌍꺼풀 없는 눈이 이렇게 예뻐도 되는 거야?’

게다가 가슴도…… 컸다.

“야, 네가 더 예뻐.”

“진심이야?”

“아니.”

“킁…….”

“그래도 많이 예뻐졌어. 준수해. 물론 그…… 부분은 약하지만.”

희원은 제인의 가슴 부분을 손가락으로 왔다 갔다 가리키며 말했다.

“야! 너 뭐해, 지금? 어딜 봐! 손가락, 눈 안 치워?”

“치워. 더 보고 싶지도 않아.”

커피를 사 주는 게 아니었는데. 암 유발자다. 그만 가야지.

"너 계속 여기 있을 거야?"

제인은 손목시계를 확인하며 물었다. 은지, 민주와 만날 시간이 다 되어 갔다.

"왜? 너 약속 있어?"

"응. 은지랑 민주 만났다가 저녁에 오빠랑 영화 보기로 했어."

"오이지랑 김민주는 나도 만나기로 했거든? 준영이도 오기로 했는데, 너 같이 가는 거 아니었어?"

"저녁 약속 때문에 은지, 민주랑 따로 만나기로 했어. 오랜만에 여자들끼리 모이기로 해서 너한테 같이 가자는 소리는 못 하겠네. 미안."

손바닥을 착, 내보이며 나름 깜찍하게 말했지만 희원은 메스꺼운 듯했다.

아깐 예뻐졌다더니.

"이따가 회승이도 오기로 했는데."

그런 말을 하면 자기보고 오라는 소리인지, 말라는 소리인지. 제인은 어이가 없다는 표정으로 희원을 바라보았다.

"아, 그렇구나. 재밌게 놀아."

히죽 웃어 주며 제인은 자리에서 일어났다. 희원은 뾰로통한 표정으로, 손을 흔드는 제인을 애처롭게 바라봤다.

데리고 갈까? 안 돼, 약해지면. 애들이 지랄할 거야.

"안녕."

어쩔 수 없이 인사하고 돌아서려는데, 빈 의자에 덩그러니 있는 희원의 책가방이 눈에 띄었다.

"어? 김희원, 저 가방에 공부할 책 있지? 어디 갈 생각 말고 공부하다가 애들 만나면 되겠다. 요즘 이런 데서 공부하는 게 유행이거든. 그럼 간다."

희원은 이제 아주 울 듯한 얼굴을 하고 제인을 바라보고 있었다.

"열심히 해, 재수생. 그래야 수능 날 엿 사 준다?"

아예 희원의 책가방에서 문제집을 꺼내 주고 나서야 제인은 카페를 나왔다.

chapter 02

좋아하지 않는다, 좋아하지 않는다, 좋아……한다

제인은 약속한 이탈리안 레스토랑으로 향했다. 입구에서 조금 더 안으로 들어가니 민주와 은지가 보였다.

"오이지!"

"제인아! 꺄아!"

벌떡 일어난 은지는 제인을 꽉 끌어안고 방방 뛰었다. 대학 때문에 지방으로 내려가 있는 은지를 몇 개월 만에 만난 터라 제인도 무척이나 반가웠다.

"어우, 좀 앉지?"

손으로 얼굴을 가린 민주가 사람들의 눈치를 힐끔힐끔 보며 말했다.

"그, 그럴까?"

제인은 조금 심했나 싶어 은지와 떨어지긴 했지만, 그래도 팔짱을 낀 상태로 연신 떠들어 대며 자리에 앉았다.

"너도 나 처음 볼 때 이랬잖아. 길거리에서."

은지가 삐죽거리며 말했다.

"내가 언제?"

민주가 뻔뻔한 표정을 했고, 으레 그러려니 시선을 마주친 제인과 은지는 그냥 웃어넘겼다.

"골랐어? 바로 주문할까?"

"넌 먹고 싶은 거 없어? 알바하느라 힘들지. 제인이 네가 먹고 싶은 걸로 골라."

메뉴 선택에 대한 욕심은 없었는데, 은지가 또 배려를 해주니 신이 난 제인은 메뉴판을 뒤적이기 시작했다.

"오늘 계산은 우리 중에서 유일하게 돈 버는 네가 할 거니까. 그치? 난 멀리서 오느라 차비가 밥값보다 더 들었다고."

"아직 알바비도 안 받았지만, 알았다."

"오, 진짜? 그냥 해 본 말인데. 앗싸."

은지는 가슴 앞으로 주먹을 흔들며 좋아했다.

"진짜 나 먹고 싶은 걸로 시켜?"

"어."

"그럼 그냥 세트 메뉴 B."

제인은 적당해 보이는 메뉴를 골라 주문을 끝냈다.

"너 이삭이랑은 진짜 완전히 끝난 거야?"

나와 있던 얼음물을 마시며 민주가 물었다.

"응……."

"대답이 시원치 않다?"

민주는 은지의 작은 변화 하나까지도 놓치지 않을 기세로 물었다. 제인 또한 눈을 동그랗게 뜨고 은지의 대답을 기다렸다.

"나…… 걔 다시 만나고 싶어."

"그럴 줄 알았다, 이년아."

민주가 한심하다는 투로, 하지만 안쓰러움이 담긴 뉘앙스를 풍기며 말했다.

"다시 연락해 보면 어때?"

"그럴까? 그래도 될까?"

제인의 말에 은지는 반색하며 기대에 찬 눈길로 제인과 민주를 번갈아 쳐다봤다.

"아니, 안 돼."

민주가 단호하게 말했다.

금방 침울해진 은지와 시선을 맞춘 제인은 부드럽게 웃었다.

"왜? 이삭이가 은지 되게 좋아했잖아. 헤어지자고 할 때도 다시 생각해 보라고 잡았다며?"

"걔 고3이다. 공부하게 놔 둬. 마음 정리 잘하고 있는 애 또 흔들지 말고."

민주의 말도 일리가 있다. 제인은 더는 해 줄 말이 없어 안타까운 얼굴로 은지를 바라보았다.

"그래도 지금 만나는 애랑은 헤어질 거야."

"이삭이 때문에?"

"너 개랑 잤지?"

"켁!"

아주 여유로운 표정으로 질문을 하는 민주의 모습에 제인은 당황하고 말았다.

"……어. 이 새끼, 아무래도 쓰레기인 것 같아."

"아직도 모르겠냐? 쓰레기 같은 게 아니라 쓰레기야. 그것도 아주 질 나쁜. 그러게 내가 좀 지켜보라고 했지? 뭐가 급하다고 그렇게……."

민주는 타박했지만 안타까운 심정이 고스란히 묻어났다. 제인은 이 타이밍에서 어떤 말을 해야 하는 건지 도통 감을 잡을 수가 없었다.

여긴 어디? 난 누구? 얘네가 정녕 내 친구였던가? 성숙한 걸로 따지면 3년 정도는 더 산 애들 같았다.

"나한테 얼마나 잘했는데. 누가 이럴 줄 알았니?"

급기야 은지는 울먹거렸다.

"그것도 내가 얘기했지? 원래 입속의 혀처럼 구는 것들을 더 조심해야 한다고."

"저기, 내 생각엔……. 은지 잘못이라기보다 그냥 개가 나쁜 놈인 것 같은데. 그렇지 않아?"

"그치? 그런 거지, 제인아?"

은지는 제인의 손을 덥석 잡았다. 지금은 가시 돋친 민주의 말보다 제인의 위로가 마음을 놓이게 했다.

"응. 그러니까 울지 말고 빨리 먹어."

"그래. 맛있겠다……."

역시 먹는 거에 제일 약해.

제인은 어느새 나온 피자를 은지의 접시에 덜어 주며 웃었다. 척 하니 칼과 포크를 양손에 든 은지의 기세가 장군감이다.

"쯧쯧, 이 순진한 양들을 어쩌면 좋지? 공제인은 그렇다 쳐도 너까지? 너희 오빠 영향으로 남자는 좀 알지 않니, 너?"

"학습과 실전은 다르더라."

은지의 말에 제인은 풉, 웃어 버렸고 민주는 씁쓸한 표정으로 고개를 저었다.

"그러는 너는? 최준영 벌써 몇 년째 쫓아다니는 거니? 너 걔랑 아직 손도 못 잡아 봤지?"

그냥 당하고만 있을 성격은 아닌 은지의 반격이 시작됐다.

근데, 난 왜 이렇게 더울까? 수학여행에서 있었던 준영과의 사건이 머릿속에 퐁, 하고 떠올랐다.

제인은 빠른 속도로 손부채질을 했다.

"아니. 잡아 봤는데?"

"진짜?"

"진짜?"

은지와 제인이 동시에 외쳤다.

"아니, 그 막 친구처럼 어쩔 수 없는 상황이라 잡는 거 말고."

"응. 그러니까."

은지의 질문에 상큼하게도 대답한 민주는 엄지손톱으로 중지손톱을 긁는 것 같더니 바람을 훅 불었다. 확실한 연출임을 제인은 확신했다.

"언제? 왜? 아니, 어떻게? 자세히 얘기 좀 해 봐. 어?"

"얘기할 것도 없어. 그냥 잡아 달라면 잡아 주는데?"

"손을?"

"그럼 가슴이겠니?"

"큼. 그, 그렇지……."

"너네 왜 그래? 사귀어?"

제인이 당연한 질문을 했구나, 반성하는 동안 은지는 핵심을 짚어 냈다.

"아니."

"그럼 손은 왜 잡아 주는데?"

"……내가 떼써서."

떼쓰면 해 준다고? 그 최준영이?

"너한테 마음 있나 보다. 최준영, 떼쓴다고 해 줄 애가 아니잖아. 그치, 은지야?"

"그러게. 오히려 병신이냐 소리 안 하면 다행이지. 아무래도 요고 요고, 수상한데? 이따 애들 만나면 최준영 한번 캐봐야겠어. 제인아, 너도 약속 끝나고 늦게라도 와."

"난 오빠랑 언제 헤어질지도 모르고……. 그리고 구회승도 온다며……."

제인의 말에 은지는 '아, 그렇지?' 하는 눈빛으로 수긍의 뜻을 내비쳤지만, 민주는 가슴 앞으로 팔짱을 끼고는 의기소침해진 제인을 빤히 바라봤다.

"왜, 왜요, 언니? 왜 절 그런 눈으로……."

"와. 그냥. 언제까지 회승이 피할래? 죄지은 것도 아니고. 걔도 다른 여자 만나고, 너도 다른 남자 만나잖아. 그럼 그냥 계속 보다 보면 다시 편해지겠지. 너네 때문에 우리도 중간에서 눈치 보고 불편하다고."

돌직구다. 민주의 눈치를 보고 있던 제인은 그 와중에 '야, 우리가 언제 눈치를 봤냐? 만나면 니가 젤 재밌게 놀잖아' 라는 말로 민주를 노하게 한 은지 덕분에 숨통이 트였지만, 더 이상 만남을 피할 수 없음을 직감했다.

"네, 언니. 하지만 오늘은 좀 봐주세염. 다음엔 꼭 갈게염."

"약속했다?"

"네, 언니."

제인이 애교를 떨자 민주가 웃으며 말했다. 그래도 눈빛은 매서웠기에 제인은 공손히 대답했다.

"근데 준영이 그 언니랑은 아직도 잘 만난대?"

언제 이삭의 일로 울컥했냐는 듯 다시 명랑 쾌활해진 은지가 물었다. 피자를 오물오물 씹는 작은 입이 제인의 눈에 귀엽게 비쳤다.

"아, 몰라. 헤어졌다 만났다, 헤어졌다 만났다. 짜증 나, 정말……."

"성현이랑은 이제 연락 안 해?"

민주와 성현은 수능이 끝나고 사귀다 대학을 가고 얼마 안 있어 헤어졌는데, 둘이 짬짬이 연락을 주고받고 있다는 것은 아직 제인만 알고 있는 사실이었다.

"아니, 해……."

민주가 포크로 피자를 콕콕 찌르며 대답했다. 그 모습을 보며 제인은 생각에 잠겼다.

성현은 민주를 좋아하는데, 민주는 준영을 좋아하고.

태어날 때부터 남자, 여자로 정해져 엄마 뱃속에서 나오듯이, 사랑도 그랬으면 좋겠다. 그 상대가 한 명씩 딱딱 정해져 한눈팔지도 않고, 엇갈린 마음으로 아프지도 말고.

그래서 나는 구회승이랑……. 럴 수, 럴 수, 이럴 수! 여기서 구회승 생각이 왜 나는 건데! 아, 생각난 김에 말해 버리자.

"나…… 아까 구회승 봤어."

"진짜? 어디서?"

"왜?"

은지의 질문에 이어 민주가 재빠르게 덧붙였다.

"김희원이랑 있는데 잠깐 들렀었어. 김희원이 나도 모르게 불렀더라고."

"어땠어?"

"구회승이 뭐래? 무슨 얘기 했어?"

회승의 얘기가 나온 후로 음식을 뒷전으로 한 민주와 은

"아니, 그냥 잘래. 그럼 안녕."

—하, 무슨 새 나라의 어린이냐?

"그래. 벌써 세수도 하고 치카치카도 한걸. 아, 엄마 아빠가 빨리 자라고 하시네? 끊는다."

—야, 야! 공제인! 얼짱!

얼짱 소리에 제인은 종료 버튼을 과감히 눌러 버렸다.

에잇, 손 다시 씻어야 하잖아.

휴대폰에 세균이 많다는 뉴스를 접했던 터라 제인은 손을 깨끗이 씻은 상태에서만 스킨로션을 발랐다. 피부라도 좋아야 하니까.

까톡, 까톡, 까톡, 까톡.

화장실로 가기 위해 막 몸을 돌리는데 휴대폰 화면이 켜졌다. 재열이 보낸 메시지였다.

〈와, 네 대답 기다리기 너무 힘들다.〉

〈오늘은 버틸 수 있을 것 같았는데…….〉

〈피 말라 죽는 게 어떤 건지 알 것 같다…….〉

〈빨리 대답해 주면 안 될까?〉

"하……."

한숨이 흘러나왔다.

제인은 오늘 재열이 하는 두 번째 고백에 그저 힘없이 웃을 뿐 대답을 하지 못했던 자신을 떠올렸다. 회승을 다시 본 뒤로 재열을 받아들이기가 더욱 힘들어졌다.

*　　*　　*

여전히 손님 없는 가게를 지키고 있던 제인은, 메시지 알림 음에 휴대전화를 확인했다. 재열에게서 온 메시지였다.

〈그럼, 우리 오늘부터 1일♡〉

잘 만나 보자는 메시지에 대한 답이었다.

다른 애들도 다 연애를 하거나 그 문제로 고민하고 있는데, 자신만 뭐하는 건가 싶어 내린 결론이었다.

그리고 회승도 여자 친구가 있었고……. 어쨌든 계속 혼자 지내는 건 자신의 젊음에 대한 예의가 아닌 것 같았다.

〈데헷^^〉

답이 너무 짧나?

제인은 볼이 빨개져 수줍게 웃고 있는 여자아이의 이모티콘을 더한 후 메시지를 전송했다. 그리고 시선을 돌리는데, 가게 앞으로 차 한 대가 서는 게 보였다.

"어, 저기다가 주차하면 안 되는데."

제인은 얼른 카운터를 빠져나와 입구 쪽으로 향했다. 매장이 가려지기도 하거니와 주차 단속이 있는 구역이라 딱지가 끊길 확률이 높았다.

굳이 따지자면 벌금을 물든 쇠고랑을 차든 상관없었지만, 가게 안에 있었으면서 왜 말을 안 해 줬냐고 성질을 내던 아저씨가 있어 제인은 이번에도 바짝 긴장했다.

제인이 입구에 다다라 유리문 앞에 섰을 때, 마침 조수석과 운전석의 문이 열렸다.

……구회승이잖아?

회승과 희원이 차에서 내려서고 있었다.

마침 희원이 제인을 발견하고 손을 흔들었다. 제인은 리모컨으로 차 문을 잠그는 회승을 검지로 가리킨 뒤, 양손을 옆으로 벌리고 어깨를 으쓱해 보였다.

'쟤 뭐야? 왜 달고 왔냐고!'

'왜에?'

희원이 빙글빙글 웃으면서 입 모양으로 묻더니, 차를 빙 돌아 걸어오는 구회승에게 어깨동무를 하고 함께 가게 안으로 들어왔다.

기가 막혀 마냥 웃고만 있던 제인은 그 상태 그대로 뒷걸음질 치며 회승과 희원을 맞이할 수밖에 없었다.

"……안녕. 근데 여긴 어쩐 일로?"

불편함, 뻘쭘함, 난처함 등은 전혀 없어 보이는 회승을 보고 자극을 받은 제인은, 자신 역시 애써 태연한 척하며 웃는 얼굴로 물었다.

"왜? 오면 안 돼?"

회승은 웃음기 서린 얼굴로 물으며 제인을 당혹케 했다.

네가 이렇게 여길 오고 할 사이니, 나랑?

속을 다 안다는 듯한 회승의 얼굴은 제인을 불편하게 했다.

"아니, 그럴 리가. 그냥 뭐 사러 온 건가 해서……."

순식간에 이 경우, 저 경우 다 생각하며 제인이 우물쭈물 대꾸하자 회승은 씩 웃었다.

"그럼 사러 온 걸로 해."

아, 저 미소.

제인은 속으로 외쳤다. 제발 그렇게 웃지 말아 달라고.

"김희원이 심심하다고 여기로 오자던데? 여기가 얘 놀이터냐?"

"쟤가 다른 애들보다 좀 자주 오긴 했지."

제인은 아무렇지 않은 척 대꾸하고 있었지만, 이런 말들 대신 '우리 이제 다시 편하게 지내는 거니?' 와 같은 비중 있는 것들을 묻고 싶었다.

"요즘에 나랑 놀아 주는 사람, 얘밖에 없다고. 대학 가더니 변했어. 나쁜 것들."

희원이 고갯짓으로 제인을 가리키며 말했다. 그런 희원을 찌질하다는 듯 보고 있던 회승은 제인과 눈이 마주치자 픽, 웃어 버렸다. 역시 얼굴을 보니 좋았다.

"아, 우유라도 하나씩 마실래?"

"뭐야, 공제인? 구회승 오니까 대우가 막 달라진다? 그전에는 콩고물도 없었잖아!"

제인이 냉장고로 가서 우유를 꺼내려 들자 희원이 구시렁거렸다.

네가 여기서 그렇게 말하면 난 뭐가 되니? 이 재수 떨어져 삼수할 시키 같으니라고.

제인의 날카로운 눈초리가 희원에게 닿았지만 회승이 보고 있자 어쩔 수 없이 떨어졌다.

"너 처음 왔을 때 두유 줬었거든? 콩고물은 주고 싶어도 여기에 없어서 못 줘."

"주면 그냥 고맙습니다, 하고 먹어, 자식아. 이거 얼마야?"

회승이 가격을 찾느라 우유 갑을 살피며 물었다.

"괜찮아. 그냥 마셔."

"뭐가 괜찮아? 나 그냥 얼마인지 궁금해서 물어본 건데?"

회승이 우유를 공중으로 던졌다 받았다 하며 말했다. 제인을 보는 눈에 장난기가 가득 서려 있었다.

"천사백 원."

설마 돈을 내겠느냐 싶었지만, 자신을 놀리고 있다는 걸 알아챈 제인도 응수했다.

회승은 뒤늦게 피식 웃었다. 곱게 말은 해도 눈빛으로는 따지듯 '재밌냐?' 라고 묻는 제인 때문에 유쾌하지 않을 수가 없었다.

"난 저지방 우유로 바꿔 줘."

"야! 그건 더 비싸…… 어, 먹으렴."

제인은 얼른 말을 바꿨다. 옛 남자 친구 앞에서 짠순이처럼 굴 순 없었다.

"너 이 꽉 물고 말한다?"

이번엔 희원이 제인을 놀렸다.

"아니야, 무슨……."

"흐흐흐, 상관없어. 그래도 난 바꿔 먹을 거니까."

아, 뒷골…….

제인의 뒷목을 붙잡았다.

"딸기 맛도 있냐?"

회승이 냉장고 앞에 있는 희원에게 물었다.

"어, 여기."

희원이 신이 나 대답하더니 딸기 우유를 회승에게 던져 줬다.

정말…… 아. 름. 답. 다!

제인은 이를 앙다물고 입가에 억지 미소를 걸었다.

"이것까지 계산."

우유를 마시며 회승이 이것저것을 카운터 데스크 위로 올렸다.

얘는 가게를 다 털어 갈 작정인 건가?

"이거 진짜 필요해서 사는 거야?"

"아니."

"그럼 왜?"

"우리 엄마가 좋아해. 유기농이라고 하는 것들."

혹시나 알바생인 자신의 체면을 세워 주려고 그러는 게 아닐까 추측해 봤던 제인은 민망함을 감추며 바코드 찍는 일에 집중했다.

"너 전화 오는데?"

"아……."

제인의 시선이 데스크 구석에서 징징 소리를 내며 부르르 떨고 있는 휴대전화에 닿았다. 그래도 계산을 마저 해야겠다는 생각에 그대로 서 있는데 그 속을 읽은 회승이 휴대전화를 제인의 앞으로 내밀었다.

"받아. 급한 거 아니니까."

"어, 그럼 잠깐만……."

휴대전화 액정을 보니 재열에게서 온 전화였다.

"어, 오빠."

통화를 하던 제인은 문득 회승의 시선을 느꼈다.

슬쩍 고개를 드니 아니나 다를까, 자신을 빤히 내려다보는 회승과 눈이 마주쳤다. 신경이 쓰여 통화에 집중할 수가 없었다.

제인은 휴대전화를 귀와 어깨 사이에 끼우고 바코드를 다시 찍기 시작했다. 회승의 시선을 받고 있자니, 뭐라도 해야 할 것 같았다. 얼굴로 집중되어 있는 회승의 시선이 조금이나마 분산될 것이라는 계산 하에 나온 행동이었다.

―뭐해?

"그냥 있어. 오빤?"

—운동 가려고. 오늘은 손님 좀 있어?

"아니. 지금 친구들 와서 수다 떨고 있어."

웃으며 대답한 제인은 회승을 한 번 쳐다봤다. 진짜로, 계속, 신경이 쓰였다.

—저번에 그 친구들?

"어. 그 친구도 있고…… 어?"

손이 삐끗하는 바람에 제인은 휴대폰을 떨어트릴 뻔했다.

—왜 그래? 무슨 일 있어?

"아, 아니. 별일 아니야."

말은 그렇게 했지만, 별일이 생겨 버렸다. 회승이 제인의 휴대폰을 가져가 스피커폰으로 돌려 버린 것이다.

"바보냐? 편하게 통화해. 머리만 컸지, 머리 쓰는 건 영……."

—여보세요?

"아, 오빠. 휴대폰 떨어뜨릴 뻔해서 스피커폰으로 돌렸어. 지금 계산하고 있었거든."

—계산? 손님 없다며? 그리고 방금 누구? 제인이한테 왜 그런 식으로 말하지?

뒤의 말은 분명 회승에게 한 것이었다. 제인은 얼른 회승의 눈치를 살폈다.

"나 알아? 왜 반말이야?"

회승은 픽 웃으며 말했다. 혼잣말을 빙자하긴 했지만, 재열이 들으라고 한 소리였다.

"오빠, 내가 계산 다 하고 다시 전화할게."

—알았어.

다급한 제인의 목소리에 재열은 난처함을 읽었는지 순순히 전화를 끊어 주었다. 제인은 얼른 통화 종료 버튼을 눌렀다.

"남친?"

"어……."

바코드 찍는 일에 다시 집중하는 척하며 제인은 대충 대답했다. 피식거리는 듯한 얼굴로 자신을 보고 있는 회승을 문밖으로 던져 버리고 싶었다.

뭐지? 아무래도 비웃고 있는 것 같은 느낌인데. 왜 비웃는 거지?

"잘해 주냐?"

제인은 회승을 올려다봤다. 비뚜름하게 올라간 한쪽 입매는 확실히 비웃고 있는 모양새였다.

"응, 잘해 주지……."

제인은 아무렇지 않은 척 담담하게 대답하려 했다. 그날 카페에서 남자 친구가 있다고 했던 건 거짓말이었지만, 지금은 아니다.

"그만해. 김희원이 너 남친 없는 거 다 불었어."

뭐?

제인은 희원을 째려봤다. 제인과 눈이 마주친 희원이 바보마냥 히죽 웃었다.

카페에서 만난 날, 담배 한 대 피우면서 아마 다 말했겠지. 으, 쪽팔려. 사회생활 잘하려면 담배를 피워야 한다더니. 그놈의 담배가 문제다! 아니, 그것만 입에 물면 뭔 얘기를 그렇게 뱉어 내는 거냐고!

"아냐. 나 진짜 있는데."

"왜 있는 척하고 그랬냐? 지금도 그렇고."

카페에서의 일을 상기시키자 거짓말한 사실이 제인은 못내 민망했다.

"그때는 썸 타고 있는 중이었어. 근데 이제 진짜 사귀어."

"거짓말하면 죽는다."

"진짜야. 통화해 볼래?"

옛 남친, 그것도 구회승에게 이런 이야기를 하는 날이 올 줄이야. 진짜 회승과는 이제, 아무것도 남지 않은 느낌이었다.

차라리 만나지 않고 연락도 하지 않았을 땐 그래도 뭔가 특별한 관계였었구나 하는 인식이 있었는데, 이젠 정말 다른 아이들과 마찬가지로 그냥 '친구'로 돌아가야겠구나 싶었다.

돌이켜 보면 지금껏 혼자서 미련하게 추억이라도 붙잡고 있으려 회승을 보지 않고 지낸 건지도 몰랐다. 아이들도 회승은 내가 같이 어울려 지내는 것에 거리낌이 없는 것 같다고 했었으니까.

"어, 걸어 봐."

제인은 정신을 차리고 벌어지려는 입을 얼른 다물었다. 진짜 해 보라고 할 줄은 몰랐다. 아무튼 예나 지금이나 꿀리는 게 없는, 예상을 뛰어넘는 놈이다.

"뭐해? 걸어 보라고, 전화."

"맞다! 지금 바쁠 시간이야. 그것도 한창. 하하하……."

"뭐하는데 바빠? 학생 주제에. 그리고 아무리 바빠도 사랑하는 여자 친구 전화는 받겠지."

'사랑하는'에 힘을 주어 말한 회승은 씩 웃으며 데스크에 위에 놓여 있던 제인의 휴대전화를 가져갔다.

"야!"

제인이 버럭 소리를 지르며 휴대전화를 뺏을 요량으로 양손을 가져가 봤지만, 키 차이가 확연한 회승은 제인의 손쯤은 여유롭게 피하며 통화 기록을 뒤지기 시작했다.

"재열 오빠, 하트으?"

회승은 어이없다는 표정으로 제인을 내려다봤다. 제인이 자신의 이름을 처음 저장했을 때는 '구회승♡'이었다. 자신의 이름에는 성을 붙이더니, 이 새끼는 그냥 재열 오빠다.

"줘! 달라고! 전화해서 뭐라 그러게!"

회승이 열 받은 이유가 무엇인지 제인은 짐작이 갔다. 하트는 재열을 좋아해서가 아니라 좋아하겠다는 각오이자 다짐의 징표였지만, 굳이 그걸 말할 생각은 없었다.

"어? 어?"

회승의 긴 손가락이 통화 버튼을 눌렀다. 일말의 망설임도 없이, 단호하게.

제인은 희원에게 도움의 눈길을 던져 보았지만 녀석은 담배나 한 대 피우고 오겠다며 밖으로 나갔다. 껄렁껄렁 걸어가는 뒷모습이 그렇게 얄미울 수가 없었다.

"아, 어쩌죠? 제인이가 아니라 제인이 친군데."

회승은 통화하며 여전히 제인을 내려다봤고, 제인은 그런 회승을 있는 힘껏 노려보았다.

"……물어볼 게 있어서요. 근데 반말하지 마시죠?"

"친구라고 했으니 반말할 수도 있지."

휴대전화 뺏는 걸 포기한 제인은 성난 마음을 감추지 않고 말했다.

"아……. 난 집에서 상대가 잘 모르는 사람일 때는, 아무리 나이가 어려도 반말하는 거 아니라고 배워서요."

회승이 제인을 직시한 채 말했다. 한쪽 눈썹만 물결을 그리며 위로 치켜 올라간 모양새에서 제인은 짜증스러움을 읽었다.

"오빠랑 비즈니스 하는 거 아니잖아. 쓸데없이 까칠하게 굴지 말라고."

회승은 자신에게 속삭이는 제인을 가만히 응시했다.

"제인이랑 어떤 사이예요?"

"너어……. 전화 빨리 끊어."

기가 막힌 제인이 강압적으로 말했지만, 회승은 도발하지 말라는 경고의 눈빛을 보냈다.

"구회승!"

휴대폰에 닿지 않을 게 뻔해 제인은 회승의 팔뚝에 대롱대롱 매달렸다. 무게를 감당하지 못하고 팔이 늘어질 거란 계산이었지만, 회승은 잘 버텼다.

"아…… 사귀는 사이……. 진짜였냐?"

통화하다 말고 회승이 제인에게 시선을 주며 물었다.

"그래!"

제인은 냉큼 대답하며 사뿐히 착지했다.

"김희원, 이 씨앙……. 아, 저는 전 남친입니다, 고등학교 때 죽고 못 살던."

여자 친구도 있으면서! 우리나라에서 제일 좋은 대학도 갔으면서! 잘만 살아 있잖아, 이렇게! 뭘 죽고 못 살아!

답답한 제인이 주먹으로 가슴을 두드렸다.

"죽고 못 살긴 뭘 죽고 못 살아?"

제인은 재열이 듣지 못할 만큼 작은 목소리로 회승에게 속삭였다.

"고등학교?"

제인이 무슨 말을 하든 전혀 신경 쓰지 않고 있던 회승은 피식 웃었다. 그리곤 같잖다는 듯이 말했다.

"나 해강 고등학교 나왔는데? ……그러세요, 그럼."

어디 학교 출신이냐는 재열의 허세 섞인 질문을 비웃으며 회승이 통화를 끝냈다.

"내놔!"

제인이 휴대전화를 확 가로챘지만, 회승은 기다렸다는 듯 순순히 내주었기에 뒤늦은 거친 동작이 민망스러워졌다.

"너 진짜 뭐하는 짓인데?"

"야, 공제인."

회승이 나지막이 제인을 불렀다. 눈빛이 너무 진중해 화를 내고 있던 제인은 어느새 얌전해져 있었다.

"……왜?"

무슨 말을 하려는 걸까? 회승은 말을 흘려들을 수 없게 만드는 오라를 풍겼다.

"내가 너 다시 좋아한다 그러면 어쩔 거냐?"

"……!"

회승과 제인의 사이에 묘한 기류가 흘렀다.

꿈을 꾼 적이 있었다. 몇 번이나. 꼭 이런 장면의 꿈을.

회승은 직접적으로 좋아한다고 하진 않았지만, 서로의 마음을 알고 있는 상황에서의 꿈.

그리고 깨고 났을 땐, 베개가 젖어 있었다. 꿈속에서 왜 울었던 걸까? 감정이 남아 있긴 했지만, 많이 무뎌졌다고 생각했는데. 젖어 있는 베개를 보면 항상 의문이었다.

그런데 이제 알 것도 같았다. 회승을 완전히 잊은 적이 없다는 걸. 얘는 지금껏 자신의 안에서 밥을 먹고, 공부하고, 잠을 자고, 그렇게 살아 있었던 거다. 자신과 함께.

"연락한다?"

"……뭐?"

굳이 이제 와 연락하려는 이유는 뭘까. 진짜 내가 다시 좋아지기라도 했다는 건가?

회승의 말은 제인을 당황하게 하기에 충분했다.

"전화할 거라고. 문자도 보내고. 그러니까 쌩까지 말라고 미리 말해 두는 거야."

"……왜?"

"왜?"

회승의 한쪽 눈썹이 휘어지며 위로 향했다.

그러게. 이럴 생각으로 온 건 아니었는데. 회승은 제인의 얼굴을 보며 확신했다. 확실히, 풋사랑은 아니었다고.

"나 남자 친구 있어. 너도 여자 친구 있잖아. 연락하지 마."

재열을 좋아해 보기로 마음먹은 이상, 이건 아니라는 판단이 섰다.

더군다나 난, 녀석에게 마음이 있다…….

제인은 회승의 얼굴을 마주하며 생각했다. 그러니까 여지를 남길 수는 없다고.

"그럼 최준영이랑 김희원하고 연락하는 건 뭔데? 최준영도 여친 있어."

회승은 피식 웃으며 말했다. 제인이 제 본심을 알아채지 못하기를 바라며.

"그건…… 그래. 너하고는 사귀던 사이였잖아."

제인은 회승을 정면으로 바라볼 수 없어 눈길을 피했다.

“그게 뭐? 내가 다시 사귀자고 말이라도 했냐? 좋아하면 어떻게 할 거냐고 물었지, 좋아한다는 소린 아니었는데?”

곧 할 거지만. 회승은 씩 웃었다.

“하, 뭐래?”

“됐고. 연락할 테니까 받든지 말든지.”

회승은 지갑에서 카드를 꺼내 내밀었다. 안 그런 척해도, 제인의 거절은 괜찮지 않았다.

“연락 안 받을 건데?”

“응. 어디 한번 안 받아 봐.”

찾아가지, 뭐.

카운터에 비스듬히 기대, 느긋하게 말하는 회승은 제인의 눈에 무척이나 고고해 보였다.

chapter 03

서로 다른 사람 옆의 우리

초기 화면 상태 그대로인 휴대전화를 주머니로 도로 넣은 회승은, 눈썹을 구기며 화장실로 들어섰다.

"미치게 하네, 진짜……."

"뭐가, 인마?"

언제 왔는지, 바로 옆 칸에 나란히 선 희원이 지퍼를 내리며 물었다.

"고선영……. 짜증 나게 연락이 안 되네?"

"와, 씨…… 너 여전하다? 그 크기를 가지고도 짜증 날 일이 있냐? 겁나 축복받은 새끼."

"왜에? 너도 나쁘지 않아, 친구야."

먼저 볼일을 끝낸 회승이 희원의 어깨를 두어 번 토닥여 주고는 세면대로 갔다.

"근데 고선영은 너한테 그렇게 집착하더니 웬일이래? 고맙게도 바람났나?"

옆에 와 손을 씻는 희원을 향해 그러게 말이다, 하는 눈빛을 보낸 회승은 물을 잠갔다.

나쁜 새끼, 나쁜 남자라고 하면 다행일 정도로 선영이 온갖 욕을 퍼부어도 어쩔 수 없었다. 제인을 다시 본 후로 회승은 죽어 있는 밤 시간에도 제인을 꿈꿨다.

"구회승 맞네? 목소리가 너인 것 같더라."

안쪽 칸에서 과 동기인 상엽이 나왔다. 회승은 마침 잘됐다 싶었다.

"너 지금 핸드폰 있냐?"

"어. 왜?"

"고선영한테 연락 좀 해 봐. 지금 어디냐고."

"싸웠냐?"

상엽은 피식 웃으며 바지 주머니에서 휴대폰을 꺼내 선영에게 메시지를 보냈다.

회승은 대충 대답하며 젖은 손을 페이퍼 타월에 닦아 냈다.

'내가 지금 고선영이랑 헤어지려고 하는데, 연락이 안 돼서 못 하고 있거든?' 이라는 말을 굳이 하고 싶지는 않았다.

선영이 원한다면, 회승은 자신이 차이는 쪽으로 해 두는 것도 괜찮다고 생각하고 있었다.

"야, 근데 저 새끼 손 안 씻은 거 맞지? 더러운 새끼네, 저

거? 놀지 마."

희원이 회승의 귓가에 대고 말했다. 회승은 씩 웃더니 똑같이 귓속말했다.

"너도 혼자 있었으면 안 씻었을 거잖아. 닥치고 있어. 인생일대의 중요한 순간이다."

"무슨 소리야? 나 재수하면서 그 버릇 고쳤거든? 아무튼 나 공제인 부른다, 여기로 오라고. 친군데 이 정돈 해 줘야지. 으리!"

"닥쳐."

이젠 귓속말이 아니라 큰 소리로 떠드는 희원 때문에 회승은 상엽의 눈치를 살폈다.

다른 여자 때문에 선영이 차였다는 소문이 돌게 하고 싶지는 않았다. 자신은 개의치 않을 자신이 있었지만, 자존심 강한 선영은 그렇지 않을 게 확실했다. 이쪽에서 해 줄 수 있는 게 있다면 얼마든지 감수해야 하는 게 맞다.

"답 왔네. 선영이도 밖이라는데? 근데 공제인이 누구야? 예쁘냐?"

"에이, 그럴 리가. 세상천지 그렇게 못생겼을 수가 없어요. 그러니까 관심 끄세요, 친구의 친구분?"

"그렇게 말하니까 더 궁금하네?"

"됐고, 정확히 어디 있는지나 좀 물어봐."

회승은 제인에 대한 상엽의 관심이 전혀 반갑지 않았다. 남자들의 일반적인 반응이라고 해도 싫었다.

"직접 갈 필요 없을 거 같은데? 혹시 몰라 공제인 아느냐고, 예쁘냐고 물어보니까 이리로 오겠다네."

공제인 얘기를 왜 고선영한테 물어?

회승은 순간적으로 짜증이 차올랐다.

"같이 한잔 안 할래?"

"다음에. 놀다 가라."

회승은 눈치 없는 상엽을 떼 놓고 먼저 화장실 밖으로 나왔다.

"야, 구회승. 공제인 올 것 같은데?"

희원이 따라붙으며 말했다.

"부르지 마. 고선영 이리로 올 거니까."

"싫은데? 나 사랑과 전쟁 마니아잖아. 치정 싸움을 눈앞에서 직접 볼 기회는 흔치 않지. 제인이 편들어야쥐."

"나 욕 나올라 그래. 근데 욕 한마디 하면 바로 주먹도 나갈 것 같거든? 농담 아니고."

"에이……. 무섭게 왜 그래, 자기. 알았어, 알았어. 안 불러. 가서 술이나 마시자."

이 주책맞은 새끼, 진짜.

한숨을 내쉰 회승은 어깨 위로 올라온 희원의 팔을 확 쳐내곤 앞서 걸었다.

재수생만 아니었으면 뇌를 확 후려갈기는 건데. 대학에 못 붙기만 해 봐라, 아주 그냥…….

〈나 도착했어. 몇 번 룸이야?〉

선영의 메시지를 읽은 회승은 직접 밖으로 나갔다. 애들이 있는 데서 할 얘긴 아니었다.

"회승아."

막 술집 안으로 들어온 선영이 회승을 발견하고는 웃는 얼굴로 다가왔다.

"내 남자, 못 본 사이에 더 멋있어졌네?"

선영이 애교스럽게 말하며 팔짱을 끼려 했지만, 회승은 그 손을 슬쩍 피해 버렸다.

"나가서 얘기하자."

"잠깐만……."

선영은 돌아서서 나가려는 회승의 팔을 잡았다.

"나…… 술 좀 먹은 다음에 하면 안 돼?"

선영의 눈동자가 미세하게 흔들렸다.

"……그래, 그러자. 애들 있으니까 룸은 따로 잡고."

차라리 한잔하면서 말하는 게 더 좋을 것 같다고 회승도 생각했다.

"아니야, 뭣하러 그래. 몇 잔만 마시면 되는데. 오랜만에 네 친구들 얼굴도 보고 싶고. 인사는 해야지. 물론 은지랑 민주는 나 별로 안 좋아하는 것 같지만. ……그럼 안 돼?"

그러니까, 마지막 인사를 하고 싶다는 말인 거지?

선영의 눈빛이 그렇게 말하고 있었다. 울고불고 때리며 난리를 칠 줄 알았는데, 예상보다 얌전한 반응에 회승은 미안한 마음이 커졌다.

"……가자."

"손, 잡을래."

"그냥 가."

선영은 울컥하는 감정을 꾹 눌렀다. 그게 회승의 눈에도 보였지만 모른 척 걸었다. 빨리 마음 정리하게 끊어 내는 것. 이제는 그게 선영에게 해 줄 수 있는 전부다.

위로 올려 묶은 머리는 목선을 시원하게 드러내 놓고 있었다. 몸에 붙는 데님 원피스에 노란색 리본 벨트. 그리고 웨지힐.

유리문에 비친 모습에 제인은 나름 흡족해하며 가게 안으로 들어섰다. 모두 룸으로 이루어진 덕분에, 홀과 복도에는 이동하는 손님과 서빙하는 직원들만 분주하게 움직이고 있었다.

"어서 오세요. '좋은 시간' 입니다!"

"13번 룸이 어디예요?"

세 갈래로 펼쳐진 복도를 두리번거리던 제인은 마침 인사를 해 오는 아르바이트생에게 물었다.

"이쪽으로 오세요."

"아니에요. 그냥 알려 주시기만 해도 돼요."

제인은 자신을 빤히 바라보며 과잉 친절을 베푸는 듯한 남자 직원이 부담스러웠다.

"저쪽 끝으로 가시면 돼요."

옆에 있던 다른 직원이 오른편 복도를 가리켰다.

"네. 고맙습니다."

인사를 하고 복도로 들어서는데 소곤거리는 소리가 들려왔다.

"너 왜 그래, 인마."

"예쁘지 않냐?"

제인은 흐뭇하게 웃으며 복도를 걸었다. '평범한데?' 라는 소리를 끝까지 듣지 못한 까닭이었다.

어렵지 않게 13번 룸을 발견했다. 제인은 문과 벽 사이로 난 가늘고 기다란 유리를 통해 안을 들여다보았다. 그리고 제일 먼저 눈에 들어오는 얼굴에 기겁을 했다.

뭐야? 구회승이 여기 왜 있어?

구회승도 모자라 그 고선영이라는 여자까지 옆에 딱 붙어 앉아 있었다.

김희원, 이 망둥이 같은 자식. 술 사 준다고 그렇게 오라고, 오라고 하더니. 그냥 갈까?

어? 공제인이다. 목소리는 들리지 않았지만, 유리를 사이에 두고 눈이 딱 마주친 희원이 그렇게 말하고 있다는 것을 제인은 알 수 있었다.

도망칠 새도 없이 문이 벌컥 열렸다.

"뭐해? 왔으면 들어오지 않고. 들어와, 들어와."

모르는 사람이 보면 내가 네 자기인 줄 알겠다, 김희원.

주춤 뒷걸음질 치는 제인의 손목을 희원이 확 잡아챘다. 그러다 회승과 눈이 마주치자, 제인은 언제 그랬냐는 듯 태도를 바꿔 당당하게 안으로 들어갔다.

"김희원, 죽을래?"

한숨과 함께 회승이 작게 읊조리는 소리가 제인을 식겁하게 했다.

제인은 놀란 눈으로 회승을 쳐다봤다. 한 대 칠 기세로 희원을 쳐다보고 있는 회승의 얼굴이 매서웠지만, 애들은 또 시작이냐는 듯 별로 신경 쓰는 분위기가 아니었다.

"안녕."

깨끗하고 또렷한 음성이 제인의 이목을 집중시켰다. 순간 제인은 자신이 회승을 쳐다보고 있었던 것이 선영의 심기를 건드렸다는 걸 알 수 있었다.

"어, 안녕……."

제인은 어색함을 숨기며 인사했다.

네가 생각하는 그런 이유로 회승을 보고 있었던 게 아니라는 듯 밝게 웃기까지 했지만, 빤히 쳐다보는 선영의 표정엔 큰 변화가 없었다. 희미하게 걸린 삐뚜름한 미소가 신경을 곤두서게 했다.

"너 왜 이렇게 늦었어?"

문으로부터 맨 끝 쪽, 준영의 앞에 앉아 있던 민주가 물었다. 제인은 그제야 한숨을 돌리며 몸의 긴장을 풀었다.

"미안. 오빠가 잠깐 보자고 해서."

"얼른 한 잔 받아."

"남친이랑 사이좋은가 봐? 그런 일이 있었는데."

제인의 번호를 알아 간 뒤로 몇 번의 짧은 대화를 주고받은 회승이 물었다. 물론 제인이 몇 번쯤 무시하다가, 회승이 '왜 씹는데? 나 남자로 보냐?' 하는 말들을 쏟아 내면 그때야 한 번씩 대답해 주는 그런 상황이었다.

"응. 연애 초기인데 당연히 좋지."

겉으로야 '이보다 더 좋을 순 없다'의 표정을 짓고 있었지만 제인은 불편했다. 이 자리가, 꿰뚫어 보는 듯한 저 눈빛이.

회승은 그러시냐는 얼굴로 피식 웃더니 술을 한 잔 마셨다.

"너네 술 많이 마셨어?"

제인은 화제를 돌리기 위해 자리를 둘러보며 물었다. 아직까지 빤히 보고 있는 고선영 때문에 숨이 막혔다.

조금 전 회승이 말한 '그런 일'이 뭔가 둘만의 비밀 같은 뉘앙스였기 때문에 뭔지 궁금하고 신경이 쓰일 터였다.

어떤 심정일지 이해는 갔다. 아니라면 그만 좀 쳐다보라고 소리쳤을지도 몰랐다.

"우린 이미 각 일 병 이상은 마신 상태니까 너도 일단 한 병 마시고 시작할까?"

"됐거든? 그냥 한 잔 따라 줘."

"그래, 그래. 우리도 시작은 한 잔으로 했어."

희원의 성화에 소주잔을 들긴 했지만 제인은 괜히 왔다는 생각이 들었다. 분위기를 보아하니 진짜 심하게 달릴 분위기였다. 벌써 테이블 끝자락엔 빈 소주병들이 꽤 많이 놓여 있었다.

"아……. 저기, 엄마가 오늘 할아버지 제사라고 일찍 들어오랬어. 나 조금만 더 있다가 갈게."

"구라네."

"그러네. 거짓말하면 책 읽는 것처럼 대사 치는 거 우리가 모를 줄 알아? 어?"

구회승에 이어, 취기가 꽤 많이 오른 은지까지 제인에게 삿대질을 하며 언성을 높였다. 다른 애들까지 연기력을 지적하며 비웃음을 날리자 제인은 괜히 했다는 후회 섞인 말을 조용히 내뱉고는 히죽 웃었다.

"미안, 내가 잘못했네. 마실게."

바로 사과 모드로 들어간 제인은 소주를 꿀떡 삼켰다. 이제야 기분이 좀 풀린 은지가 '오, 예!'를 외치며 제인에게 윙크를 날렸다. 손가락 총알과 함께.

"몇 년 만에 다 같이 한잔하는 건데, 공제인 몸 사리네? 컨디션이라도 사다 줘?"

"나도, 나도."

준영의 말을 듣고 있던 민주가 그를 바라보며 고개를 살짝 틀더니 애교스럽게 말했다.

"됐어. 넌 이미 많이 처마셔서 효과가 없어. 내일 해장이나 해."

"매정한 사람."

민주가 땅콩을 입에 넣으며 삐딱하게 말했다.

준영은 민주가 그러거나 말거나 소주병을 들고 빈 잔에 술을 채웠지만, 그의 입가에 걸린 미소에 제인은 둘의 관계에 진전이 있을 거라는 희망적인 생각을 했다.

"아이코, 우리 얼짱 잔이 비었네?"

희원이 벌떡 일어나 부산을 떨며 술을 따랐다. 넘칠 듯한 잔을 보며 제인의 입이 댓 발 나왔지만 희원은 씩 웃으며 자리에 안착했다.

덕분에 잠시 막혔던 제인의 시야가 다시 트이고 회승과 눈이 마주쳤다. 흔들림 없는 회승의 시선에 제인이 먼저 다른 곳으로 눈길을 돌리려던 참이었다.

"나 보고 싶었다며? 많이 봐. 나처럼 잘생긴 남자 보는 게 흔한 일도 아니고. 그런 시선에 익숙해서 난 이제 불편한 것도 없어."

뭐, 이 시키야?

제인은 경악했다. 다른 애들의 눈치를 보니 역시 마찬가지인 듯해, 제인은 기절이라도 하고 싶었다.

"누가 누굴 보고 싶어?"

제일 먼저 정신이 돌아온 희원이 호들갑을 떨어 댔다.

"야! 그건 네가 '친구야, 보고 싶다', 뭐 이런 문자를 보내니까 나도 도리상 '어, 그래'라고 답장 보낸 거잖아!"

"누가 뭐래? 왜 흥분해? 아, 맞다. 여자들 나 보면 다 흥분하지?"

"나, 술 좀."

제인은 손부채질을 하며 술잔을 내밀었다.

"여기, 여기."

희원이 신이 나 술을 따랐다.

"회승이랑 친해? 다들 몇 번씩 봤는데…… 오늘 처음 보네?"

"아……."

생각지도 못한 고선영의 질문에 제인은 꽤 당황했다. 회승과 사귀었던 사실을 정말 몰라서 묻는 건지, 아니면 떠보려고 하는 질문인지 파악할 수 없어 대답하기가 곤란했다.

사귀었던 사이라고 솔직하게 말하자니, 회승이 난처한 상황에 놓일까 염려스러운 부분도 있었고.

"같은 반이었어요. 2학년 때. 우리 다."

제인은 참 적절한 대답이라고 생각하며 스스로 대견해했다. 하지만 새치름한 선영의 얼굴을 보니 실수를 했나 싶어 마음이 놓이지 않았다.

"그러니까 다 친했을 텐데, 왜 그쪽만 한 번도 못 봤냐고 묻는 거였는데……. 그냥 한잔해요. 이유가 있었겠지, 뭐."

고선영이 그렇게 말하며 웃었다.

제인은 지금까지 선영이 자신을 견제한다고 생각했는데, 속이야 어떤지 몰라도 겉으로는 그게 착각이라 여겨질 만큼 상큼한 미소였다. 물론 그럼에도 어딘가 모르게 찜찜했지만.

"자, 짠."

선영이 술잔을 내밀었다. 제인은 건배 후 주도에 맞게 원샷을 했다. 그리고 술잔을 내려놓으니, 선영의 술잔은 반만 비워진 채였다.

뭐지? 자기가 마시자고 해 놓고. 나쁘다.

"난 그렇게, 술 잘 못 마셔서……."

얄미워.

제인은 입을 꾹 다물고 입꼬리만 올려 웃었다.

"아, 혹시, 고등학교 때 회승이 여자 친구였어요?"

기습 질문이었다.

제인은 뜨악한 얼굴로 회승을 쳐다보았다. 사실대로 말해야 할지, 아니라고 해야 할지 의중을 살피는 게 목적이었다. 하지만 회승은 씩 웃으며 어깨를 으쓱해 보일 뿐이었다.

어쩌라는 거야? 솔직하게 말해도 된다는 건가?

"대답 안 해 줄 거예요? 아님 구회승 네가 말해 보든가. 나 대충 감 잡았는데."

"사귀었었어, 우리. 근데 그게 뭐? 공제인은 이제 나 남자로 안 봐."

소주를 원샷한 회승이, 남자로 보지 않는다는 대목에서 제인을 빤히 쳐다보았다.

"진짜? 고등학교 때 언제? 3년 내내 사귀진 않았을 거 아냐. 너 고등학교 때 많이 사귀었다면서."

많이? 설마 3학년 때 나 모르게 사귄 애들이 있었던 거야? 아, 모르게라는 말은 가당치 않다. 그때는 헤어진 상태였으니까.

제인은 오히려 자신이 모르는 게 당연한 일이라는 걸 깨닫고는 쓰게 웃었다.

그래, 고선영. 구회승한테 난 좀 특별한 줄 알았는데, 그 예쁜 착각을 아주 박살 내 줘서 고맙다.

제인은 이제 도전적인 선영의 눈빛을 꿋꿋이 받아 냈다.

"여러 여자 중에, 전 고2 때 여자 친구였어요. 지금은 저도 만나는 사람 있으니까 신경 안 써도 돼요."

제인의 대답에 선영은 잠시 할 말을 잃었으나 곧 정신을 가다듬었다. 말로라도 제인에게 지기 싫었다.

"아아, 진짜 그쪽이었구나. 설마 했는데."

선영은 살포시 웃음기를 머금으며 말했다. 제인이 제 말의 의도를 알아채 은근히 기분 나쁘길 바라며.

"……설마?"

"2학년 때 만난 여자애 얘기는 좀 들었거든요. 그래서 진짜 예쁜 줄 알고 긴장하고 있었는데, 안심해도 될 것 같아서……."

제인은 크게 숨을 들이마시고 내쉬었다. 선영에게 숯, 자갈, 흙을 선물하고 싶었다. 좀 걸러서 말하라고.

"어? 표정 굳었다. 농담이에요."

농담? 그 말에 제인은 속이 더 뒤집어졌다. 싸워도 되나?

"안심을 하든지, 등심을 하든지, 아님 등신을 하든지. 공제인, 신경 쓰지 말고 한잔해."

희원의 말에 제인을 포함한 애들이 빵 터져 버렸다. 선영만이 희원을 버리지 못한 음식물 쓰레기 쳐다보듯 하더니 술을 털어 넣었다.

아깐, 술 못한다며?

"근데 왜 헤어졌어요?"

"캑! 하, 씨……. 술이 왜 이렇게 쓰냐……."

회승에게 물어보라고 하려는 순간 준영이 중얼거렸다.

여기저기서 키득거리는 웃음이 터졌고 제인은 안도했다. 다시 부드러워진 분위기와 더불어, 애들이 회승과 헤어진 이유를 준영 때문이라고 알고 있는 것에 대해.

시간을 확인하기 위해 휴대폰을 찾는데 보이지가 않았다. 가방을 열자, 마침 그 안에서 휴대폰 불빛이 깜빡거리고 있었다.

재열의 부재중 전화 두 통, 그리고 아직 술 마시고 있냐고 묻는 메시지.

〈아직 마시고 있어. 오랜만에 만나서 애들이 기분 좋은가 봐. 히히.〉

제인이 테이블로 진동을 푼 휴대폰을 내려놓기가 무섭게 알림 소리가 들렸다.

〈네 기분이 더 좋은 게 아니고?〉

〈그것도 맞고요.〉

〈얼마나 마셨어?〉

〈세 잔?〉

답장을 하고 휴대전화를 내려놓는 순간 또다시 알림이 울렸다.

〈세 병은 아니지? 믿는다.〉

〈뭐하고 있었어?〉

〈네 생각? 오빠 안 보고 싶어?〉

"하, 하하……."

이건 말로만 듣던 복학생 유머? 정녕 완벽한 남자는 이 세상에 구회승밖에 없는 것인가?

불편한 웃음을 흘리며 무심결에 고개를 들던 제인은 회승과 눈이 마주쳤다.

진짜 완벽하다. 재는.

"……한 잔 따라 줄까?"

고선영의 곱지 않은 시선에 괜히 나섰다 싶은 순간, 적당히 채워진 회승의 술잔이 제인의 눈에 들어왔다.

"아, 있구나?"

다행이라고 생각하는데 회승이 술을 들이켜더니 빈 잔을 내밀었다. 쓰지도 않은지. 눈썹이라도 찌푸릴 만하건만.

멀쩡한 표정의 회승을 보며 제인은 빈 잔 쪽으로 술병을 기울였다. 그리고 적당히 찬 술잔을 보며 술병을 내려놓으려는데, 회승이 테이블 위에 있던 제인의 휴대폰을 가져갔다.

"야!"

제인의 외침에도 단숨에 술을 털어 넣은 회승은 휴대폰을 들여다보기 시작했다. 메신저를 종료하지 않아 화면엔 바로 대화창이 떠 있었다.

"구회승, 지금 뭐하는 거야?"

내 말이. 처음으로 제인은 선영의 말에 고개를 끄덕거렸다.

"……잘생겼네."

고선영의 말에 대꾸는 물론 시선조차 주지 않은 회승은, 그새 재열의 사진까지 확인했다. 기막혀하며 쳐다보자 그는 비릿하게 웃었다.

그래서 제인은 알 수 있었다. 회승이 진심 어린 칭찬을 한 게 아니라는 걸.

"어, 좀. 그러니까 이제 그만 내놔."

"여자 많겠다."

"아니거든?"

제인은 불쾌감을 드러냈지만, 전혀 영향을 받지 않은 회승의 반응은 여전히 시큰둥했다.

"뭘, 딱 그런 쪽으로 생긴 타입인데."

"킁, 그럼 넌 어느 쪽으로 생긴 타입이니?"

"나? 네 타입?"

미쳤나 봐.

"줘."

자신이 잘난 걸 잘 알고 있는 애인데 더 말해 무엇하리.

제인은 휴대전화나 돌려받자는 생각으로 손을 내밀었다. 그런 제인을 얼마간 빤히 보던 회승은 다리 위를 겨냥해 휴대전화기를 툭 던졌다.

아니, 이놈의 자식이?

회승을 한 번 노려본 제인은 재열에게 얼른 답을 해 주곤 얼음물을 벌컥벌컥 마셨다.

술자리가 끝났다.

정말 오래간만에 뭉친 자리라 유쾌하긴 했지만 선영을 옆에 두고도 뻔뻔할 정도로 자신을 뚫어지게 쳐다보던 회승의 시선이, 제인은 참을 수 없을 만큼 갑갑해지려던 참이었다.

"공제인 네가 데려다 줄 거지? 너네 집 바로 앞이잖아."

민주와 은지를 포함해 준영 쪽에 붙은 희원이 회승에게 말했다. 제인은 준영의 차를 얻어 타고 싶었지만 대리를 부를 계획이라 자리가 부족하다는 걸 알고 있었다.

"안 돼. 나 얘랑 할 얘기 있어."

알았다고 할 줄 알았던 회승이 일말의 난처함도 없이, 미안한 기색도 없이 단호하게 말하자 제인은 괜히 민망했다. 그렇지 않아도 택시 타려고 했다고.

"괜찮아, 나 택시……."

"아냐! 우리랑 같이 가!"

선영이 제인의 말을 끊으며 벼락같이 말하고는 제인의 팔을 잡아끌었다. 그리곤 회승을 올려다보며, 자신은 할 말이 없다고 덧붙였다.

뭔가 둘만 있을 상황을 피하는 것 같았는데, 그런 선영을 회승은 어이없다는 듯이 내려다보았다.

나 챙겨 주는 건가? 술자리에선 그 정도로 날 좋아하는 것 같지 않았는데?

선영의 이해할 수 없는 행동에 멍하니 그 자리를 지키고서 있던 제인은, 잠시 고민에 빠졌다.

이 늦은 시간에 택시를 타고 집에 가자니 아빠가 알게 되면 적어도 일주일짜리 훈계였다. 눈에 띌 때마다 밤늦게 술 먹고 택시 타지 말란 소리를 들을 생각을 하니 머릿속이 다 아찔했다.

"내가 있어. 넌 듣기만 해, 그럼."

"너무 늦었잖아. 다음에, 응?"

선영의 애교가 짙어질수록 회승은 점점 더 표정을 굳혔다.

고선영 말대로 이 야밤에 무슨 할 말이 있다고 저렇게 안달인 거야, 구회승은? ……아! 혹시 몸의…… 대화?

"어, 우리 대리 기사 왔다. 그럼 먼저 갈게! 안녕!"

우리 대리 기사가 맞긴 한 거야?

아저씨가 휴대전화 번호를 말하며 차 주인을 찾자 손을 들어 아는 척하는 선영을 본 제인은, 황급히 팔을 잡아끌고 발걸음을 옮기는 그녀가 이상하기만 했다. 그러다 문득 그런 생각이 들었다.

구회승이 잘 못하나? 와! 드디어 구회승이 못하는 걸 찾았다! 신 난…… 전혀 신 나지 않았다. 아니, 왜? 그건 내가 구회승을…… 아냐! 마인드 컨트롤이 필요해.

구회승은 김희원이다. 김희원이랑 마찬가지로 친구일 뿐이다. 그래! 그러니 이 얼마나 웃긴 일이야? 허우대 멀쩡한 애가 그 중요한 걸 못한다잖아! 내가 그 여친이 아닌 게 얼마나 다행이냐……고. 근데 이 아쉬움은 뭘까?

"회승이 왔다. 네가 앞에 타."

선영이 제인의 귓가에 속삭였다.

안 그래도 그러려고 했거든?

제인은 대리 기사의 비어 있는 옆자리를 보며 고개를 끄덕이고는 앞쪽으로 갔다. 문을 열려고 하는데, 이쪽으로 걸어오고 있는 회승의 모습이 눈에 들어왔다.

로퍼에 반바지, 그리고 티셔츠는 막 입은 것 같은데 멋있었다. 밤일 못해도 괜찮겠다는 생각이 들 만큼. 보고만 있어도 좋을 테니까……. 그리고 키스는 잘하잖아?

"공제인."

"……어?"

손목에 찌릿 전기가 와서 보니, 회승의 손이 닿아 있었다. 손목을 잡아 문고리에서 떼어 내는데, 그 가벼운 터치에 두근거렸다.

그러고 보니 언제 옆으로 왔지? 키스 생각하고 있을 때? 앗, 창피.

"뒤에 타."

제인이 제대로 눈을 마주치지 못하고 있을 때 회승이 뒷좌석의 문을 열었다.

"아냐, 내가 앞에……."

"불편해. 뒤에 타."

매너는. 제인은 오히려 이런 회승의 모습을 대면하는 게 좋지 않았다. 자꾸 고등학교 때를 떠올리게 했다.

"고마워."

제인은 할 수 없이 뒷좌석에 올랐고, 선영까지 타게 한 회승은 문을 닫아 주고 나서야 앞자리에 탔다.

"가연동이요."

회승의 말에 고개를 끄덕인 대리 기사가 고개를 끄덕이며 차를 몰았다.

우리 동네 먼저네? 그냥 택시 타고 갈걸…….

자신을 먼저 내려 주려는 회승의 의도를 읽은 제인은 마음이 좋지 않았다. 번거롭게 해서 미안하기보다는, 그냥 선영과 둘이 따로 남을 회승의 모습이 그려지는 게 싫었다.

제인은 시트에 깊숙이 몸을 기댔다.

"왜 이렇게 졸리지? 회승아, 도착하면 나 깨워 줘."

"안 졸린 거 다 알아."

"아냐. 나 진짜…… 어? 전화 왔다. ……어, 엄마. ……알았어요. 지금 가고 있어요……. 네."

전화를 끊은 선영은 회승을 보며 웃었고, 회승은 한숨을 길게 내쉬었다.

할 수 없이 선영을 먼저 내려 준 차는 회승의 집 차고 앞에서 멈췄고, 대리 기사가 먼저 가 버린 자리엔 제인과 회승만이 남았다.

"고마워."

"지금 가려고?"

"10분 있다 가니, 그럼?"

제인이 어이없어 하며 묻자 회승은 피식 웃었다. 역시 재밌다.

"어. 10분만 있다가 가."

"뭐?"

제인은 농담이겠거니 웃었다.

"농담 아니고."

제인은 회승의 표정을 살폈다. 농담 같기도, 농담 같지 않기도 했다.

"농담 아니면? 너 이제 보니 못 쓰겠구나? 고선영 그냥 집에 가니까 나라도 뭐, 아쉬운 대로 뭐, 어? 그러자 이거야? 미쳤어?"

제인은 어쨌거나 농담을 하기로 했다. 한층 가라앉아 진지해진 회승의 눈동자와 무거워진 분위기가 싫었다. 휩쓸려 버릴까 봐 두려웠다.

"뭐래?"

회승은 어이없어 했고, 제인은 마음이 좀 놓였다.

"모르는 척하기는. 알면서."

제인이 씩 웃으며 말했지만, 회승은 여전히 무슨 말을 하는지 이해할 수 없다는 표정이었다.

"아니, 아까 네가 붙잡는데도 고선영이 싫다고, 싫다고 그러면서 집에 갔잖……아?"

"뭐라는 거야, 아까부터? 아무튼 여기 있어. 주차하고 나올게."

제인이 가 버리기 전에 얼른 주차를 하고 올 생각인지 회승은 냉큼 차에 올라탔고, 빠른 속도로 차를 몰고 들어갔다.

뭐야. 나 여기 있어야 하는 거야, 말아야 하는 거야? 여기 있으랬다고 있는 것도 웃긴 것 같은데.

제인은 주위를 살폈다.

지나가는 사람도 별로 없고, 차도 없고. 가로등 불이 켜져 있긴 하지만 그래도 혼자 있자니 조금 무서웠다.

이내 제인은 한적한 도로를 건널까 말까 고민하며 왔다

갔다 하기 시작했다.

"그런데 진짜, 고선영이 구회승을 피하는 이유는 뭐지?"

내가 생각하는 게 맞는 거야? 흠……. 근데 왠지 아닐 것 같다. 구회승이 그걸 잘 못한다니 믿어지지가 않는다. 그 얼굴과 그 몸에 매치도 안 되고. 그냥 피곤했을 수도…….

"선영이가 알았어."

"엄마야……."

갑자기 느껴진 인기척에 깜짝 놀란 제인은 회승인 걸 확인하고는 크게 숨 쉬었다.

"가자. 바래다줄게."

"선영이가 뭘 알았다는 거야?"

제인은 도로에 접어든 회승을 따라 걸었고, 회승은 제인의 걸음걸이에 맞춰 조금 천천히 걸었다.

"헤어질 거."

"엉? 너네 헤어져?"

심장이 요동친다.

"일단 나만."

지금 뭐라는 거지? 일단 자기만 헤어진 건 또 뭐고?

제인은 멀뚱멀뚱 회승을 쳐다봤다. 그러다 자신과 무슨 상관이겠느냐 싶은 마음에 고개를 돌려 앞만 보고 걸었다.

"갑자기 왜? 아까 둘이 사이 좋아 보였는데. 둘이 막, 우리 몰래 휴대폰으로 메시지도 주고받고 그랬잖아."

"넌 진짜…… 눈치가 더럽게 없어."

회승은 한심하다는 낯빛으로 제인을 내려다봤다.

"……내가 뭐."

"좋아 보이긴 뭐가 좋아 보여? 눈이 삐었냐? 내가 계속 너 신경 쓰니까 고선영 신경 곤두서는 거 느꼈어, 안 느꼈어?"

진짜 나 때문이라는 거야?

제인은 어안이 벙벙한 얼굴로 회승을 바라봤다. 믿겨지지가 않았다.

"느꼈든 안 느꼈든 중요하지 않잖아. 이제 와서 그런다고 달라질 것도 없고……."

요동치고 있는 마음과 달리 제인은 단호히 말했다. 이미 재열이 옆에 있었고, 만에 하나 다시 시작한다고 하더라도 부모님에게 떳떳하지 못할 것 같았다.

'그때 무릎 끓고 사정하던 아빠가 저희 아빠예요' 라는 말을 회승의 부모님에게 절대 할 수 없을 테니까. '아빠 가게, 회승이네 아빠가 도와준 거래' 라는 말은 또 어떻고.

무언가를 숨기고 사람을 대한다는 건, 상상만으로도 참 힘든 것이었다.

그저 다시 만났을 때, 회승도 자신과 같은 감정을 느꼈다는 것을 위안으로 삼고 그 이상은 바라보지 말아야겠다고 제인은 생각했다.

"뭐냐? 고백도 제대로 안 했는데, 나 까인 거냐, 지금? 너 나 깠냐?"

다소 흥분한 회승은 헛웃음까지 터트렸다.

"어. 그런 것 같네. 미안……."

달리 해 줄 말이 없는 제인은 당당해지기로 했다. 정이라도 떨어지게.

제인의 대답에 회승은 잠시 멍해졌지만, 곧 정신을 가다듬었다.

"하……. 내가 까인 일이 딱 두 번 있는데, 그게 다 너라고?"

"그런 거라면 내가 잘못했네. 미안."

"아, 그 미안 소리 안 집어치울래?"

"미안. 집어치울게."

"아오. 진짜……. 자꾸 옛날 생각나게 하지 마라?"

"……."

옛날? 옛날 언제를 말하는 거지? 사귀고 있을 때? 아니면 그 뒤?

어쨌든 우리의 옛날은 별로 좋을 게 없다.

"쫄기는……."

회승은 제인의 머리통을 꽉 쥐었다 놨다. 제인이 무슨 생각을 하고 있는지 다 보였다.

"……하지 마."

"뭘?"

"이렇게 살과 살이……."

말이 야하다.

"아, 스킨십하지 말라고. 그럼 먼저 갈게."

황당해하고 있는 회승을 뒤로하고 제인은 질주했다. 그리고 아파트 현관을 지나 엘리베이터 앞에 서고 나서야 거친 숨을 몰아쉬며 안도했다.

아무 일 없었다는 듯 예전처럼 장난치고, 말하고, 접촉하고 하는 일이 뭐가 그렇게 쉬운지. 처음 손잡을 때도 자신은 어색해 죽을 것 같았는데.

"가벼워. 너무 가벼워……."

한숨을 내쉬며 제인은 엘리베이터 버튼을 눌렀다.

chapter 04

마음 감추기

빵빵.

자동차 클랙슨이 울렸다.

아르바이트를 가기 위해 막 아파트 입구를 빠져나온 제인은 인도 옆에 세워지는 은회색 세단으로 고개를 돌렸다. 창문이 내려가며 회승이 얼굴을 보였다.

왜 하필 지금 딱 마주치는 거냐고!

어젯밤 일이 떠올라 제인은 그 자리에서 돌처럼 굳었다. 스킨십하지 말란 얘길 했던 게 지금은 왜 이렇게 오버처럼 느껴지는지. 쥐구멍이 보였다면 진짜 숨으려고 했을지도 몰랐다.

"어디…… 가?"

자신과 비교하면 이 상황이 그저 무덤덤해 보이는 회승의 얼굴을 겨우 마주하며 제인은 아무렇지 않은 척 물었다.

"넌?"

"알바."

"타. 데려다 줄게."

"아냐. 버스 타고 갈래."

"그냥 타요! 이 차 진짜 좋은 차예요, 누나."

까불까불한 말투가 툭 끼어들어 쳐다보니, 근처 고등학교 교복을 입은 남학생과 여학생이 하드를 하나씩 들고 가까운 곳에 서 있었다.

제인의 시선에도 아랑곳하지 않은 남학생은 차 여기저기를 둘러보느라 정신이 없었다.

"이게 그렇게 좋은 차야?"

"말도 마. 졸라 비싸. 못 타 보고 죽는 사람이 태반이야. 저 누나도 거기에 속할 건데, 왜 안 타고 뻐팅기는지 이해할 수가 없네."

여학생이 순진한 얼굴로 묻자, 남학생은 손에 들고 있는 하드가 줄줄 녹는지도 모르고 감탄사를 욕과 함께 섞어 늘어놓았다.

차 안에서 가만히 듣고 있던 회승이 입매를 올려 웃었다.

"형! 이거 진짜 형 차예요?"

"아니, 우리 아빠."

"우와! 형네 부자예요? 간지 쩐다!"

"그보다 저 오빠 되게 잘생겼어……. 언니, 혹시 남친이에요? 지금 싸워서 차 안 타려는 거죠?"

여학생의 타깃이 제인으로 바뀌었다. 또랑또랑한 눈망울로 묻는데, 남자 친구가 아니라고 대답하기가 미안해질 정도였다.

"아……."

"태워 줄까?"

"진짜요?"

제인이 남자 친구가 아니라고 대답하려는 순간 회승이 창밖으로 물었다.

남학생이 믿기지 않는다는 듯 큰 소리를 내는 바람에 제인의 목소리는 묻혀 버렸다.

"저 누나, 이 차에 태울 수 있지?"

"누나요? 아, 네! 누나! 예쁜 누나!"

어머, 어머. 예쁜 건 맞지만, 왜 이래?

남자아이의 돌격에 제인은 뒷걸음질을 쳤다.

"난 마을버스 탈 거거든?"

"야, 김지혜! 뭐해? 이 누나 잡아!"

"어? 어. 알았어!"

제인의 양팔은 순식간에 아이들에게 붙잡혔다.

"어어? 잠깐만……. 얘들아! 정신 차려! 이러면 안 돼!"

"아, 누나! 한 번만요!"

한 번만? 너랑 또 볼일이 뭐가 있어서 한 번만이래?

"이건 유괴라고! 정신 차려, 얘들아!"

"유괴가 아니라 납치 아니에요, 언니?"

지혜라는 여학생이 의문을 제기했을 때 제인은 이미 열린 조수석 문 앞에 다다라 있었다.

"납치든 유괴든, 아무튼 난 이 차 타면 안 돼!"

소리쳐 보지만 제인은 태워졌고, 그 모습을 옆에서 지켜본 회승은 크게 웃었다.

"형! 출발!"

학생들이 뒷좌석에 자리하는 사이 제인이 문을 열고 내리려고 했지만, 갑자기 다가온 회승이 제인의 어깻죽지를 누르며 안전벨트를 채웠다.

닿을 듯 말듯, 근접해진 얼굴 때문에 제인은 인상을 쓰며 입술을 꽉 다물었다.

"너 얼굴 빨개."

아니, 이놈이?

굳이 그 말을 뱉으며 웃기까지 하는 회승 때문에 제인의 얼굴은 더 붉어졌다.

"너 때문이잖아. 납치를 당하면 다 이런 얼굴이 된다고. 나만 그런 게 아니고!"

"알았다고."

순순히 인정하기에 제인은 조용히 입을 다물고 앞을 봤다. 회승에겐 눈길을 주지 않기로 결심했다.

"근데 키스할 때도 그런 얼굴이지 않았나?"

……기가 막혀! 그것도 애들 앞에서!

마치 음률을 타듯 떠들어 대는 말에 충격을 받은 제인은 회승을 다시 쳐다보지 않을 수가 없었다. 항의의 뜻을 담아 강하게.

"왜?"

그러나 그 눈빛에도 유유자적 핸들을 돌리며 차를 출발시킨 회승은 능글능글 웃는 얼굴로 제인을 한 번 쳐다보았다.

"뭘 그렇게 쳐다봐? 내 얼굴에 김이라도 묻었어? 잘생김?"

제인은 콧방귀를 끼었다.

"큭. 오빠, 너무 웃겨요."

"나도 알아."

시니컬한 회승의 대답에 지혜가 까르르 웃었다.

"근데 오빠, 어디서 많이 본 얼굴이에요. 혹시 우리 알아요?"

"이게 미쳤나. 어디서 작업질이냐? 상대를 봐 가며 해. 너랑 클래스가 다르잖아, 저 형은!"

"작업 아니야! 진짜 익숙한 얼굴이라고!"

얌전하게 회승에게 질문을 하던 지혜는 남학생에게는 버럭버럭 소리를 질렀다.

"웃기고 있네. 익숙한 얼굴은 무슨. 이 형은, 네 꿈에 나올 만큼 흔한 얼굴 아니거든?"

"됐어. 좀 닥쳐 봐. 너는."

지혜는 예사롭지 않은 손놀림으로 휴대폰을 이리저리 만

졌다.

"근데 너 자꾸 형, 형 하지 마라. 진짜 동생 같잖아, 자식아."

"그래요? 그럼 진짜 동생 시켜 주면 안 돼요? 형, 부자 맞죠?"

회승과 제인은 동시에 풉, 웃음을 터트렸다.

"우리 부모님이 부자인 건 맞는데, 넌 내 동생으로 안 돼."

아직 입가에 웃음을 건 회승이 백미러로 남학생을 바라보며 대꾸했다.

둘의 대화가 재밌어 무표정을 유지하려 하던 제인도 웃지 않을 수가 없었다.

"왜 안 되는데요? 저 이래 봬도 이 일대에선 꽤 잘나가요."

"잘나가도 안 돼, 넌. 내가 너무 잘생겨서 사람들이 널 동생으로 인정 안 해. 아까 얼핏 보니까 다리는 짧고 허린 길더라?"

"와, 그걸 어떻게 알았지? 그래서 제가 배바지만 입잖아요."

갑자기 우울 모드로 들어선 남학생 때문에 회승과 제인은 또 같은 타이밍에서 웃음을 터트렸다.

"그럼 그냥 아는 동생만이라도……."

"헐! 오빠! 오빠, 구회승이에요?"

잠잠하던 지혜가 덜덜 떨리는 검지로 회승을 가리켰다. 나머지 한쪽 손은 벌어진 입을 틀어막고 있었는데, 어찌나

입이 크게 벌어졌는지 차마 다 가리지 못한 채였다.

"뭐? 구회승? 해강 중학교 나온 그 구회승?"

"그래! 그 구회승이라고! 오빠, 맞죠? 여기 이 카페에 올라와 있는 사진이랑 똑같잖아요! 아니다! 실물이 백 배, 천 배 나아요. 존잘! 존잘!"

지혜의 말을 가만히 듣고 있던 회승은 우쭐거리는 표정으로 제인을 돌아보며 씩 웃었다. 그리곤 지혜 쪽으로 다시 고개를 돌렸다.

"내가 좀 그렇긴 하지. 사인해 줄까?"

이 순간을 즐기고 있다, 구회승. 그것도 무척이나.

제인은 고개를 절레절레 저었다.

"오빠, 사진도요. 인증샷! 네?"

"나도! 나도!"

여긴 어디, 나는 누구?

앞자리로 뻗어 오는 지혜의 휴대전화 카메라를 제인은 그저 힐끔 바라볼 뿐이었다.

시선을 살짝 틀어 주는 회승과 어린애들처럼 함박웃음을 짓는 둘을 바라보며, 제인은 혹시나 몰라 회승이 한 손으로 잡고 있는 운전대를 잡아 주었다.

"이러니 내가 마음이 가, 안 가."

찍어 댄 사진들을 확인하느라 뒷자리가 조용해진 새, 회승이 제인을 보며 물었다.

"뭐래?"

그런 소리 하지 자꾸 말라고. 떨리잖아. 우이씨.

운전하면서도 이따금 회승의 시선이 느껴졌지만, 제인은 신경 쓰지 않는 척 창밖만 바라봤다. 회승의 시선을 회피하는 건 흔들리면 안 된다는 의지였다.

"오빠, 사진 완전 잘 나왔는데 보내 드릴까요?"

지혜는 귀여운 미소를 날리며 상체를 앞으로 쑥 내밀어 회승을 바라봤다.

"선수네? 번호 따지, 지금?"

"번호 따려는 건 맞지만, 아잉. 선수는 아니에요, 오빠. 저 세 번밖에 안 사귀어 봤어요."

"와, 너 구라 쩐다, 진짜. 내가 네 흑역사를 다 아는데?"

"장태순, 뭐 사 줄까? 뭐든 사 줄 테니까 좀 닥쳐 줄래?"

"이름이 태순이야?"

까불까불한 성격과 어울리지 않는 듯하면서도 은근 매치가 된다고 생각하며 제인이 물었다. 태순은 한숨을 내쉬며 일급비밀을 누설했다는 듯 울분 섞인 표정으로 지혜를 째려봤다.

"전 이름보다 '이봐요' 나 '저기요', 혹은 '남학생' 으로 불리는 게 더 좋아요. 이름이 장순태였기만 해도 이렇게 치욕적이진 않았을 텐데. 태순……. 아, 내 이름이지만, 입에 담기도 싫다, 진짜."

고뇌에 찬 태순을 보며 제인과 회승은 한참을 소리 내어 웃었다. 다시 만난 뒤로는 처음으로 마음을 놓고 웃는 둘이었다.

"아, 오빠 전화번호요, 네? 네네?"

장순태를 하든 장태순을 하든 '오로지 구회승만 보여'가 어떤 것인지를 똑똑히 보여 주고 있는 지혜는 이젠 꽤 애가 탄 모습이었다.

"알려 줘?"

자신을 바라보며 묻는 회승의 모습에 어이가 없어진 제인은 그걸 왜 나한테 묻냐는 눈길을 보냈다.

"언니, 저 진짜 오빠 어떻게 해 보려고 연락처 따는 거 아니에요. 사진도 보내 주고, 친해지고 싶어서 그래요. 제발요."

지혜 때문에 마음이 급해진 제인은 네가 알아서 하라는 사인을 보냈지만, 회승은 느긋한 시선으로 제인의 답을 기다렸다. 결국 제인이 참지 못하고 입을 열었다.

"고선영한테 물어보든가. 아님 네 마음대로 해."

"다른 거 다 떠나서 네 의사를 말해 보라고. 싫은지, 좋은지. 너넨 학교 앞에 내려 준다?"

회승이 깜빡이를 켜고 길가 차도로 이동하는 것을 보며, 그럴 필요가 없음에도 불구하고 제인은 생각하게 됐다. 구회승이 말한 싫은지, 좋은지를.

"언니……. 저 이제 내려요."

지혜의 목소리가 애처롭다.

"알려 줘도 괜찮지 않아?"

"앗싸!"

바로 호들갑 상태로 바뀌는 지혜의 목소리를 들으며, 제인은 좀 전에 내린 결론에 대한 후회를 반박했다. 내가 싫을 이유는 없다고. 없어야 한다고.

"핸드폰 줘 봐."

"넵!"

지혜가 얼씨구나 회승이 내민 손 위로 휴대전화를 올렸다.

"여름이라고 또 바다에 간다, 어쩐다 날라리짓 하지 말고 열공해라. 형이 그거 다 해 봤는데, 별거 없어. 형처럼 성적에 자신 있으면 몇 번쯤 해 보든가."

애들을 내려 주며 회승이 말했다.

말이야, 막걸리야? 결론이 뭐 저래? 아, 그러고 보니 이 위인은 고3 때도 해운대를 갔다 오신 몸이셨지.

같은 반이었던 희원 때문에 그 사실을 알고, 그날 내내 울적한 티를 내지 않으려 무던히 애를 쓰지 않았던가.

흥.

제인은 탐탁지 않은 기억을 떨쳐 내기 위해 회승으로부터 고개를 돌려 버렸다.

이젠 진짜 쳐다보지 말아야지.

회승은 제인을 따라 가게로 걸었다.

"……어? 왜?"

차에서 내리기에 그저 담배도 피울 겸 바람 좀 쐬고 가려나 했던 회승이 따라오자 제인은 경계하며 물었다.

"뭐?"

적반하장이다.

"왜 따라와? 안 가?"

"놀다 갈래. 뜻밖이겠지만, 내가 오늘은 좀 한가하네."

회승이 먼저 가게 문을 열고 안으로 들어갔다.

"여긴 일터지, 놀이터가 아니거든요."

"너한테는 그렇지."

"청소시킨다?"

제인은 으름장을 놨다.

'좀 가라고. 내 시야에서 좀 사라져 줘.'

"어."

"어? 너 금방 '어' 라 그랬어?"

빗자루, 걸레에는 지지가 묻었다며 청소라면 진저리를 치고 농땡이를 까던 회승이 흔쾌히 대답하자 제인은 믿기지 않았다.

"진짜? 진짜, 진짜 안 갈 거야? 나 걸레 가져온다?"

회승은 무표정한 얼굴로 제인을 얼마간 응시하다가 말했다.

"귀여운 척하지 마. 내 거 할 거 아니면."

제인은 못 들은 척 걸레를 가지러 갔다.

"줘, 이리."

회승이 제인의 손에 있던 막대 걸레를 채 갔다.

"중고등학교 때도 안 하던 걸 너 때문에 여기서 이러고 있네, 내가."

그러게. 왜 흐뭇할까? 이런 게 선생님의 마음인가?

회승과 거리를 두느라 바짝 세웠던 긴장감이 다소 풀어지며 제인은 여유를 찾아가고 있었다.

"금방 익숙해질 거야. 거 봐, 잘하네."

회승이 걸레질을 멈추고 제인에게 닥치라는 눈빛을 쏘아댔다. 그러더니 폭풍 걸레질과 함께 소리를 질렀다.

"아, 씨발! 왜 더 잘하고 싶어지냐고! 열 받게!"

회승으로부터 등을 돌린 제인은 숨겼던 미소를 마음껏 지으며 진열장 위의 먼지를 닦았다.

회승과 패스트푸드로 대충 점심을 해결하고 몇 안 되는 손님을 맞은 후 제인은 자리에 앉아 재열의 전화를 받고 있었다.

회승은 재열과의 통화가 끝나 갈 때쯤, 커피 전문점 로고가 박힌 커피 캐리어를 들고 가게 안으로 들어왔다. 담배 한 대 피우고 오겠다며 나가더니 커피까지 사서 오는 모양이었다.

"……어, 오빠. 그럼 이따 또 통화해."

회승이 커피 하나를 데스크 위로 올렸다. 제인은 인상을 쓰고 있는 모습이 마음에 걸렸다.

"무슨 일 있어?"

"누구?"

회승은 여전히 인상을 풀지 않은 채로 물었다.

"남자 친구."

엿 같네. 회승의 눈에 짜증스러움이 넘쳤다.

"좋아하냐?"

"……뭐?"

"내가 그 새끼라고 부르고 싶은 네 남…… 아니, 그 선배라는 놈 좋아하냐고."

토씨 하나 놓치지 않겠다는 듯, 진위를 파악하려는 회승의 눈은 제인만을 담아 빡빡했다.

"그러니까 사귀지……."

"진심?"

"어."

"얼마나?"

제인은 회승에게 그만 좀 하라는 눈빛을 보냈다.

"얼마나 좋아하냐고?"

아랑곳하지 않고 되묻는 회승에게선 물러설 틈이 보이지 않았다.

"나만큼 좋아해?"

회승은 자릴 피하려는 제인의 팔을 붙잡고 세웠다.

"구회승, 그만해."

재열 오빠를 좋아한다. 그런 마음이 아예 없었다면 사귀지 않았을 거다.

구회승만큼 좋아지지 않는 것이 문제지.

제인은 회승의 손아귀에서 벗어나려 했지만, 회승은 그런 제인을 놔주지 않았다.

"대답해 보라니까?"

"대답하면 뭐 어쩔 건데? 뭐가 바뀌어? 너만큼 좋아하든 안 하든, 난 오빠랑 계속 사귀어."

"그러니까 대답해 보라고! 나보다 더 좋다면 꺼져 줄 테니까."

회승은 뜻을 굽히지 않고 대답을 기다렸고, 제인은 진짜 거짓말이라도 해야하는 걸까 생각에 잠겼다. 둘은 그렇게 한동안 서로를 노려봤다.

"오빠랑 만난 지 얼마 안 됐어. 너만큼은 아니지만 좋아하니까 만나는 거고, 시간이 지나면 더 좋아질 거라 생각해."

"그러니까. 그렇게 되기 전에 나랑 다시 시작할 마음이 없어?"

"……어."

"확실해?"

제인은 망설이는 자신의 마음을 회승이 읽을까 걱정됐다. 하지만 눈빛에서 은연중 알 수 있었다. 이미 그 마음을 회승이 알고 있다는 걸.

"어. 그러니까 그만해."

그럼에도 불구하고 제인은 거짓말을 했다. 그럴 수밖에

없었다.

회승은 제인의 팔을 힘주어 놔 버렸다. 그리곤 피식 웃었다.

"짜증 나. 열이 확확 오르네, 그냥. 술이나 퍼야겠다. 간다."

제인의 머리를 헝클어트려 놓으며 인사할 틈을 주지 않은 회승은 쌩하니 밖으로 나갔다.

딸랑거리는 종소리가 빈 가게를 울리며 제인의 속을 헤집어 놓았다.

신경 쓰여, 구회승…….

제인의 시선이 회승 몫의 아이스커피에 가 닿았다. 한 모금도 마시지 못한 커피가 여전히 캐리어 안에서 찬 물방울을 흘리고 있었다.

* * *

시동을 끄고 차에서 내린 회승은, 깜박할 뻔한 담뱃갑과 라이터를 챙겨 들고 나서야 잠금장치를 작동시켰다.

주차장 입구. 먼저 도착한 준영은 통화를 하고 있었다.

가까이 다가가자 막 통화를 끝낸 준영이 실소하며 말했다.

"김희원이 헌팅 술집으로 가라는데?"

"됐다 그래. 안 그래도 꼬이는데 무슨……."

여자의 '여' 자만 들어도 골이 당긴다. 낮부터 술이 당기는 이유도 여자(공제인), 며칠째 전화를 받지 않아 짜증을 오르게 한 것도 여자(고선영)다.

“몰라. 재수생 되더니 여자 겁나 밝혀. 공부도 더럽게 못하는 게. 한 대 피우고 가자.”

술이 고픈 만큼 담배도 고픈 회승은 준영의 말을 순순히 받아들이며 목적지인 단골 포차를 눈앞에 두고 자리에 멈춰 섰다.

오면서 차에서 뜯어 피운 새 담뱃갑은 그렇게 안 나와 짜증을 일게 하더니, 이번엔 수월하게 한 개비를 내놓았다.

회승이 담배 한 개비를 입에 물자 막 자신의 담배에 불을 붙인 준영이 라이터를 대 주었다.

벌써 두 갑째. 일일 흡연 양을 훌쩍 넘겼지만 태워도, 태워도 계속 몸에서 당겼다.

“고선영이랑은 헤어졌냐?”

바로 대답을 하지 않은 회승은 일단 연기를 후, 길게 내뱉었다.

“말은 해 놨지, 문자로. 이거 헤어진 거 맞지? 아, 찜찜해. 이런 건 만나서 얘기해야 되는데 연락이 안 돼.”

“문자? 미친놈. 왜? 톡으로 하지?”

“문자가 좀 더 정중해 보이잖아.”

회승의 말에 준영이 정색을 하며 웃더니 툭, 꽁초를 떨어뜨리곤 발로 비벼 껐다.

“야, 몇 번 말하냐. 휴지통에 버리라고.”

"네가 하시든가."

"저 환경 파괴자 새끼."

혹시나 했는데 준영이 그냥 지나쳐 버리자 회승은 인상을 쓰며 언성을 높였다. 그리고 자신이 피우던 꽁초는 확실히 점화시킨 뒤 두리번두리번 휴지통을 찾아 툭 던져 넣었다.

"아무튼, 생긴 거랑 매치가 안 돼."

준영이 혼잣말로 중얼거렸다.

"야! 거기 내 꽁초도 좀 부탁해."

"꺼져. 리더가 남 뒤치다꺼리 하는 거 봤냐?"

뒤돌아보며 말하는 준영에게 회승은 가운뎃손가락을 날렸다.

"누가 리더라는 거냐? 설마 너?"

"당근. 너는 김희원이랑 내 따까리."

"네 생각만 그렇다는 거잖아? 그치?"

"노노. 애들 생각. 철들고, 착한 심성의 아이들이 네 앞에서만 티 안 내는 거지. 상처 받을까 봐."

"그 반대란 생각은 안 해 봤냐?"

"그럴 틈을 줘야 말이지."

"너 술 따를 수 있지?"

"마시기도 전에 취했냐? 뭔 개소리야, 갑자기?"

"너 혼자 마시라고. 너 재수 없어서 갈란다."

포차 문을 열다 말고 진짜 뒤돌아서는 준영을 회승이 킬킬거리며 잡았다.

“안 돼. 혼자 마시면 여자들이 또 ‘혼자 오셨어요?’ 이러면서 덤비잖아. 나 오늘은 진짜 퍼마셔야 돼.”

가려는 준영을 붙잡아 앞세운 회승은 가게 안으로 들어섰다.

“짱구냐? 나까지 더하면 ‘둘이 오셨어요?’ 거든?”

“아무튼, 자기 외모에는 관대한 새끼.”

회승은 준영을 간단하게 비웃어 주고 대충 자리를 잡고 앉았다.

“여자 만났냐?”

오이를 한입 베어 물며 준영이 물었다. 테이블 위에 안주라고는 기본으로 먼저 나오는 오이와 당근뿐인데, 이미 소주는 반병 이상 비어 있었다.

“제인이. 어떻게 알았냐?”

“미친, 제인이래……. 다시 사귀냐?”

“아직.”

“그럼 성까지 붙여 부르라고. 소름 돋잖아, 자식아…….”

“묻잖아. 어떻게 알았냐고, 제인이 만난 거.”

아무한테도 말 안 하고 픽업한 건데 그 사실을 준영이 알고 있다니.

혹, 둘이 따로 연락하고 있는 건지 회승은 신경질이 날 정도로 예민해졌다.

“또, 또. 마음은 혼자 벌써 사귀네. 네 옷 보고 알았다, 자식아. 신경 안 쓴 듯 쓴 거 티 확 나, 병신아.”

"그렇냐? 안 그래도 아침 일곱 시에 일어났다. 꾸미느라고. 미쳤지, 내가……."

대수롭지 않게 대꾸하며 회승은 빈 잔에 소주를 채우고 쭉 들이켰다.

"그 셔츠, 한정판이라고 지랄을 떨던 그거 맞지?"

"내가 그랬냐……."

이번에도 시원찮게 대꾸한 회승은 길게 잘려 나온 당근을 뚝 끊어 먹고는 또 술을 따라 마셨다.

"공제인이 애 또 폐인 만드네. 넌 어떻게 같은 여자한테 필이 또 꽂히냐? 안 자서 그런가?"

휙.

얼굴로 날아드는 당근을 준영이 휙 피했다.

"죽을래?"

저조한 기분을 맞춰 주려고 준영이 그런 말을 했다는 걸 알지만, 회승은 제인이 사내놈들이 으레 만나면 주고받는 일반적인 여자 취급을 당하는 건 두고 볼 수가 없었다. 기분이 뭣 같다.

"진지하네. 이번에도."

준영이 사과의 의미로 건배하자는 듯 잔을 내밀었고, 그런 준영을 탐탁지 않은 표정으로 쳐다보며 회승은 툭 잔을 부딪쳐 주었다.

"근데 공제인, 남친 있다며? 임자 있는 애한테 들이대서 뭐하게? 자신 있냐?"

"임자 있는 애한테, 그것도 절친 여친한테 들이댄 천하에 둘도 없는 나쁜 새끼 누구?"

회승의 말에 준영은 쿡쿡, 웃었다. 이렇게 술 한잔하며 아무렇지 않게 얘길 꺼낼 수 있어 다행이라 생각했다.

"아, 씁쓸해……. 그렇게 헤어져 주는 게 아니었어. 그때……."

웃고 있는 준영으로부터 시선을 거둔 회승은 지금 공제인의 임자, 학교 선배인지 뭔지 하는 눈엣가시 같은 존재를 상기하고는 담배를 하나 꺼내 물었다.

"그래, 미안하다. 몇 번 얘기했지만 내가 잘못했네."

준영이 라이터를 대 주며 말했다.

담배를 빨고 연기를 내뱉은 회승은 인상을 쓰며 준영을 쳐다봤다.

"너 말고 따로 있어, 우리 깨진 이유. 아니다. 내가 놔준 거지."

준영도 담배 한 개비를 꺼내 입에 무는 걸 보며 회승이 말했다.

"뭐래? 그때 수학여행, 그거 때문 아니었어?"

"어."

재떨이에 톡, 회승이 재를 털었다.

저…… 뻔뻔한!

준영은 혼미해지는 정신을 바로 잡았다.

"그럼 너 반까지 옮기며 그 난리를 떤 건 뭔데? 그리고 미안해서 땅 파고 들어가고 싶어 했던 난 뭐였지?"

"그래서 내가 너 쉽게 용서해 줬잖아."

아, 그래서였군. 반을 옮기더니 얼마 안 가 없었던 일처럼 다시 농담을 걸고 했던 이유가.

하, 참. 다 지나간 일 끄집어내 봤자 좋을 것도 없고.

준영은 슬쩍 열이 받긴 했지만 자신도 잘한 것이 없으니 그냥 술 한잔으로 잊어버리려 했다.

"그럼 이유나 좀 알자. 그래야 나도 덜 억울하지."

"뭘?"

"너네 헤어진 이유. 그리고 반은 왜 옮겼던 건데? 너 헤어진 뒤에도 공제인 보려고 우리 반 종종 오고 그랬잖아."

"몰라도 돼. 술이나 마셔."

마지막으로 한 모금 더 빨아들인 회승은 담배를 재떨이에 비벼 끄고는 술을 마셨다.

그때 반을 옮겨 간 건, 제인보다도 준영을 잃고 싶지 않았기 때문이었다.

그 상태에서 계속 부딪히면 철없던 나이에 괜한 시비를 걸 수도 있었고, 그러다 보면 준영과 더 멀어지게 될 것 같았다.

좀 떨어져 있으면 이성적으로나 감정적으로나 후회하지 않을 결정을 내릴 수 있을 거라고 판단했었다. 그리고 그건 결과적으로 옳은 선택이었다.

"뭔데? 한 대 맞고 말할래, 열 대 맞고 말할래?"

"너야말로 열 대 맞고 그 주둥이 닥칠래, 열한 대 맞고 닥칠래?"

졌다는 듯 픽 웃는 준영을 보며 회승도 웃어 버렸다.

제인은 자신에게조차 말하지 못했다.

준영과의 키스…… 아니, 뽀. 뽀. 사건 뒤에 변명 한마디 안 한 걸 보면, 헤어지자고 한 그 이유가 제인에게 있어 얼마나 중요한 일인지 감으로도 알 수 있었다.

그건 제인의 자존심에 관한 것이었고, 회승은 그걸 지켜주고 싶었다. 물론 지금은 아니지만.

"공제인, 많이 예뻐졌더라."

준영이 회승의 잔에 술을 채우며 말했다.

"원래 예뻤어. 머리는 약간 컸어도."

"지금도 커, 병신아. 얼굴이 예뻐져도 크기가 줄진 않지. 그리고 솔직히 고딩 땐 그렇게 예쁜 얼굴은 아니었거든?"

"근데 너네 진짜 뽀뽀만 한 거지? 또 생각나네? 야, 좀 따라 나와."

회승이 테이블을 엎고 나가려는 제스처를 취했다.

"예쁘진 않아도 가끔 멍한 게 매력이 있지, 공제인이."

농담인 줄 안 준영이 웃으며 대꾸했다.

"그런 매력, 넌 몰라도 된다고. 날 위한 매력이거든?"

"정신 차려라. 넌 지금 엄연히 짝사랑 중이야. 어우, 쪽팔려."

"짝사랑 아니거든?"

"그럼 외사랑으로 하든가."

비웃으며 말하는 준영을, 회승이 술잔을 들며 빤히 쳐다봤다. 그리곤 진지하게 말했다.

"닥쳐. 그린라이트라고."

캑캑, 술을 마시고 있던 준영은 사레에 걸리고 말았다.

아, 저 또라이 자식.

* * *

공다운이 다니고 있는 학원 앞. 교복 차림으로 왔다 갔다 하는 아이들 틈으로, 2학년이 되더니 5kg은 더 붙은 것 같은 공다운이 느릿느릿 걸어오고 있었다.

"공다운!"

제인은 반가워 크게 이름을 불렀다. 다운이 흠칫, 놀라더니 걷는 속도를 빨리했다.

"어깨 펴고 다니라니까?"

다운이 가까워지자 제인은 목소리를 최대한 죽이며 말했다.

덩치까지 큰 녀석이 구부정하게 다니는 꼴에 안타까움을 넘어 화까지 났다.

다운은 손으로 얼굴을 가리고 고개를 약간 숙였다. 뚱뚱한 외모가 콤플렉스인 다운은, 가족과 친한 친구들 몇을 빼고는 남의 시선을 받는 일에 무척이나 예민했다.

"가린다고 가려질까, 그게? 그럴 바에는 당당해지라니까?

뚱뚱한 게……."

"내놓고 빨리 가."

"야. 네가 말꼬리 자르는 바람에 '뚱뚱한 게' 라고 말한 것처럼 돼 버렸는데, 누나가 해 주고 싶은 말은…… 알지?"

"아, 시끄러워. 빨리 주고 가라고."

"이 네가지 없는 자식. 없는 시간 쪼개 심부름해 줬더니. 고맙단 말도 모르는 게 수능은 어떻게 봐?"

"누나 너보단 잘 볼 테니까 걱정하지 마."

뭐라고라?

반사적으로 눈을 부라리게 된 제인은, 한 대 쥐어박을까 하다가 동생의 체면을 생각해 그만두었다.

그래, 착한 내가 참는다.

제인은 가방에서 노트를 꺼내 다운에게 내밀었다. '구회승' 이라고 크게 적힌 노트였다.

"근데 구회승 걸 네가 어떻게 가지고 있어?"

"알 것 없어."

"이게? 안 주고 간다?"

다운이 노트를 가져가려는 찰나에 제인은 손에 힘을 주었다.

"아, 형이 줬으니까 있지."

다운이 이마를 확 구기며 대답했다.

"너 구회승 알아?"

"그 형 모르면 간첩이거든?"

"이런 거까지 받을 만큼 잘 아는 사이냐고, 둘이."

회승은 자신에게 동생이 있다는 건 알았지만, 둘이 만난 적은 없었다.

돈 주고도 못 산다는 회승의 노트를 다운이 가지고 있을 줄은 상상도 하지 못했다.

"궁금하냐? 그러게 왜 헤어져서는. 누나 너, 아직 회승 형 못 잊었지?"

"너 빨리 저 학원 안으로 들어가고 싶은 거 아니었어? 빨리 가 봐."

회승의 얘기가 나오자 제인은 다운의 등을 떠밀었다. 문제는 다운이 조금도 밀리지 않는다는 것.

"그냥 가끔 연락해. 근데 네가 찬 거 맞아, 진짜? 형이 그렇다고 하긴 했지만, 그게 어디 일어날 만한 일이어야 말이지. 누나 너 따위한테 차일 리가 없는데. 버뮤다 삼각 지대도 아니고."

다운은 콧방귀를 끼며 말했다. 제인은 속으로 '이 돼지가!' 라고 외쳤으나, 아이들이 많은 학원 앞이라 입 밖으로 꺼내지는 않았다.

"형은 잘 지내나? 힘들 때 연락하라고 그랬는데. 그때 길거리에서 나 삥 뜯길 뻔했을 때 막아 주던 거 진짜 멋있었는데."

자신을 보내고 싶어 안달하던 다운은 회승의 얘기가 나오자 수다쟁이가 되어 갔다.

제인은 피식거리며 얘기를 들었다.

"나한테 반말하던 새끼들이, 회승 형 한마디에 허리 숙여 존댓말하면서 사과하고."

"그런 일이 있었어?"

"그때 형이 그냥 뺏긴 돈만 돌려주고 가려고 하다가 내 명찰을 봤는지 공제인 동생이냐고 묻는 거야. 그렇다고 하니까 밥도 사 줬었어. 그때 처음으로 누나 네가 누나 같았지."

잠깐이었지만 제인을 보는 다운의 눈빛이 따뜻했다. 하지만 그 눈빛은 다시 급격하게 변했다.

"누나 너, 회승 형이랑 다시 사귀지 마라. 그러다 또 헤어지면 우리의 돈독한 관계가 멀어질까 봐 겁나거든. 처음으로 누나 노릇 좀 하라고. 알겠지?"

"뭐어? 처음?"

"어? 누나! 안녕하세요."

학원 앞임을 망각하고 흥분 지수가 막 오르려는데 건희의 모습이 보였다. 다운의 절친이라는 게 믿기지 않을 정도로 건희는 말끔히 생겼고 무엇보다…… 날씬했다.

"건희, 안녕. 오랜만. 공부하기 힘들지?"

"네. 죽겠어요. 근데 누나, 왜 이렇게 예뻐지셨어요?"

볼멘소리를 하면서도 마지막엔 생긋 웃는 건희의 얼굴이 예뻐, 제인도 절로 미소가 지어졌다.

"힘들어도 좀 참아. 곧 군대도 가야 할 텐데, 뭘."

"누나……."

건희가 앓는 소리를 내다 다시 웃었다.

"누나, 혹시 과외하실 생각 없어요?"

"왜? 과외 자리 생겼어?"

격한 제인의 관심에 건희가 좀 미안한 표정을 지으며 '저요.' 라고 말했다. 그런 건희가 제인은 마냥 귀여웠다.

"수능 망치고 싶구나? 왜? 대학 안 가려고?"

제인은 다운을 한 번 째려봐 주고는 가방을 고쳐 멨다.

"그럼 난 약속이 있어서 먼저 갈게."

"약속이 없어도 누나 넌 사라질 타이밍이야."

'이 돼지가?'

"좀 쉬면서…… 공부 열심히 해."

제인은 다운이 아닌 건희를 보며 웃는 얼굴로 말했다. 결국엔 공부하란 소리밖에 못 해 줘서 미안한 마음에 더 밝게 웃어 주었다.

* * *

"재열 오빠 괜찮다. 그치? 민주야?"

"뭐, 평균 이상이긴 하지……."

은지의 말에 안주를 집어 먹으며 민주가 떨떠름하게 대답했다. 민주와 은지가 처음으로 재열을 만나는 자리였다.

사실 제인은 회승에 대한 생각으로 술기운이 오른 상태였기 때문에 재열을 부르고 싶지 않았었다.

하지만 화장실을 간 사이, 은지가 재열의 전화를 대신 받아 불러내서 마련된 자리였다.

"대답이 왜 시원치 않냐? 지금까지 네가 재열 오빠랑 죽이 제일 잘 맞았거든?"

"누가 뭐래? 그냥 가만히 생각해 보니 구회승을 사귀었던 공제인 성에 찰까 싶어 그렇지. 나 같으면 그럴 것 같아서."

"음……. 그건 또 그러네. 공제인, 진짜 그래?"

"몰라……."

셋 중에 가장 멀쩡해 보이는 은지를 향해 제인은 피식 웃으며 대답했다.

"어머, 얘 봐라? 난 강력히 부인할 줄 알았는데 아니네. 너의 진심이 뭘까나?"

"몰라. 술 주세염."

아무나 따라 봐라 하는 식으로 제인은 술잔을 내밀었고, 서로 시선을 교환하고 있던 민주와 은지는 뭔가 확신한다는 듯한 표정으로 음흉한 미소를 흘렸다.

"뭐야, 너네. 나한테 왜 그래? 술 달라고, 술, 술."

"공제인, 회승이 보고 싶지 않아? 난 최준영 보고프다. 뭐하고 있나 문자 보내 볼까? 왠지 걔네도 같이 있을 것 같아."

"그냥 전화해 봐, 전화."

"그럴까? 그치? 전화가 훨 낫겠지?"

은지의 말에 민주가 반색하며 휴대폰을 얼른 집어 들었다. 은지가 기다렸다는 듯 민주 곁으로 바짝 붙었다.

술을 따라 줄 기미가 보이지 않자 제인은 과감히 술잔에 술을 따르고 홀랑 마셔 버렸다.

"왜 이렇게 안 받아?"

"그냥 스피커폰으로 해."

"어, 받았다! 최준영, 쭌영아."

—뭐냐? 상태 이상하네. 끊어.

"야! 최준영!"

—아, 왜?

"히히, 끊지 말라고."

준영의 앞에서는 한 마리의 순진한 양이 되어 버리는 민주를 보며 제인은 고개를 절레절레 저었다.

—빨리 말해. 지금 친구랑 있어.

"뭐! 친구 누구? 언니야? 동생이야?"

"이젠 아주 여자를 만난다는 가정 하에 말하는구나. 너도 이제 최준영 버려."

—오은지한테 닥치라 그래.

준영에게만 순종적이 되는 민주의 모습에 익숙해진 은지는 입술을 씰룩거리며 술을 따랐다.

"근데 진짜 누구랑 있는데?"

—거기 공제인도 있어?

"아, 누구랑 있냐고!"

—있어? 없어?

민주가 소리를 버럭 질러 보지만, 준영은 꿈쩍도 안 한다.

왜 이런 애를 좋아해서는.

"저 여기 있어요. 최준영은 누구랑 있어요?"

욱하는 민주의 표정을 읽은 제인이 얼른 나섰다. 민주가 궁금해하는 그 답을 얻어 내기 위해 나긋나긋, 말에 음표를 붙여 물었다.

—공제인, 취했냐?

말 뒤에 물음표만 붙었지, 어째 취했다에 모든 것을 건, 확신에 찬 말투였다. 제인이 아직 괜찮다고 말해 주려는데, 민주가 나섰다.

"어. 근데 너 진짜 말 안……."

—너네 어딘데?

"우리 홍대. 근데 왜에? 우리 있는 데 오려고?"

어느새 봄바람처럼 살랑살랑 표정이 풀린 민주는 미성의 목소리를 되찾았다. 제인과 은지는 눈빛을 교환하며 민주 흉을 보았다.

—끊어 봐. 이따 다시 전화할게.

"알았……."

민주가 미처 다 말하기도 전에 전화는 끊겼다.

"아…… 이 싸가지 진짜!"

민주의 얼굴은 또 붉으락푸르락 변해 준영을 욕을 늘어놓기 시작했고, 그런 흐름에 익숙한 제인과 은지는 심드렁한 얼굴로 관심을 두지 않았다.

"어? 민주 왜 저래?"

화장실에서 돌아온 재열이 제인의 옆에 앉으며 물었다.

"넌 또 그 잠깐 동안 얼마나 마신 거야? 얼굴 터질라 그래."

재열은 술기운이 올라 발그레해진 제인의 얼굴을 두 손으로 감싸 당겼다. 제인이 귀여워 죽겠다는 듯한 얼굴이었다.

"괜찮아, 오빠. 나 아직 완전히 안 취했어."

"완전히 안 취했어요? 으구, 잘했어요."

닭살이다.

아직 이런 멘트에 적응하지 못한 제인은 재열의 손이 닿는 게 부담스러워 슬며시 뿌리쳤다.

하지만 단지 수줍어서 그런 거라 착각한 재열은 그 모습에 더 자극을 받아 제인의 볼을 쭉 잡아당기며 웃었다.

제인은 억지웃음을 지으며 얼굴을 뒤로 뺐고, 은지와 민주의 반응을 살폈다. 역시나, 웃음을 참아 내며 손이 오글거린다는 동작을 하고 있는 은지와 민주 때문에 제인은 고개를 푹 숙였다.

"오빠 잠깐 나갔다 올게. 아는 형이 근처에 있다고 보자네? 오래 안 걸려."

듣던 중 이렇게 반가운 소리가 있었던가. 오래 걸려도 된다. 제발 오래 걸렸으면 좋겠다. 숙여져 있던 제인의 얼굴이 확 들리며 화색이 돌았다.

"그으래? 그럼 빨리 가 봐야지."

제인은 지나치게 좋아하는 티를 내지 않으려고 노력했다.

"술 더 마시지 말고 있어. 알았지? 제인이 술 주지 마."

"암요, 암요. 어서 다녀오세요."

"걱정하지 마세요."

재열의 애정 행각을 더 이상 보지 않아도 된다는 기대감에 은지와 민주도 적극적으로 나섰다.

"과일 안주 시켜 주고 갔다 와야겠다. 과일 먹고 있어. 술 좀 깨게. 갔다 올게."

이렇게 자상한 오빠인데, 왜 부담스럽기만 한 걸까.

재열에겐 미안했지만, 제인은 문밖으로 나가는 그의 모습을 보며 안도의 한숨을 내쉬었다.

"다 좋은데, 좀 과잉인 것 같지 않냐?"

"근데 연애하면 다 저렇지 않아? 우리야 제삼자 입장이니까 오글거리는 거지만. 근데, 공제인. 네가 우리보다 더 굳어 있으면 어떡하냐? 나 아까 그래서 웃겨 죽는 줄 알았잖아. 네 표정 때문에."

"원래 이 정도까지는 아니었는데……."

제인이 풀 죽어 말했다.

"원래 남자들은 남 앞에서 달라진다고들 하더라. 그냥 한잔하고 잊어. 우리 사이에 그런 거 하나 이해 못 하겠니?"

재열에겐 걱정하지 말라 큰소리친 민주는 제일 먼저 제인의 잔에 술을 따랐다. 다시 회승과 잘되면 좋을 거라는 속마음을 숨긴 채.

"자, 건배."

벙글벙글 웃고 있는 민주를 보며 제인은 소주를 입에 털어 넣었다.

재열이 주문한 과일이 나오고 그 뒤로 셋은 술을 몇 잔 더 마셨다. 제인이 화장실에 가려고 자리에서 일어났을 때 민주의 휴대전화가 울렸다.

"나 화장실 좀."

전화를 받고 있는 민주가 알았다고 손짓을 했다.

"다 왔다고? 그럼 3층으로 올라와."

준영이 도착을 한 모양이었다. 민주가 휴대전화를 탁자에 내려놓는 것을 보며 제인은 밖으로 나왔다.

손을 씻으며 세면대 거울을 보니 얼굴이 발그레했고, 입술은 립스틱이 지워져 건조해 보였다. 정신은 말똥말똥한데 몸만 취한 느낌이었다.

제인은 손을 씻고 주머니에서 살구색 립스틱을 꺼내 발랐다. 그리고 다시 화장실을 나서려는데, 어떤 여자와 부딪히며 살짝 비틀거렸다.

"아!"

여자는 신경질적인 얼굴로 제인을 사납게 노려봤다.

"뭐야? 뭘 쳐다보고만 있어? 사과 안 해요?"

"아, 죄송합니다. 그런데 같이 잘못한 것 같은……."

"하, 뭐래니? 너 술 취했죠? 난 술 하나도 안 마셨거든요? 취해서 비틀거린 게 누군데?"

비틀거린 이유는 부딪혔기 때문이었다. 제인은 억울했다.

얼굴로 술기운이 올라와서 그렇지, 정신은 정말 멀쩡했다.
“아니, 난…….”
“제인아, 무슨 일이야?”
“아…… 오빠.”
엘리베이터에서 내린 재열이 화장실 앞으로 빠르게 걸어왔다.
“무슨 일이에요?”
재열이 여자에게 물었다. 재열과 제인을 번갈아 가며 쳐다보던 여자는 픽 웃으며 아니꼬운 얼굴을 했다.
“그게…….”
“술 취해서 비틀거리다 부딪혀 놓고는 사과 한마디 안 하잖아요. 그쪽 여친이. 여자 친구 맞죠?”
“죄송해요. 제가 대신 사과드릴게요.”
“아니, 오빠. 그게 아니라…….”
“전 그쪽 사과 받고 싶지 않은데요? 당사자가 옆에 있잖아요.”
“제인아…….”
그냥 사과하고 끝내자는 재열의 눈빛을 읽은 제인은, 일을 크게 벌이지 말자는 의도는 알았지만 그래도 실망스러움은 어쩔 수 없었다.
“뭐해요? 사과할 거예요, 말 거예요?”
“아까 했잖아요.”
“하! 술 먹었음 곱게 집에 가서 자든가. 뭐하자는 짓이야?

그게 제대로 된 사과야?"

"저기, 좀 진정하세요. 제인아?"

"내가 잘못한 거 아니라고. 그리고 사리 분별 못 할 만큼 그렇게 안 취했어."

취했다고 해도 다 깼겠다. 이 상황에서!

"흥. 취한 사람은 다 그쪽같이 말하는 거 알아요?"

아니, 근데 이 여자가? 으…… 얄밉다.

제인은 억울한 마음에 주먹을 부르르 떨었다.

"증거 있어요?"

그래! 증…… 구회승?

준영과 함께 나타난 회승이 제인의 옆으로 떡하니 버티고 섰다.

자신에게 사과를 요구하는 재열보다 그런 회승의 모습이 제인에게는 훨씬 더 믿음직스럽게 비쳤다.

"즈, 증거요?"

바늘 하나 들어갈 수 없을 정도로 빡빡하던 여자가 처음으로 말을 더듬었다. 애써 담담한 척해 보려는 것 같았지만 당혹스러움이 제인의 눈에도 보였다.

짐작컨대, 회승의 문제 제기에 힘을 잃은 것보다는 회승과 준영의 외모 때문인 것 같았다. 여자로서의 수줍음? 그런 것들 말이다.

"응, 증거. 저기 CCTV 있잖아요."

그 자리에 있던 모두가 회승의 검지를 따라 고개를 돌렸다. 빨간 불빛을 반짝반짝 내고 있는 카메라 한 대가 보였다.

"확인해 보면 얘 잘못인지 바로 밝혀질 텐데 뭐하러 시간 낭비하고 있어요? 얼른 사장한테 가서 보여 달라고 해요. 언니가 예뻐서 내가 특별히 알려 주는 거야."

예쁘다는 말에 발그레하게 변하던 여자의 낯빛은 이내 카메라의 존재를 깨닫고 흑색으로 변했다.

"뭘 번거롭게 CCTV씩이나 확인을 해요? 이 여자…… 분, 술 취했잖아요."

빠르게 튀어나온 여자의 말에 사람 좋은 얼굴을 하고 있던 회승의 얼굴이 단번에 까칠해졌다. 그리곤 피식 비웃음을 머금더니 약을 올리는 듯한 투로 말했다.

"얘 취한 거 아닌데? 내가 얘랑 사귀어 봐서 잘 아는데?"

"돼, 됐어요. 그냥 없었던 일로 하죠. 내가 술 취한 사람이랑 뭔 얘길 하겠다고……."

그 와중에 여자는 회승과 사귄 것에 대해 믿을 수 없다는 눈빛을 제인에게 보내며 시기 어린 질투를 감추지 않았다.

"되긴 뭐가 돼? 언니가 잘못한 거지? 사과해요, 얘한테. 그래야 된 거지."

"아니라니까욧!"

"왜 소릴 질러? 고막 터트릴 일 있어? 잘생긴 내 고막 대신 인공 고막 집어넣으면 어쩔? 그리고 언니, 자꾸 거짓말하면 크리스마스에 산타가 선물 안 준다?"

"병신. 산타는 울어야 선물 안 주는 거거든? 거짓말이 아니라."

원래의 최준영이라면, 이 대목에서 산타를 아직도 믿느냐고 말해야 하는 것 아닌가?

제인은 준영을 쳐다보다, 둘이 맨날 티격태격하면서도 왜 절친 관계를 유지하고 있는 건지 알 것 같았다.

"그만 가세요. 같이 부딪힌 거니까 그냥 없었던 일로 해요."

회승에게는 나중에 다시 고맙다는 말을 해야겠다고 생각하며, 제인은 일단 재열과 얘기를 나누기 위해 상황 정리에 들어갔다.

"뭘 잊어? 사과할 건 하고, 받을 건 받아야지."

"제인이 친구지? 그쯤 했으면 됐어. 그만 가 봐. 그쪽도 가 보세요."

회승의 에너지 넘치는 모습을 보며 재열은 이대론 안 되겠다 싶었다. 정작 제인의 눈에는 그런 모습이 별로 달갑지 않다는 걸 그는 여전히 깨닫지 못했다.

"근데 왜 자꾸 반말이야? 친하지도 않은데 반말하지 말죠, 우리? 저번에도 얘기했던 것 같은데? 그리고 이런 상황에서 여자 친구 체면은 생각도 안 하고 그러는 거, 좀 아니지 않아요? 그럴 거면 남친 자리 내놓으시든가."

"……뭐? 야, 다시 한 번 말해 볼래?"

"오빠!"

회승과 붙으려는 재열의 팔을 제인이 얼른 붙잡았다.

“다시 말하면 내 말대로 해 줍니까? 그럼 백 번이라도 다시 말하고.”

회승의 이죽거림에 재열은 흥분을 감추지 못하며 멱살을 쥐려고 했다.

“아, 진짜. 이 꼴통 새끼.”

다행히 준영이 얼른 회승의 앞을 가로막았다. 그러나 웃음기 섞인 음성으로 보아 준영도 이 상황을 즐기고 있는 듯해 제인은 안심이 되지 않았다.

“놔 봐.”

여유롭게 준영을 밀어낸 회승은 재열을 피하지 않았다.

“내가 몇 대 맞아 주면 애랑 헤어질 수 있어요? 그럼 기꺼이 맞아 주고.”

“뭐, 이 새끼야?”

재열이 주먹을 치켜들었다.

“잠깐! 오빠! 나랑 얘기 좀 해요!”

재열의 주먹이 회승의 얼굴로 날아들기 직전, 제인이 그 앞을 가로막았다.

“너 미쳤어?”

회승은 제인에게 버럭 소리 질렀다. 그러다 한 대 맞기라도 했으면. 생각만 해도 아드레날린이 솟구쳤다.

“나가자.”

제인과 시선을 마주한 재열이 흥분을 가라앉혔다. 그리고 회승은 처음부터 신경도 쓰지 않았던 사람처럼 제인을 데리고 비상계단 쪽으로 향했다. 손목이 잡힌 제인은 보폭이 큰 재열을 따라가느라 종종걸음을 쳐야 했다.

"……미친. 새끼가 애 손목을 막 잡고 지랄이야. 회 쳐 버릴까 보다."

여전히 제인이 재열과 함께 사라진 비상계단 쪽을 바라보며 회승이 나직이 말했다.

"짝사랑이나 하는 주제에 질투는."

"봤냐? 꼴에 한 살 많다고 허세 떨던 거."

준영이 놀려도 회승의 분노는 재열에게로 향해 있었다.

"너야말로 허세 장난 아니었거든? 공제인이 그렇게 좋냐?"

"어."

단호한 회승의 대답에 아직도 그 자리에 남아 있던 여자는 헛기침을 두 번 했다. 여자가 의도한 대로 회승과 준영의 시선이 자신을 향하자, 여자는 수줍은 듯 웃었다.

그러나 두 남자의 눈빛에는 왜 아직도 안 가고 거기 있냐는 의문이 담겨 있어 여자는 실망하고 말았다.

"뭘 봐? 잘생긴 남자 처음 봐요?"

준영은 없는 사람 취급을 하고 시선을 다른 곳으로 돌렸지만 회승은 삐딱하게나마 말을 걸어 주었기에 여자는 기뻤고 용기도 얻었다.

"저기…… 여기서 이런 말 한다는 게 좀 그렇긴 하지만 연락처 좀…….”

준영은 다시 고개를 돌려 '얘, 뭐지?' 하는 눈빛으로 여자를 쳐다봤다. 그리고 그냥 가자고 말하려던 순간, 회승이 숫자 11개를 빠르게 내뱉었다.

“네?”

“다시 물어보지 마요. 나도 외우기 힘드니까.”

빅 엿이다. 제 번호도 아니고, 그냥 이 자리에서 생각나는 대로 막 지껄인 번호라니.

준영은 배를 잡고 웃었다.

“아까 예쁘다고 한 거 뻥이었어요. 내 여친 될 애, 질투 좀 하라고. 이용해서 미안.”

여자를 멍하게 만든 회승은 윙크를 한 번 날려 주고 뒤돌아섰다. 장난이 지나쳤다는 생각을 안 한 건 아니었지만 제인을 대신한 소심한 복수였다.

“쟤 뭐냐?”

어이없다는 듯 웃음을 흘리며 묻는 재열에게 제인은 아무런 말도 하지 않았다.

'나랑 사귀었던 애인데, 적어도 오늘은 오빠보다 날 더 생각해 주는 것 같네' 라고 말하기엔 적절한 시기가 아니라는 걸 잘 알았다.

“하…….”

제인이 말을 않자, 재열은 깊은 한숨을 내쉬었다. 그리곤 좀 진정된 어투로 물었다.

"저번에 나랑 통화했던 걔지? 구회승인가 뭔가."

"어……."

"걔 진짜 너 아직도 좋아하나 보다?"

재열의 질문은 계속됐지만, 제인은 이 문제보다 다른 얘기를 하고 싶었다.

"근데 오빠, 아까 왜 그런 거야?"

"아까 뭐?"

정말 몰라서 저렇게 묻는 걸까? 도리어 불쾌한 듯 표정을 짓는 재열의 태도는 제인을 울컥하게 했다.

"내 말은 들어 보지도 않고, 무조건 사과하라고 한 거 말이야."

"똥이 무서워서 피해? 그런 애랑 무슨 말을 섞고 있어? 그냥 미안하다고 하면 끝나는 일을."

역시 예상했던 대로였지만 제인은 왠지 울적해졌다. 재열과는 사뭇 달랐던 회승의 모습까지 떠오르자 마음은 더 깊게 가라앉았다.

"그래도 나는, 적어도 오빠가 내 얘길 한 번쯤은 들어 봐 주길 바랐어."

"구회승은 무턱대고 네 편 들어 주니까 그게 멋있는 것 같지? 새삼 비교도 되고."

그런 말이 아닌데. 제인은 오히려 재열이 그런 생각을 하고 있는 것처럼 느껴졌다. 더 대화를 이어 나가기엔 무리라는 판단이 섰다.

"너……. 아직 개 다 못 잊은 거 아냐?"

"……."

뭐라고 대답해야 할까. 재열과의 관계를 위해서는 그렇지 않다고 해야 하는 거지만, 제인은 입이 떨어지지 않았다.

"왜 대답이 없어?"

"그게……. 솔직히 다시 보니까 아무렇지 않진 않았어."

"너 당당하다?"

재열이 이죽거렸지만 제인은 충분히 그럴 수 있다 생각했다.

"미안해. 오빠 결정에 따를게."

"하! 지금 네 마음 편하자고 나한테 결정권을 주겠다?"

"오해했다면 미안한데, 그런 뜻 아니야."

제인은 자신의 의지로 시작한 관계를 일방적인 입장과 마음 때문에 끊어 버리고 싶지는 않았다. 그런 일은 한 번이면 충분했다. 남에게 상처 주는 일은 다시는 하고 싶지 않았다.

다만 지금의 마음 때문에 재열이 이 만남을 더 이어 가고 싶어 하지 않을 수도 있다고 생각했다.

"그래? 그럼 잘됐네. 난 너 놔줄 생각 없으니까."

그렇게 말한 재열은 무서운 기세로 제인을 향해 다가갔다. 그리고는 예상치 못한 행동에 주춤거리며 뒤로 물러서는 제인의 뺨을 잡고 얼굴을 내렸다.

하지만 재열이 뭘 하려는지 몸이 먼저 알아챈 제인이 재열의 가슴팍을 밀며 고개를 돌렸다. 언젠가 재열과 이런 일이 생길 거라는 건 예상했지만, 이런 식은 싫었다.

"미안하다."

의외였다. 먼저 사과를 하고 머쓱하게 웃는 재열의 얼굴을 보자, 순식간에 꽉 들어찼던 반감이 사그라져 갔다.

"미안해. 나도……."

어색하게 말하는 제인을 보며 재열은 다행이라는 듯 웃었다.

"그럼 들어가서 애들이랑 놀다 가. 너무 늦게까지는 말고. 오빤 먼저 갈게."

재열은 제인의 손을 꼭 쥐었다 놓으며 말했다. 제인이 쓰게 웃으며 고개를 끄덕이자 재열은 평소처럼 따뜻하게 웃어주고는 계단을 벗어났다.

한숨과 함께 고개를 떨어뜨린 제인은 다시 안으로 들어섰다.

테이블 위의 빈 술병은 눈에 띄게 늘어나 있었다.

"민주야, 나 가방 좀."

"왜? 가게?"

"뭐냐, 공제인? 우리 오자마자 가는 거냐?"

제인은 미안하다는 얼굴로 웃었다. 이 기분으로는 웃고 떠들 수가 없었다. 잘 놀고 있는 애들한테도 방해가 될 것 같아 집으로 가 쉬고 싶었다.

"오빠 아는 사람, 이 근처에 있다고 그랬잖아. 나 인사시키고 싶다고 그래서……. 미안. 여긴 내가 계산하고 갈게."

제인은 둘러댔다. 그래야 보내 줄 것 같았다. 다행히 계산 얘기가 나오자 민주가 등 뒤로 감추고 있던 가방을 얼른 내주었다. 회승이 중간에서 가로막긴 했지만.

"가지 마."

"올……. 뭐냐, 이 분위기?"

민주와 은지는 의미심장한 눈빛을 빛내며 회승과 제인을 관찰했다. 아주 흥미롭다는 표정이었다.

"민주야, 나 가방……."

"가지 말라고. 뭘 그런 데를 가? 인사 가고 그러는 거 결혼할 때만 하는 거 몰라?"

"뭐라는 거냐, 쟤."

"아, 내가 다 쪽팔린다, 진짜."

모두가 킥킥대며 웃는 가운데, 유일하게 진지한 회승은 가방을 잡기 위해서 뻗은 제인의 손목을 잡아챘다.

"나 술 더 마시면 취할 것 같아서 가려는 거야. 그리고 너도 좀 천천히 마셔."

"나 취하려면 멀었거든? 그렇게 가고 싶어? 멀쩡한 사람 술주정뱅이 만들 만큼? 그래. 가라, 가. 가서 결혼도 해. 그리고 철저히 깨달아 봐. 네가 고른 놈이 구회승보다 얼마나 못한 놈인지를. 그때 구회승 말 들을걸, 하고 후회해도 난 몰라."

잡을 땐 언제고, 회승은 제인의 손목을 휙 뿌리쳤다. 제인은 약간 취한 듯 보이는 회승이 걱정됐다.

“쪽팔려. 유치한 새끼. 공제인, 그냥 가. 나 같아도 이런 자식 싫겠다. 김민주, 가방.”

“어! 여기.”

준영의 말에, 민주는 잽싸고 야무지게 제인에게 다시 가방을 내밀었다. 그리곤 문 옆을 검지로 정확하게 가리키며 이렇게 말했다.

“계산서는 저기.”

속으로 웃음을 터트린 제인은 가방을 팔에 걸고 계산서를 집어 들었다.

“갈게. 그럼 또 봐.”

“뭘 또 봐? 누가 보여 준대?”

네, 네. 그러세요. 구회승, 이 나이를 거꾸로 먹은 것 같은 녀석.

그 나이를 먹고 토라진 표정을 하고 있는 회승을 보니 문득 어렸을 적 모습이 자연스럽게 상상이 됐다. 꼬마 구회승도 아마 엄청 귀여웠을 것 같다.

“갈게.”

제인은 손 인사를 하며 룸을 나왔다. 그리고 엘리베이터 대신 계단을 선택했다.

걱정된다. 구회승, 많이 마시는 것 같던데…….

1층으로 이어진 계단으로 내려서기 전, 제인은 위쪽을 한 번 쳐다봤다. 어지럽게 꼬인 계단이 지금의 머릿속 같았다.

집으로 돌아와 침대에 멀뚱히 앉아 있는데 문자가 왔다. 회승의 번호.

〈놀이터.〉

이래서 조금 전에 민주가 집인지 묻는 연락을 했었던 건가?

제인은 망설여졌다. 나가야 할지, 말아야 할지.

모으고 있던 다리에 얼굴을 묻고 있는데 전화벨이 울렸다. 다시 민주였다.

—야, 구회승 완전 취했어.

제인이 전화를 받자마자 민주가 빠르게 말했다.

"……얼마나 마셨길래?"

—왜에? 걱정돼? 그럼 나가 봐.

놀리는 게 분명한 목소리였다. 왜 자신과 회승의 일을 그렇게 재밌어 하는지 이해할 수가 없었다. 제인은 머리가 지끈지끈했다.

"싫어. 안 가."

민주가 까르르 웃었다.

—그럼 처내버려 둬. 날도 더운데 길바닥에서 한 번 잔다고 별일이야 나겠냐? 그렇지만 난, 네가 나간다에 올인. 하하하하. 그럼 이만 끊는다. 안녕.

교활한 웃음소리를 들려주며 민주는 전화를 끊었다. 화면이 꺼진 휴대전화를 내려다보던 제인은 그걸 들어 머리를 꽁꽁 쥐어박았다. 그리고 한숨을 내쉬다 결국 침대에서 일어나 조용히 방문을 열고 나섰다.

"난 미친 거야. 미친 게 분명해. 미치지 않고서는……."

"공제인."

"아, 아빠."

제인은 놀라지 않은 척하며 웃는 얼굴을 했다.

이것 보라지. 들키지 않으려고 몰래 나가면서도 입으로 중얼댄 게 틀림없었다. 미친 게 분명하다. 구회승한테 홀려서 제정신이 아니다.

'구회승, 이 옴므파탈. 악마 같은 놈.'

"또 어딜 나가? 다 늦은 밤에 위험하게."

"아…… 슈퍼. 뭐 좀 살 게 있어서. 걱정하지 마. 금방 갔다 올 거야. 슈퍼도 단지 안에 있는데 뭐."

"됐어. 있어, 딸. 잘생긴 아빠가 갔다 올게. 뭐 사 오면 돼?"

"아, 아냐, 아빠! 내가 가야 되는 거란 말이야."

제인은 현관으로 향하는 아빠의 팔을 붙잡고 매달렸다.

"하, 그 녀석 참. 뭔데?"

"……생. 리. 대."

아빠를 가만히 바라보던 제인은 단호한 음성으로 똑똑히 말했다.

"흠……."

"순면 패드, 길이는 딱 중간, 두꺼운 거는 절대 안 돼. 아, 꼭 날개 있는 걸로 사 와. 아빠."

척, 가슴 앞에서 팔짱을 낀 제인은 다다다다 말을 내뱉었다. 예상했던 대로 자신을 보는 아빠의 얼굴은 혼란 그 자체였다.

"……네가 가라, 슈퍼."

후다닥 현관을 나온 제인은 다시 문을 열고 얼굴을 빼꼼 내밀었다.

"아빠."

막 몸을 돌렸던 제인의 아빠가 다시 뒤돌아섰다.

"왜, 딸? 아빠가 같이 가 줄까? 그게 낫겠지?"

"아니."

자신의 대답에 실망한 아빠의 얼굴을 보며 제인은 히죽 웃었다. 중년의 아빠도 귀여울 때가 있다.

"그냥 하고 싶은 말이 갑자기 생각나서. 아빠, 사랑해. 갔다 올게."

현관문을 닫기 직전, 웃을 듯 말 듯하던 아빠의 입꼬리가 올라가는 것을 본 제인의 입에도 미소가 걸렸다.

아빠가 우리 아빠라서 다행이었다.

뭐지? 김민주가 분명 만취했다고 그랬는데?

놀이터에서 발견한 회승은 멀쩡해 보였다. 벤치에 앉아

하늘을 올려다보며 담배 연기를 내뿜고 있는 자태는 판타스틱했다.

제인은 더 이상 거리를 좁히지 않고 회승을 계속 관찰했다.

그렇게 취한 것 같아 보이지도 않는데 그냥 갈까? 아냐, 겉만 멀쩡해 보이는 거라면? 저러고 있다 잠들고, 그러다 퍽치기 뭐 이런 거라도 당하면?

"하……."

제인은 주저했다. 집으로 가지도, 그렇다고 회승에게 다가갈 수도 없었다.

가뜩이나 회승을 보면 흔들리는데 이 상태로 계속 대면하는 일은 만들고 싶지 않았다.

"공제인?"

"헉!"

갑작스러운 회승의 부름에 제인은 장미 넝쿨 뒤로 웅크리고 앉아 숨죽였다.

"끌려오기 전에 알아서 와라. 겨우 거기까지 데리러 가는 건 너무 웃기잖아."

'뭐래. 나 왜 숨은 거지? 그냥 집에 갈걸.'

제인은 얼굴을 찡그리며 몸을 더욱 웅크렸다.

"야, 진짜 안 나와? 그러다 잡히면 죽는다. 액션 취하기 전에 나와."

안 되겠다.

제인은 쪼그려 앉은 채 집 쪽으로 몇 걸음 움직였다. 하지만 얼마 못 가, 장미 넝쿨은 끊겨 있었다.

"야, 공제……."

"어머. 네가 여긴 웬일이야? 슈퍼 가는 길에 누가 날 부르는 것 같아서 와 봤더니, 너였네?"

벌떡 일어난 제인은 태연함을 가장하며 장미 넝쿨 뒤에서 쏙 빠져나왔다.

"재밌냐?"

"뭐가?"

"토끼 걸음으로 슈퍼 가는 거."

"궁금하면 직접 해 봐."

제인을 바라보는 회승의 표정은 한마디로 아주 구렸다.

"흠, 무슨 일이야?"

"계속할 거냐? 연기?"

"미안."

"내가 제일 싫어하는 게 뭐다?"

"구라."

"구…… 너는 어휘력 수준이 진짜……. 다시 선택해 봐."

"난 네 수준에 맞춰서 고른 거였는데. 네가 고등학교 때 구라, 구라 해서……."

"아휴, 진짜……. 알았으니까 와서 앉아 봐."

제인은 조용히 벤치로 걸어갔다. 저를 보러 왔다는 걸 회승이 알고 있으니 더 아닌 척하기도 좀 뭣했다.

"뭐해? 앉아."

회승이 바로 옆자리를 가리키며 말했지만 제인은 옆의 벤치에 앉았다. 둘 다 끝 쪽에 앉아 있어 그렇게 먼 거리도 아니었다.

"많이 마셨어?"

회승에게서 희미하게 술 냄새가 풍겨 왔다.

"그냥 마시던 대로 마셨어. 아, 이거 먹어라."

회승이 종이봉투를 내밀었다. 열어 보니 아이스크림이 들어 있었다.

"이거 주려고 왔어?"

"아니. 보고 싶어서."

아이스크림 뚜껑을 벗기는 제인의 손이 멈칫했다. 뭐라고 대답해야 할지 몰라 그저 손만 움직여 아이스크림 뚜껑을 벗기고 숟가락을 들었다.

"……맛있다. 너도 먹어."

"나, 헤어졌다."

내미는 숟가락을 받지 않은 채 회승이 말했다. 제인에게는 폭탄이었다.

"뭐?"

"고선영이랑 헤어졌다고."

제인의 심장이 미친 듯이 뛰기 시작했다.

"……어."

"그게 다야?"

"뭐가?"

"반응이 그게 다냐고."

"그럼?"

"나 너 때문에 깨진 건데?"

아이스크림이 숟가락 위에서 녹고 있었다. 아까부터 제인은 회승이 아닌, 아이스크림을 응시하고 있었다.

"……그런 말을 왜 나한테 해. 나 너랑 별로 친하지도 않은데."

제인은 아이스크림이 흘러내리기 전에 얼른 입에 넣었다.

"너 아직 나 좋아하잖아."

"켁!"

"사귀자. 되도록 빨리."

"콜록! 콜록!"

회승이 제인의 등을 탁탁 두드렸다. 제인은 회승의 손을 뿌리치고는 기막힌 표정으로 그를 쳐다보았다.

"싫어? 그럼 키스할래?"

제인의 얼굴이 확 붉어졌다. 밤이라 다행이었다.

"너 많이 취했어. 그만……."

말하는 도중 제인의 휴대폰이 울렸다.

"집에 가."

제인은 회승에게 말을 마저 하고 전화를 받았다. 지금은 그 누구의 전화도 받고 싶지 않았지만 재열의 전화라 보란 듯이 받았다. 남자 친구가 있으니까 그만하라는 뜻이었다.

—제인아, 지금 집이지? 좀 만나자.

집에 가라는 말을 들을 생각이 없는 회승은 통화하는 제인의 옆모습을 빤히 바라봤다.

"지금?"

회승의 휴대폰이 문자 알림 소리를 냈다. 재열과 통화하던 제인이 힐끗 회승을 살폈다. 회승은 휴대폰을 들여다보고 있었다.

—만나서 얘기해. 나 지금 너네 아파트로 가고 있거든. 나올 수 있지? 거의 다 왔어.

"뭐?"

—천천히 놀이터로 나와. 나 지금 택시에서 내려.

"오, 오빠!"

이렇게 있다간 회승과 있는 걸 재열이 보게 될 거라 제인은 확신했다.

—왜? 기사님, 여기 세워 주세요.

"아파트 앞에 카페 있잖아. 거기서 보자. 나 시원한 게 마시고 싶던 참이었거든."

—그래? 알았어. 잔돈 안 주셔도 돼요. 제인아, 일단 끊어. 오빠 카페에 가 있을게.

전화를 끊으며 제인은 자리에서 벌떡 일어섰다. 정신이 하나도 없다.

어떻게 해야 하지? 아, 일단 구회승을 빨리 보내자.

"구회승, 안 가?"

회승은 제인을 빤히 올려다봤다.

"넌 가려고? 그 자식한테?"

"어."

"그럼 대답하고 가."

"무슨 대답?"

"나 진짜 안 좋아해?"

'우린 안 돼, 구회승. 난 이미 재열 오빠도 있고, 이제 우리 아빠, 행복한 일만 있었으면 좋겠단 말이야.'

"어. 먼저 갈……."

회승이 제인의 팔목을 잡아 돌려세웠다. 격렬한 눈빛이 제인을 압박했다.

"아이스크림 네가 버리고 가. 내가 너한테 준 거니까, 네가 처리해."

"……."

제인은 당황스러웠다. 아이스크림이 뭐라고, 어쩌지 못하고 있는 자신이.

"못 하겠지? 그럼 가지……."

제인은 아이스크림 뚜껑을 덮고, 숟가락과 함께 종이봉투에 넣었다.

아주 빠른 속도였고, 또 보란 듯이 휴지통 앞으로 걸어가 그걸 버렸다. 그리고 놀이터로부터 아주 멀리 떨어지고 나서야 뒤를 돌아봤다.

당연한 거겠지만, 회승은 보이지 않았다. 그제야 제인은 알았다. 회승이 그 자리에 있어 주길 바라고 있다는 걸.

문을 열자 작은 종소리가 울렸다. 카페 안으로 들어선 제인은 창가에 앉아 있는 재열에게로 걸어갔다.

"오빠."

"왔어?"

제인을 발견한 재열이 어색하게 웃었다.

"너 레몬 티 마실 것 같아서 시켜 놨어. 다른 걸로 주문해도 되고."

테이블 위에는 아이스 레몬 티 두 잔이 놓여 있었다.

"아냐, 나 이거 좋아하잖아. 근데 할 말이 뭐야?"

제인은 컵을 조금 더 앞으로 끌어당겼다. 내심 재열이 먼저 헤어지자는 얘길 꺼내 주길 바라면서.

"나 내일이면 출국이잖아. 그런데 너랑 이런 기분으로 떨어져 있는 건 아니다 싶어서."

"아……."

이렇게 오빠와 만나도 괜찮은 걸까? 정말 괜찮은 걸까? 그냥 먼저 헤어지자고 할까?

아무래도 이건 아닌 것 같다는 생각이 강하게 들었다. 재열이 하는 말들이 머릿속에 들어오지 않는다.

"……제인."

"어?"

"너 전화 온다고. 구회승이네. 받아 봐."

"……안 받아도 돼."

"받아."

테이블 위에 올려진 휴대전화의 종료 버튼을 누르려던 제인은 할 수 없이 전화를 받았다.

재열의 눈빛이 강압적이어서 전화를 받지 않으면 싸울 수도 있겠다는 생각이 들었다.

"여보세요."

집에는 잘 갔는지 궁금했지만, 차마 물어볼 순 없었다.

—할 말 있어. 지금.

"다음에 해."

—카페지? 지금 간다. 끊어.

"오지 마! 나 지금 오빠랑 있어."

회승이 전화를 끊기 직전 제인은 다급하게 말했다. 재열은 예민한 눈초리로 제인을 바라봤다.

—근데?

"……오지 말라고."

—끊어.

제인이 한숨을 쉬고 있는 사이 회승은 전화를 끊어 버렸다.

"뭐래?"

"……할 말 있다고."

"그래서? 이리로 온다고? 지금?"

"어……."

재열은 어이가 없어 웃었다.

"너네 어떻게 사귀었기에 걔가 그러냐? 1년도 채 안 사귀었었다며? 그냥 고등학생들이 하는 그런 평범한 연애 아니었어?"

평범? 그래, 평범하다면 평범할 수 있었다.

그저 우리는 헤어질 때 뚜렷한 이유를 가지고 있었던 게 아니었으니까, 그래서 깨끗하게 정리되지 못했던 마음이 지금 다시 나타난 건지도 모른다.

열 때문에 과포화 상태로 녹아 사라졌던 설탕이, 시간이 지나면서 다시 모습을 드러내는 것처럼.

하지만 그 누구에게도 우리가 만났던 시간을 비난받을 이유는 없다.

제인은 재열이 말한 평범한 연애가 쉽게 만나고 헤어지는 거라면, 그래서 불현듯 다시 생긴 감정이 이상한 취급을 받는 거라면, 차라리 그런 평범한 연애를 욕하고 싶었다.

"그냥 좋아했는데. ……진심으로."

"어째 현재 진……."

진동이 울렸다. 재열은 말하는 것을 멈추고 받아 보라는 눈빛을 제인에게 보냈다.

—나와.

제인이 전화를 받자마자 회승이 말했다. 제인은 창밖을 내다봤고, 회승은 옆모습을 보인 채 담배 연기를 내뱉고 있었다.

"싫어. 그냥 가."

제인은 차갑게 말했다. 회승이 온 게 싫어서가 아니라 어떤 오기가 생겨서였다. 서로 좋아하지만, 다시 만날 수 없는 것에 대한 투정 같은 것? 뭔가 억울하고 울컥했다.

—그럼 내가 들어갈게.

"구회승!"

"너네 도대체 무슨 사이인데 그래?"

"제발 가. 너 만나기 싫다고."

재열까지 끼어들자 제인은 아까 술집에서보다 더 심한 싸움으로 번질까 불안해졌다. 짜증스러운 말투를 넘어 애원조가 된 순간, 전화가 끊겼다.

구회승, 진짜…….

제인이 다시 창밖을 바라봤다.

이미 자신을 보고 있던 회승과 눈이 마주치자 그는 담배를 휙 버리고는 입구 쪽으로 이동했다. 그리고 몇 초 지나지 않아 가게 안으로 들어왔다.

서슴없이 테이블로 걸어와 바로 앞자리의 의자를 확 빼고 자리하는 회승을 보며 제인은 고개를 돌려 버렸다.

"너 뭐냐?"

회승은 재열의 말에 반응하지 않았다. 당혹스러움에 흔들리는 제인의 눈동자를 응시하고 있는 그는 침착했다.

그 카페에 있는 사람은 오로지 제인 한 명뿐인 것처럼, 오로지 제인에게 집중했고 바라봤다.

"야, 내 말 안 들려?"

"공제인."

재열은 열이 올랐다. 하지만 회승은 여전히 재열을 없는 사람 취급했고 제인은 마음이 타들어 갔다.

"하…… 싸가지 봐라."

재열은 한숨을 내쉬며 간신히 참고 있는 티를 냈다. 회승이 알아서 꺼져 주기를 바랐다.

하지만 회승은 흔들리지 않았다. 제인에 대한 마음은 그만큼 간절했다.

"구회승, 나가서 얘기해."

"들어, 그냥."

제인은 당연히 회승이 따라올 줄 알고 몸을 반쯤 일으켰지만, 목소리를 쫙 깔며 말하는 회승의 압박에 한숨을 내쉬며 다시 자리에 앉았다.

"나는 너랑 다시 시작하고 싶어. 그런데 네가 여기서 싫다고 말하면, 난 바로 다른 여자 만나. 그게 누군지는 말 안 해도 알지?"

"나랑 상관없는 얘기잖아."

"상관있지. 내가 너 좋아하니깐."

"미친놈."

제인의 태도에 자신감을 얻은 재열이 비릿하게 웃었다. 제인은 날카로운 눈초리가 재열에게 향하려는 걸 간신히 참았다.

재열이 회승을 욕하는 게 싫었다. 자신 때문에 회승이 욕을 먹는 건 더더욱 싫었고.

"네가 나 싫다니까 더는 귀찮게 안 할게. 고등학교 때, 더 붙잡아 볼 걸 하는 후회했어. 지금도 그렇고. 그래서 묻는 거야. 잘 생각해 보고 대답해. 나 고선영한테 가?"

싫어…….

제인은 고개를 숙였다. 꾹 참고 있었지만 눈물이 나올 것 같았다. 잡고 싶었지만 과연 아빠의 일을 회승에게 말할 수 있을까 생각해 보면, 자신이 없었다.

"제인아?"

재열이 의문스럽다는 듯 자신의 이름을 부르는 걸 들으며, 제인은 마음의 결정을 내렸다.

"어. 가……."

제인은 고개를 들고, 회승을 최대한 마주 보려 노력했다. 회승의 얼굴에 씁쓸한 웃음이 감도는 것을 보며 제인은 기도하듯 두 손을 꽉 움켜쥐었다.

"그래. 알았다."

회승이 느릿하게 일어섰다.

"실례했습니다."

처음으로 회승은 재열을 대우해 줬고, 재열은 그런 회승을 보며 불편한 감정을 얼굴에서 감추지 못했다.

결정을 내리고도 흔들리던 제인이 그 결정을 번복하고 싶은 갈등에 휘말리는 사이, 회승은 확고한 걸음걸이로 카페를 떠났다.

제인을 숨을 죽이고, 떨리는 두 손을 더욱 힘주어 잡았다.

"……오빠, 나 할 말이 있는데."

"됐어. 다음에 얘기하고 오늘은 이만 들어가자."

재열도 얼른 자리에서 일어났다. 제인이 무슨 말을 하려는지 알 것 같았다.

"지금 해야 돼."

"하……. 알아. 무슨 말 하려는지."

제인은 재열을 올려다봤다. 정말 미안하지만, 자신의 뜻을 잘 받아들여 주기를 바랐다.

"미안해, 오빠……."

"미안할 건 없고, 대신 조건이 있어."

제인은 몸에 힘이 들어갔다. 왜인지 요즘따라 재열에게서 어떤 거북한 기운 같은 것을 느끼고 있었다.

"나 호주에 가 있는 동안 다시 한 번 생각해 봐. 돌아오면 그때 다시 얘기하고. 그리고 그동안은 내 연락 받아. 너 때문에 호주까지 가서 술만 퍼마실 순 없잖아. 이해했어?"

재열의 희미한 미소를 보며 제인은 고개를 끄덕였다. 그 전에 받았던 불길함과 불순함은 순전히 기우였는지 몰랐다. 재열에게 더 미안하고 고마웠다.

그래서 다시 생각하고, 천 번을 생각해도 생각엔 변함이 없겠지만 제인은 그렇게 하기로 했다. 그게 재열에 대한 예의라고 생각했다.

누가 뭐라고 해도 지금의 자신은 매우 이기적인 사람이었으므로, 재열의 부탁을 선뜻 내칠 수 없었다.

회승과의 이별로 알게 된, 전혀 느껴 보지 못한 종류의 괴로움.

그때는 물론 회승에게 그걸 주는 입장이었지만, 그 결과는 자신도 비껴가지 않았다.

이별을 고한다는 것은 상대를 일방적으로 파괴하는 것이었고, 사람을 피폐하게 만드는 잔인한 폭력이었다.

시간이 가져다주는 환각이 필요하다면, 제인은 재열에게 그걸 줄 생각이었다.

"너 미워서 오늘은 데려다 주기 싫다. 혼자 갈 수 있지?"

"……그럼."

제인은 간신히 대답했다. 웃어 주고 싶었지만, 바짝 힘이 들어간 얼굴 근육이 말을 듣지 않았다.

"갈게."

재열은 제인의 앞에서는 천천히, 그 후에는 빠르게 카페를 벗어났다. 제인의 눈에 회승이 앉아 있던 빈자리가 들어찼다.

왈칵 눈물이 쏟아지려는 걸, 제인은 얼른 두 손으로 막았다.

할 수 있는 일이 없었다. 그저 이렇게 만날 수 없는 길을 따로 걸어가는 것밖에는.

다음 날 재열은 호주로 가는 비행기에 올랐고, 제인은 평소와 다름없는 하루하루를 보냈다.

회승은 더는 먼저 제인에게 연락하지 않았다.

친구들 때문에 소통할 수밖에 없는 모임에서 제인과 회승은 완벽한 친구가 되었다.

chapter 05

내 마음은 롤러코스터를 타고

"뭐라고!"

아빠의 샌드위치 가게에서 일을 돕고 있던 제인은, 은지의 말을 듣는 순간 확성기를 댄 듯 목소리가 커졌다는 걸 뒤늦게 깨달았다.

"아, 죄송합니다."

가게 안에 있던 손님들에게 사과하며 제인은 얼른 가게 밖으로 나갔다.

"그냥 나 혼자 간다고 그래! 나 충분히 그럴 수 있는 나이야."

—그럴 수 있는 나이기는 하지. 근데 왜 불안하지? 그리고 구회승 벌써 출발했을걸? 그냥 타고 와. 거기까지 어떻게 혼자 오냐? 뭐 그때 보니까, 말도 잘만 섞던데.

눈앞에 두고 말을 안 할 순 없잖아! 그게 더 이상하다고. 그리고 그동안 무슨 일이 있었는지 네가 몰라서 그래!

제인은 그 말을 할 수 없어 주먹으로 가슴을 탕탕, 쳤다.

"안 돼. 안 되고, 오늘 아빠 가게 바쁜데 잘됐다. 그러니까 오늘은 나 빼 줘. 놀이공원은 언제라도 갈 수 있잖아."

회승과 단둘이 그 차를 타고 놀이공원까지 가라고? 제인은 일주일에 한 번 아르바이트를 쉬는 날일지라 해도, 아빠 가게에서 일하는 게 낫겠다 싶었다.

—지금 막 지어 낸 변명이라는 거 티 확 난다, 제인아.

"큼……. 아무튼 난 안 갈래. 제발 나 기다리지 마."

—싫어. 놀이기구 못 타는 널 데리고 타는 재미가 얼마나 쏠쏠한데 사양이니? 다른 애는 몰라도 넌 꼭 와야 돼.

"미안하지만, 나도 싫……."

빵빵.

아, 위축되게 웬 클랙슨? 난 분명 인도에 있는데.

제인은 휴대전화를 귀에 댄 채, 소리를 향해 고개를 돌렸다.

"어…… 어?"

회승이 차에서 내리고 있었다.

벌써 온 거야? 안 돼! 숨자!

—여보세요? 공제인?

"야, 숨으려는 거면 너무 뻔하다. 눈도 마주쳐 놓고."

—어? 이거 구회승 목소리 아냐? 왔구나?

휴대전화에서 민주의 목소리가 흘러나왔다. 숨기 위해 엉거주춤하게 숙였던 자세를 엉거주춤하게 편 제인은 할 수 없이 회승을 마주했다.

도대체 잰 무슨 생각으로 여길 온다고 했던 걸까? 아무렇지 않아 보이는 걸 보면 정리가 다 된 거고, 그걸 나한테 보여 주기 위해서 온 건가?

"그러게. 구느님이라서 그런지 빨리도 오셨네……."

—흐흐. 이따 봐, 친구야. 끊는다.

"여기야? 아빠 가게가?"

아, 맞다! 아빠!

회승이 아빠의 얼굴을 볼 수도 있는 상황이라는 사실이 제인을 정신없게 했다.

"야, 공제인."

아빠 얼굴 기억하고 있겠지? 그래, 무릎 꿇고 애원하던 그런 장면은 흔하지 않으니까 다 기억하고 있을 거야…….

"아…… 저기… 차에서 기다려. 금방 나올게!"

둘이 있을 어색한 시간을 감수하고서라도, 제인은 어떡해서든 회승과 아빠랑 마주치게 하고 싶지 않았다. 제인은 얼른 가게 안으로 뛰어 들어가 곧장 가방을 놓아둔 직원실로 향했다.

어? 없다! 분명 여기다 뒀었는데?

이리저리 한참을 둘러보고 나서야 가방을 발견할 수 있었다. 제인은 얼른 가방을 메며 밖으로 나갔다.

"아빠, 나…… 네가 여기 왜 있어?"

아빠와 웃으며 얘길 나누고 있는 회승을 본 제인은 그 자리에서 기절해 버리고 싶었다.

"인사한다고 들어왔네."

제인의 아빠는 기특하다는 듯 회승의 팔뚝 부근을 툭 치며 말했다. 제인이 보기에도 회승을 꽤 맘에 들어 하고 있는 것 같았다. 물론 가게의 여자 손님들도 그렇고.

"아빠, 나 그만 갈게. 고등학교 친구들끼리 놀러 가기로 한 거야. 다른 애들도 다 같이."

입구 쪽으로 향하며 제인은 속사포처럼 빠르게 말했다. 또 아빠 멋대로 회승을 남자 친구로 오해하지 않도록.

"들었다. 좋은 시간 보내고 와, 딸."

"네."

대충 대답한 제인은 밖으로 나가기 전에 잠깐 멈춰서야 했다. 어련히 알아서 따라올 것이라 생각한 회승이 아직도 아빠의 앞에 선 채로 말똥말똥 쳐다보고만 있었다.

아니, 안 따라오고 뭐하는 거야?

제인은 다시 회승에게로 휙휙 걸어가 반팔 티셔츠 소매 부분을 조심스럽게 잡아끌었다. 하지만 잘도 버티고 선 회승은 여유롭게 인사까지 하고 나서야 걸음을 옮겼다.

아빨 기억 못 하는 건가?

웃는 얼굴로 아빠와 인사를 나누던 회승의 모습을 떠올리며 제인은 혼란에 빠졌다.

"타."

띠릭.

리모컨으로 잠금장치를 푼 회승을 의심스러운 눈초리로 잠시 살피고 나서야 제인은 차 안으로 엉덩이를 밀어 넣었다.

큰길로 접어들자 뜨거운 햇볕이 유리창을 뚫고 쉽사리 침투했다. 옆의 유리는 짙게 선팅이 돼 있어 괜찮았지만, 앞 유리를 통해 과도하게 빛이 들어찼다.

"저기…… 우리 아빠 본 적 있지 않아?"

햇빛 때문에 약간의 인상을 쓰며 제인이 조심스럽게 물었다.

"아니. 저기 글러브 박스 열고, 선글라스 좀."

정말 처음 본 듯한 회승의 말투와 태도에 제인은 안심했다. 케이스로 보이는 것을 꺼내 열고 회승의 앞에 내밀었다. 회승이 선글라스를 가져가자 제인은 다시 케이스를 글러브 박스에 넣었다.

"가게 장사는 잘돼?"

회승이 선글라스를 쓰며 물었다.

"어, 뭐……. 주위에 회사나 유동 인구가 많고 하니까……."

너희 아빠 덕분이지…….

대충 대답을 하며 제인은 조수석 쪽 창밖으로 시선을 돌렸다. 짧은 옷을 입고도 사람들은 더워 보였다. 제대로 더위가 기승을 부리려는 것 같았다.

"잰네 우리 학교 애들이지?"

회승이 말했다. 시선을 따라가니, 교복을 입은 학생들이 걸어가고 있었다.

"태워 줄까?"

그때 지혜와 태순을 태워 주더니, 또 애들한테 멋있단 소리를 듣고 싶은 모양이다. 가만 보면 구회승도 자뻑 증세가 대단하다.

"지혜가 너 말고 나한테 연락했더라. 회승 오빠라고 하면서."

"그랬어?"

대수롭지 않은 반응에 제인은 어이가 없었다.

"왜 내 번호 가르쳐 줬어?"

"내가 그랬나? 내가 그랬대?"

점입가경이다.

"네 번호 알려 줘어."

"아…… 진짜. 심하게 벽 친다, 너?"

회승이 섭섭하다는 투로 말하자 제인은 좀 미안한 마음이 들었지만 그래도 고집스러운 표정을 유지했다.

"내가 너 대신 연락받아 줄 이유는 없잖아."

"사진 보낸 건 없어?"

"……있어. 보내 줄게."

"왜 사진 얘긴 안 했을까? 너 잘 때마다 내 사진 보고 그러는 거 아니야?"

귀신이다.

"흥. 그럴 리가."

제인은 시침을 뚝 떼고는 회승에게 얼른 사진을 전송했다. 아침에 일어나서도 본다는 건 모르는 것 같으니까 됐다.

거의 도착했음을 알리는 놀이동산의 바람개비 모양 조형물을 지나는데 제인의 휴대폰이 울렸다. 호주에 가 있는 재열이었다.

연락을 받는다는 건 여전히 부담스러운 일이었지만, 소중한 시간을 자신 때문에 허비하게 두고 싶지는 않았다. 며칠에 한 번 오는 전화나 문자를 재열의 부탁대로 제인은 받아주고 있었다.

"여보세요?"

—나 내일 쇼핑할 건데. 아직도 갖고 싶은 거 없어?

"없어. 오빠도 필요한 거 많을 텐데, 난 신경 쓰지 마."

—네가 말 안 해도 내 거 많이 사. 그러니까 얼른 하나 말해 봐.

"아니야. 그냥 무탈하게 잘 있다 와."

—알아서 잘 사 오란 거지?

"아니야. 진짜 사 오지 마."

헤어질 마음을 먹고 있는데 재열에게서 뭘 받다니. 안 될 일이다.

—알았어. 그럼 화장품 사 간다? 립스틱? 립글로스? 아님, 기초?

"아니, 오빠. 나 진짜 필요 없어."

—그냥 립스틱으로 산다, 그럼. 난 립글로스 느낌 별로라서.

이 오빠가 뭐라는 거야? 일부러 이러는 거겠지?

휴대폰 너머로 잠시 정적이 흘렀다. 그러다 재열의 바람 빠진 웃음소리가 들려왔다.

"뇌가 그네를 타네. 미친놈."

회승이 한마디가 제인의 뇌리를 강타했다. 통화 내용, 들렸나? 제인은 통화음을 줄였다.

"오빠, 통화 더 못 할 것 같은데……."

—그래? 알았어. 또 전화할게.

통화를 끝낸 제인은 창밖으로 고개를 돌렸다. 가슴이 답답했다.

"무슨 일 있어?"

회승의 말투는 덤덤했다. 하지만 제인은 그가 걱정을 하고 있다는 게 느껴졌다. 제인은 창밖으로 향해 있던 고개를 돌려 회승을 바라봤다. 시선이 느껴졌을 텐데도 앞을 응시하고 있는 회승은 제인을 돌아보지 않았다.

"아니."

제인도 다시 창밖으로 고개를 돌렸다. 뒤늦게 제인을 쳐다보는 회승의 얼굴이 유리창에 비쳤다.

"어, 은지야."

회승이 주차장에 차를 댈 때쯤 은지가 용케 전화를 해 왔다.

—어디야?

“우리 지금 도착했어.”

차의 잠금장치가 풀리자 제인은 휴대폰을 귀에 댄 채 가방을 챙기며 차에서 내렸다.

—그래? 그럼 입구 쪽으로 와. 우리 거기 있어.

“응, 알았어. 애들 입구 쪽에 있대.”

전화를 끊고 몇 발자국 앞서 걷던 제인이 뒤를 돌아보며 얘기했다. 회승은 어느 한곳을 보며 멈춰 서 있었는데, 눈길을 따라간 곳에는 놀랍게도 고선영이 걸어오고 있었다.

“구회승!”

빠르게 걸어오던 선영은 나중엔 총총총 뛰어와 회승의 팔짱을 꼈다.

“이런 데서 다 만나네? 운명인가?”

“운명은 무슨. 위치 추적했냐?”

“아니야. 진짜 우연이야.”

회승을 올려다보며 선영은 생글거렸다. 선영을 보면 다시 만나는 것 같은데, 회승의 태도로 봐서는 그렇지 않은 것 같기도 했다. 어쨌거나 그런 둘의 모습을 보는 게 반갑지 않은 제인은 자리를 비켜 주기로 했다.

“나 먼저 가 있을게.”

“같이 가. 야, 떨어져. 더워.”

슬쩍 팔을 뺀 회승은 바지 주머니에 양손을 찔러 넣고는 앞으로 걸어갔다. 선영은 입을 삐쭉 내밀었지만 그래도 웃는 얼굴로 회승의 옆에 바짝 붙었다.

"나 도영이랑 왔는데. 우리 같이 다니자."

"싫어. 안 가?"

매몰차게 대꾸한 회승은 이번엔 제인에게 말하며 앞을 지나갔다. 굳이 제인을 기다려 주거나 하지는 않았다.

사귈 때는, 덥다는데도 어깨에 팔을 걸치며 꼭 붙어 다니려 했었는데.

선영에게 보인 회승의 면모에 제인은 안심했지만, 이젠 자신에게도 친구 이상의 친절이 보이지는 않았다. 서운함을 느끼는 자신을 다독이며 제인은 열심히 걸었다.

"어딜 따라와? 도영이랑 같이 왔다며?"

"도영이 화장실 갔어. 그냥 입구까지만 같이 가면 안 돼? 도영이 곧 오겠지."

귀찮다는 듯 한숨을 내쉰 회승은 대꾸도 하지 않았다.

"우와!"

"으악!"

바이킹이 최고점을 찍으며 하늘로 솟을 때마다 비명인지 환호성인지 모를 소리가 한 번은 오른쪽에서, 그리고 또 한 번은 왼쪽에서 번갈아 가며 터져 나왔다.

"으……."

눈을 한껏 위로 치켜들고 그 모습을 보고 있던 제인은 치를 떨듯 고개를 흔들었다. 저 느낌 잘 안다. 타지 않아도 생생하다.

"기어코 안 탔냐?"

아이스커피를 손에 든 회승이 제인의 옆으로 와서 섰다.

"저게 뭐가 무섭다고."

"어머, 아까 특급열차 출발 직전에 '잠깐만요!'를 외친 사람이 누구더라?"

"급한 전화가 와서 어쩔 수 없었다니까."

"아줌마?"

"어. 아는구나?"

피식 웃은 회승은 난간에 팔을 올리며 기댔다. 멀리 내다보고 있는 모습은 사진에 담고 싶을 정도로 제인의 눈길을 끌었다.

"……덥다."

제인은 손으로 부채질하며 회승에게 자꾸 닿고 싶어 하는 시선을 바이킹 쪽으로 옮겼다.

목 주변과 등으로 여름을 이기지 못한 땀이 송골송골 맺혔다. 풀어헤쳐진 머리카락을 한 손으로 그러잡은 제인은 가방에서 고무줄을 꺼내려다가 이내 그만두었다.

챙겨야지, 하면서 방을 그냥 나와 버렸다는 걸 이제야 깨달았다. 임시방편으로 그러잡은 머리는 한쪽 어깨 위로 나란히 넘겨 놓았다. 그나마 드러내 놓은 목 주변이 좀 시원해졌다.

“머리끈 없어?”

“어?”

“머리 묶으려고 했던 거 아냐?”

“머리끈을 가져온 줄 알았는데 안 챙겼나 봐.”

“그래?”

자기와는 상관없는 일이라는 듯 혼잣말처럼 내뱉은 회승은 잠시 주위를 둘러보았다.

“덥다. 쟤들한테 또 시달리기 전에 맥주나 한 잔 마시러 가야겠다.”

더위는 제인도 처절하게 느끼고 있던 터라 맥주 소리에 침이 꼴깍 넘어갔다.

다른 뜻이 있는 게 아니라 맥주 때문이라도 같이 가고 싶은 마음이 가득했지만, 제인은 표정 관리에 나서며 고개를 끄덕거렸다.

같이 가자는 말도 없었고, 애들과 떨어져 회승과 단둘이서만 움직인다는 것도 걸렸다.

“자리 옮기게 되면 알려 주라고 그럴게.”

회승이 뭐냐는 눈빛으로 제인을 쳐다봤다.

“……왜?”

“쟤들이 저기서 내려오면, 한가하게 곰 새끼나 보러 가겠다고 생각하는 건 아니지?”

“왜? 요즘 사파리도 업그레이드돼서 확 바뀌었다던데.”

대놓고 자신을 비웃듯 쳐다보기 시작한 회승 때문에 제인의 확신이 흐물흐물 묽어져 갔다.

“바이킹 타고 곰 보러 가기로 약속했는데? 너도 들었잖아. 그러니까 그런 표정으로 우리의 신의를 저버리게 하지 말아 줄래?”

“너나 그렇게 병신이지 말아 줄래?”

병신? 병신이랬다. 그것도 남자애들한테나 쓰던 생생한 발음이다.

“너 지금 나한테 병신이라고 한 거 맞아?”

“확인시켜 줘? 뭐 그런 말을 다시 듣고 싶어 하냐, 넌?”

영어 듣기 평가도 아닌데 다시 듣고 싶을 리가.

“그런 게 아니라 병신 소리를 처음 들어 봐서.”

“거짓말이 많이 늘었다?”

“거짓말? 그게 뭐야? 먹는 거야?”

회승은 피식 웃고는 내리막길 쪽으로 향했다. 제인과의 거리가 조금씩 벌어졌다.

“와, 빨리. 너라도 있어야 여자들이 덜 귀찮게 하지.”

더 벌어지고 있는 그 거리가 아쉬웠는데, 회승이 뒤를 돌아보며 말했다.

“여자들이 좀비라도 되는 것처럼 말한다? 난 안 갈래.”

“빨리 와라.”

제인을 얼마간 쳐다보더니, 회승이 다시 말했다.

“아냐. 갔다 와.”

제인의 말이 끝나기가 무섭게 회승이 휙휙 걸어왔다. 그리곤 제인의 손목을 붙잡고 걸었다. 대화는 없었지만, 제인과 회승은 그렇게 꽃길을 나란히 걸어 내려갔다.

"앉아 있어."

회승이 파라솔 의자를 가리키며 말했다.

"아냐. 같이 가."

"복잡해."

제인이 따라오지 못하게 한마디를 남긴 회승은 저벅저벅 걸어갔고, 얼마 안 있어 파라솔 테이블에 칼집이 들어간 소시지와 맥주 두 잔이 담긴 쟁반을 내려놓았다.

그늘진 파라솔에 앉아 탄산이 퐁퐁 터져 올라오는 맥주를 보고 있으니 제인은 병신 소리를 한 사람 앞에서도 히죽히죽 웃음이 나왔다.

"아, 행복해."

감격스러운 감정을 고스란히 내보이며 하얀 거품이 덮인 맥주를 얼른 한 모금 마셔 보는데, 회승이 주머니에서 무언가를 꺼내 테이블 위로 내밀었다.

"……뭐야?"

놀이공원 마스코트의 머리가 큼지막하게 달린 머리끈이었다. 오는 길에 기념품 가게에 잠깐 들어갔다 온 이유가 이건가? 성인이 다 된 여자가 하기엔 좀 무리가 있어 보이긴 했지만 귀여웠다.

"너 해."

"나?"

제인이 손가락으로 자신을 콕 찍었다.

"그럼 내가 하리?"

"왜? 괜찮을 것 같은데. 흐흐흐……."

"왜 웃냐, 너? 뭘 상상하는 건데? 난 분명 내가 아니라, 네가 할 거라고 말했다."

"그런데 네가 한 모습이 딱 보여. 난 진짜 상상 안 했는데, 근데 막 보이네?"

캐릭터 방울을 한 회승의 모습을 지우려 했지만, 허사였다.

"죽을래? 하지 마. 떠올리지 마."

회승이 겁을 줬지만, 딱 그 모습에서 짧은 머리를 양 갈래로 묶은 모습이 오버랩되어 더 웃겼다.

"세상에, 노력으로 안 되는 일이 진짜 있었어."

계속 키득거리고 있는 제인을 사납게 쳐다보던 회승은 머리 방울을 확 낚아채더니 순식간에 제인의 뒤로 가 섰다.

"너 하라고, 너. 내 머리 놔두고 네 머리 묶으라고!"

그러더니 제인의 머리카락을 쓱쓱, 잡아당겨 묶었다.

럴 수, 럴 수, 이럴 수……. 이런 터치라니……. 이 곰살맞은 느낌이라니!

살짝살짝 손끝이 피부를 스치는 감촉에 긴장감이 끊어져 불꽃처럼 팍팍 터질 것만 같다.

"내, 내가 할게!"

"다 했어."

금세 마무리를 한 회승이 자리로 가 앉았다. 그러더니 제인의 모습을 보고 흡족한 표정을 지었다.

"나 좀 잘하지 않냐? 어떻게 못하는 게 없지?"

그러게. 선영이 머리 좀 묶어 봤나 보네.

제인은 회승이 처음으로 머리 묶어 주었을 때를 회상하며 씁쓸히 웃었다.

"연습했어?"

"어."

예상치 못한 진지한 회승의 대답에 제인은 맥주잔을 들어 올리려던 동작을 멈췄다.

우씨, 고선영 머리를 얼마나 만진 거야.

"그것 때문에 엄마한테 얼마나 처맞았는지. 아프게 한다고."

아아, 선영이 머리가 아니라 아줌마 머리였어?

아줌마 머리를 묶으면서 한 대씩 쥐어박히는 회승의 모습이 떠올랐다. 안 웃으려 하는데도 제인은 자꾸 웃음이 났다.

"뭐? 계곡? 갑자기 웬 계곡?"

맥주 한 잔을 거의 다 비워 갈 때쯤 다시 만난 아이들은 다음 코스를 롤러코스터가 아닌 계곡으로 지목했다. 놀이공원과는 전혀 상관없는.

"덥잖아. 줄 서서 뭘 더 타려니 생각만으로도 미칠 것 같아. 차라리 계곡에서 고기나 구워 먹자고 합의 봤어. 우리가 마음이 이렇게 잘 맞았던 때가 없어요. 한 몸 한뜻이야."

"한마음 한뜻, 병신아."

준영이 거슬린다는 표정을 지으며 희원에게 말했다. 마치 이런 것조차 알려 줘야 하냐는 듯 굉장히 짜증스러운 얼굴이었다.

"내가 재수를 하고 있어서 아는데, 한 몸 한뜻이거든요? 마음과 뜻은 같은 의미니까 몸이 맞거든요?"

희원의 표정은 의기양양했다.

"희원아, 그거 야동 제목 아냐? 한 몸 한뜻……."

쑥스럽다는 듯 조심스레 말을 내뱉은 은지 때문에 다들 풋, 하고 웃음을 뿜었다.

"아, 그런가?"

더 웃긴 건 희원이 곰곰이 생각에 잠겼다는 사실이다. 마치 컴퓨터 폴더를 하나하나 뒤지고 있기라도 한 것처럼.

"야, 오이지. 너 그거 봤나 봐?"

"아, 보긴 뭘 봐! 제목이 그렇다는 거지."

은지가 성질을 버럭 냈지만, 희원은 눈썹을 들썩들썩해 가며 은지를 보는 의미심장한 눈길을 멈추지 않았다.

"근데 계곡이 어디 있어? 오늘 갔다가 오늘 올 수 있어? 나 내일 알바 가야 해."

아르바이트도 아르바이트지만, 계획에도 없는 외박을 엄

마가 윤허해 줄 리 없었다.

"아, 맞다. 공제인 알바."

민주가 미처 생각 못 했다는 듯 말했고, 아이들의 표정은 급격히 가라앉았다.

"괜찮아, 괜찮아. 여기서 가까워. 제일 가까운 계곡으로 벌써 다 검색해 놓았지롱."

어깨에 팔을 둘러 오며 희원이 호언장담했지만 제인은 여전히 의문스러웠다.

"계곡서 너네 집까지 딱 한 시간."

준영의 말에 제인이 진짜냐는 표정으로 쳐다봤다. 희원과 달리 허풍, 과장, 거짓이 없는 준영은 왠지 믿음직스러웠다.

"지금 출발하면 두 시 반이면 도착하겠네. 그럼 실컷 놀다 집에 가지, 뭐."

준영이 손목에 찬 시계를 확인하며 말했다. 강력한 마무리다. 서너 시간 놀면 충분할 것이고, 집에 도착하면 저녁 시간대. 제인은 나쁘지 않다고 생각했다.

"결정했으면 가자, 빨리."

"잠깐만!"

회승의 옷깃을 희원이 붙잡고는 실실 웃었다.

"뭐냐, 너? 무섭게?"

"올 사람 있어."

희원은 회승은 눈치를 보며 말했고, 준영과 민주, 얼굴에는 귀찮게 됐다는 기색이 역력했다.

"누구?"

"하도영."

희원이 냉큼 대답하고는 히죽 웃었다. 그런 희원을 보며 회승은 인상을 확 구겼다.

"하도영이 여길 왜 와?"

회승이 이를 악물며 물었다.

"아까 만났어. 그러게 바이킹 탈 때 왜 토끼고 그랬어, 친구야? 도영이, 실물이 훨씬 낫더라. 우리 말도 놓기로 했다?"

"바이킹 타고 내려오는데 도영인지 하는 애가 준영이한테 아는 척하더라고. 고선영도 같이 있었고. 그 후로 얘, 맛 갔어."

은지의 부연 설명에 그제야 제인은 일이 대충 어떻게 흘러가는지 알 것 같았다. 어쩌면 롤러코스터가 더 나을지도 몰랐다. 고선영과 회승을 함께 보는 건 고역이다.

"진짜 죽이고 싶다, 너."

읊조리며 말한 회승은 담배를 찾아 바지 주머니 쪽을 만졌다. 손바닥에 아무것도 느껴지는 게 없자 깊은 한숨을 내쉬었다.

"에이, 지금은 안 되지. 도영이랑 진도 좀 뺀 다음에 죽이라고, 친구."

희원은 깐죽거리며 가까이에 있던 제인에게 어깨동무를 했다. 회승이 진짜 한 대 팼으면 좋겠다는 눈빛으로 희원을 쳐다봤다.

"회승아."

절묘한 타이밍에 선영이 모습을 드러냈다. 도영과 함께 걸어오던 선영은 회승을 보고 예쁘게 웃었다.

일이 어떻게 되려는지. 이미 마음을 내려놓은 제인은 다른 곳으로 눈을 돌렸다.

"담배 있나?"

엄마야!

자신의 어깨에 올려진 희원의 손을 회승이 툭 쳐 내는 바람에 제인은 회승이 자길 때리려는 줄 알고 깜짝 놀랐다. 살살 좀 하지 그랬냐는 눈길로 쳐다보니, 분명 시선을 느꼈을 텐데도 회승은 다른 곳을 보고 있었다.

"너도 있으면서 왜 이러실까?"

희원이 능글능글 웃으며 말했다.

"몰라, 어디 빠졌나 봐. 안 갈 거면 최준영이랑 가고."

회승이 신경질적으로 말했다.

얘네 왜 이래? 이상해.

제인은 둘 사이에서 빠져나와 담장에 기대섰다.

"그려. 가자, 가. 제인아, 오빠 갔다 올게?"

희원이 제인의 볼을 잡아 쭉 늘리며 말했다.

"미쳐쪄?"

늘어진 볼 때문에 제인의 발음이 샜다. 어쨌거나 제인은 눈을 동그랗게 뜨고 희원의 팔을 뿌리쳤다. 그래도 희원은 좋다고 실실 웃으며 회승의 얼굴을 살폈다.

회승은 미친놈 소릴 내뱉고 준영과 함께 다른 곳으로 이동했다.

"흐흐, 귀여운 것들. 야, 같이 가! 도영아, 여기 잠깐 있어. 담배 한 대 피우고 올게. 알았지?"

신이 난 희원이 얼른 회승과 준영을 따라갔다. 여자들끼리 남은 곳은 금세 조용해졌다.

"오랜만이네. 우리 저번에 한 번 본 적 있지?"

도영이 조심스레 말을 걸었다.

"어떻게 여기서 다 보네?"

"안녕."

일면식이 있는지 도영과 인사를 나누는 민주와 은지를 제인은 잠자코 바라보았다. 확실히 선영보다 도영을 대하는 태도가 유연해 보였다.

"우리가 껴도 되는지 모르겠다. 불편하면 지금이라도 말해. 우린 여기서 더 놀다가 가도 되거든."

"왜? 희원이 봐서라도 가야지. 그렇게 사정을 하는데……."

회승 때문이라도 선영이 함께 가고 싶어 한 말이라는 걸 모두 알았지만, 희원의 체면이 깎이는 듯한 '사정'이라는 말에, 선영을 제외한 아이들의 표정은 좋지 않았다.

"성격이 좋으니까, 희원이가. 그래서 같이 가자고 한 거지, 뭐."

도영의 말에 딱딱해졌던 분위기가 다소 풀어졌다.

"아무튼 같이 가."

"그럼 그럴까? 알지? 나 술 잘 마시는 거."

민주와 은지에게 허물없이 구는 도영이 마음에 안 들었는지, 선영은 쌜쭉한 표정을 지었다.

"아! 제인이 처음 보지? 얘도 고등학교 때부터 무지 친했거든."

자신의 얘기에 제인은 약간 긴장하며 도영을 바라봤다. 마침 이쪽으로 고개를 돌린 도영과 눈이 마주치자 어색하게 웃었다.

"만나서 반가워. 이름이 제인? 예쁘다."

"응. 이름만."

제인의 농담에 도영이 시원하게 웃었다. 제인은 어쩐지 경계심이 풀어지는 기분이었다.

"가자."

시간이 좀 지나자 담배를 피우러 갔던 준영이 제일 먼저 걸어오더니 말했다.

"야, 너네 벌써 친해졌냐? 것 봐. 내가 뭐랬냐. 괜찮다 그랬지?"

희원은 나불거렸지만 회승은 여전히 인상을 쓰고 있었다. 계곡 물에 처박고 말겠다는 회승의 중얼거림을 들은 제인은 소리 죽여 웃었다.

"괜찮아?"

웃음소리를 들은 회승이 제인을 보며 물었다.

"뭐가?"

"같이 가는 거."

회승이 고갯짓으로 선영과 도영을 가리켰다.

자신의 생각이 뭐가 중요하다고. 제인은 아무렇지 않게 고개를 끄덕였다.

"됐네, 그럼."

자조 섞인 웃음을 짧게 뱉어 낸 회승은 다소 쌀쌀맞게 제인을 한 번 쳐다보고는 앞서 걸어갔다. 본의 아니게 남겨진 기분이 든 제인은 회승의 옆으로 가 바짝 붙어 서는 선영을 보며 씁쓸함을 삼켰다.

"차 어떻게 타?"

주차장에 들어서자 은지가 물었다.

"뭘 어떻게 타? 나눠 타. 도영아, 이리 와."

별로 웃기지 않은 희원의 말에 환히 웃는 도영을 보며, 성격도 진짜 좋다고 제인은 생각했다. 그리곤 눈치를 보며 슬그머니 준영 쪽으로 가까이 다가갔다.

아무래도 구회승보다는 준영의 차를 타고 함께 이동하는 편이 좋을 것 같았다.

"그럼 이따 봐."

회승의 차가 더 가까운 곳에 있었기에 뒷좌석에 멈춰 선 은지가 앞에 가던 아이들에게 인사했다.

이런, 더 빨리 걸었어야 했어.

제인은 민주와 준영보다 뒤처져 있었다. 그래서 황급히 속도를 높여 회승과 선영을 앞지르려는 순간, 회승이 따라 붙으며 놀리듯 속삭였다.

"너 지금 나 피하냐?"

"아니."

제인은 속도를 더 빨리하며 대답했다.

"그럼 어디 가?"

"아니, 아무래도 희원이랑 도영이가 네 차에 타는 게 나을 것 같아서. 아무래도 도영이는 선영이랑 있는 게 편할 거 아냐."

"못 들었어? 김희원이 나 싫다잖아."

아, 그랬다. 하지만 제인도 구회승보다는 최준영이 좋았다.

"그러게 좀 잘하지 그랬어."

"지금 나 놀려?"

"아니?"

회승은 말과 달리 자신을 놀리고 있는 게 분명한 제인의 팔을 붙잡아 세웠다.

"가. 오은지가 너 데려오래."

"공제인, 빨리 와! 너까지 가면 최준영 차 좁아!"

아…… 그렇구나, 그게. 근데 왜 저번부터 나만 차를 마음대로 탈 수 없는 거냐고! 서럽다.

제인은 어쩔 수 없이 발길을 돌려 회승의 차에 올랐다.

차는 한참 고속도로를 달리고 있었다.

"휴게소 들러?"

휴게소를 알리는 이정표를 본 회승이 물었다. 검은 선글라스를 쓴 채였지만 제인은 백미러를 통해 자신을 보고 있는 것 같은 기분이 들었다.

"응. 나 화장실."

은지의 즉각적인 반응에 회승이 차선을 변경했다.

"힘들지 않아? 나랑 교대해."

선영이 말했다. 면허 있는 여자다. 제인은 아르바이트비를 받으면 운전면허 학원이나 등록할까 생각했다.

"괜찮아."

회승의 대답은 물어본 사람의 성의를 무색하게 할 만큼 단답형이었고, 선영은 앞만 응시하고 있는 회승을 계속 바라보고 있었다.

제인이 보기엔, 좋아서 바라본다기보다는 서운한 감정을 누르고 있는 것 같은 눈빛이었다.

"그럼 커피라도 한잔해. 너네도 마실 거지? 내가 살게."

선영이 뒤를 돌아보며 말했다. 은지는 얘가 웬일이냐는 듯한 표정을 지었다.

"뭐 마실 거야?"

"그럼 아이스 카라멜마끼아또로 부탁해. 같이 가 줄까?"

선영이 다시 묻자 사 준다는 걸 딱히 거절하기도 그랬던지 은지가 대답했다.

"괜찮아. 회승이랑 갔다 오면 돼. 제인아, 커피 뭐?"

회승의 차가 속도를 줄이며 휴게소로 접어들자 선영이 안전벨트를 풀며 물었다.

"난 아메리카노……."

커피가 간절하긴 했지만 덥석 받아 마셔도 되나 하는 생각이 들었다. 하지만 여기서 안 먹겠다고 하거나 내 돈으로 사 먹겠다고 하는 것도 참 웃기는 일이라 제인은 거부할 수 없었다.

"야, 공제인."

역시 내 돈으로 사 먹었어야 했나? 갑자기 자신을 부르는 회승 때문에 제인은 안 좋은 소릴 들을까 염려됐다.

"어?"

"너 아메리카노 쓰다고 안 마셨잖아. 라떼 마셨잖아."

이거 시비 거는 건가? 그냥 궁금해서 묻는 것 같지가 않았다.

"그냥, 어쩌다 보니……. 라떼 마실 때도 있어. 근데 그게 왜?"

마치 꼭 라떼를 마셔야 할 것만 같은 눈빛이었다, 회승은.

"뭘 그렇게 쉽게 바꿔냐, 너는."

제인은 눈을 깜박이며 무슨 상황인지 이해하려 노력했지만 이해 불가였다.

"……나 사과해야 하는 거야?"

"아니. 구회승이 미친놈이야."

은지가 어이없단 듯 말하며 웃었다. 미친놈 소리에도 반응을 보이지 않은 회승은 미간을 찌푸린 채 주차를 위해 꽤나 거칠게 핸들을 돌렸다.

제인이 은지와 함께 화장실에 갔다가 주차된 곳으로 왔을 때 회승과 선영은 보이지 않았다.

"애들 아직인 거지?"

"커피 사느라 시간 걸릴걸? 아까 보니까 줄도 길더라."

은지의 물음에 제인은 앓는 소리를 내며 스트레칭을 하다가 대답했다.

이 둔한 몸뚱어리.

"저기 온다."

은지가 턱을 쑥 내밀며 어딘가를 가리켰다. 제인은 스트레칭을 멈추고 고개를 돌렸다. 회승과 선영은 서로를 진지하게 바라보고 얘기를 하며 걸어오고 있었다.

"쟤, 생각했던 것만큼 나쁜 애는 아닌 것 같지 않아?"

제인은 가만히 고개를 끄덕였다. 회승과의 일이 있다 보니 자기에게 싸늘하게 대했던 거지, 오늘 다시 보니 은지의 말대로 나쁘다는 느낌이 들지는 않았다.

그런데 그게 참 사람을 불편하게 했다. 더 눈치 보이게 한다고 할까. 은연중 회승을 쳐다본다든가, 대화를 나눈다거나 할 때 선영을 살피게 되니 말이다.

"와 있었네? 이건 은지 거."

"땡큐."

"천만에요. 이건 제인이."

"잘 마실게."

선영이 친절한 미소와 함께 돌리는 커피를 제인은 웃으며 받았다. 그런데 이 커피, 뜨겁다. 마침 다문 입술 사이로 웃음소리를 내는 회승을 보자 간사함이 느껴졌다.

"타. 김희원이 빨리 오라고 지랄이다."

회승이 운전석 바로 뒷좌석 문을 열어 주었다. 따지는 건 차에 타고 나서 하는 걸로.

제인은 카시트에 몸을 푹 파묻으며 커피 전용으로 나온 빨간 빨대를 조심스레 빨아들였다.

……윽!

뜨거운 문제도 있었지만, 이건…… 라떼였다! 혹시나 싶어 몇 번을 다시 마셔 봐도, 라떼가 맞았다. 카. 페. 라. 떼.

"왜 아메리카노에서 우유 맛이 날까? 응? 구회승?"

"그걸 왜 나한테 물어? 아메리카노가 아닌가 보지."

으…… 저 자식을 그냥……. 안 그래도 차에 있어서 속도 안 좋은데.

"잘 아네. 이건 아메리카노가 아니라고. 그럼 설명해 봐. 왜 카페라떼를 사 왔어? 왜?"

"알면 다친다. 그냥 마셔."

왠지 즐거워 보이는 회승의 음성에 제인은 힘이 쫙 빠졌다.

그래. 그냥 마시…… 아, 뜨! 혓바닥!

이건 정말 아니다. 제인은 슬쩍 앞좌석 쪽으로 몸을 붙였다. 그리고 회승의 것으로 보이는 컵과 바꾸려 손을 뻗었다.

"뭐하냐?"

회승은 운전을 하면서도 한 손으로 능숙하게 제인을 저지했다.

"아니, 네가 따뜻한 라떼가 먹고 싶을까 봐."

회승이 바람 빠진 소리를 내며 웃었다.

"그래. 먹어라, 먹어."

"진짜? 고마워."

눈치가 보였지만 제인은 얼른 자신의 컵과 회승의 것을 바꿔 시원한 아이스 아메리카노를 쪽쪽 빨았다.

"제인아."

"어?"

선영의 부름에 제인은 무심히 대답했다.

"운전 중에 그러면 위험하잖아. 그리고 그 빨대, 회승이가 먹던 건데……."

"아…… 미안……."

제인은 얼른 컵에서 빨대를 빼냈다. 그리고는 반대로 돌려 컵에 끼웠다. '이제 됐지?' 하는 표정으로 보니 선영은 왠지 울 듯한 얼굴로 웃으려 하는 것 같았고, 회승은 크큭 웃더니 '돌겠다, 진짜' 라고 중얼거렸다.

내비게이션이 목적지까지 10분 정도 남았다고 안내할 때쯤, 준영으로부터 전화가 걸려 왔다. 창밖으로 작은 시가지의 모습이 들어왔다.

"왜?"

전화를 받은 회승은 통화를 스피커폰으로 돌려놓았다.

—야, 장 봐서 와.

"난 장날 아니면 장 안 봄."

—미친놈. 마트는 365일 장날임.

"꺼져. 여긴 마트 같은 거 없음."

—우리 지금 하나로 마트 지나쳤거든. 그리고 여자애들이 보는 게 낫잖아.

"김민주는 여자 아냐?"

—뭘 당연한 걸 물어. 그리고 하도영은…… 너도 잘 알지?

"야, 여기도 그럴싸한 여자는 없거든?"

—어쨌든, 수고.

뚝. 전화가 끊겼다.

"야! 아, 이 개……아이. 전화 좀 다시 걸어 봐."

끊긴 휴대폰을 향해 목청 터져라 외친 회승이 선영에게 말했다.

어쩜 고등학교 때랑 변한 게 없는지……. 고등학교 때 많이 보던 표정을 하고 있는 회승의 옆모습을 보자 제인은 웃음이 나왔다.

"구회승, 다른 애들은 몰라도 적어도 난 여자 맞는데?"

"무슨 소리? 나야말로 여자다운 여자지. 데헷."

은지에 이어 제인이 얼른 말을 보탰다.

"닥치고, 너네 도착하면 텐트 꼭 쳐라? 그런 건 남자가 하는 거니까."

"흥."

"칫뿡."

회승이 한마디 하자 은지와 제인이 연달아 말을 보탰다.

그러고는 서로 센스쟁이라며 웃음을 터트렸는데 선영의 눈에는 별것도 아닌 일에 까르르 웃는 둘이 유치하기 짝이 없었다.

그런데 그걸 보며 빙그레 웃는 회승을 보자 고까운 마음에 선영은 제인을 보며 눈을 흘겼다.

"근데 텐트를 왜 쳐? 오늘 올 건데. 돗자리는 내가 깔게."

인심 쓰듯 하는 제인의 말에 은지는 웃음을 멈췄다.

"그거야…… 그늘이 필요할지도 모르잖아?"

"아……. 천잰데?"

은지가 예쁘게 웃는 얼굴로 친절히 대꾸하기에 제인은 농담을 하며 웃었다.

때마침 회승이 틀어 준 노래에 어깨가 들썩거렸다. 은지가 환호성을 지르며 제인과 같이 몸을 흔들었다. 그리고 그렇게 얼마쯤 더 달려 차는 마트 앞에 섰다.

"고기부터 사자."

카트를 밀고 있는 회승에게 바짝 붙어선 선영이 정육 코너를 가리켰다.

"제인아, 우리가 고기 사 올게. 깻잎이랑 상추 좀……."

선영은 말끝을 흐리며 부탁한다는 눈빛을 빛냈다.

그래, 신혼부부 놀이 실컷 해라.

고개를 끄덕인 제인은 정육 코너 바로 앞에 있는 채소 판매대에서 비닐봉지를 뜯어 상추와 깻잎, 그리고 쌈 채소를 담기 시작했다.

"어머나, 둘이 사귀는 사이인가 보네? 선남선녀네."

정육 코너에서 들려온 말에 제인은 고개를 살짝 돌려 쳐다보았다. 새하얀 작업복을 입고 있는 아주머니가 고기를 썰며 회승과 선영에게서 눈을 떼지 못하고 계셨다.

"저희 그렇게 잘 어울려요?"

"고럼. 두말하면 입 아프지."

쑥갓을 담는 제인의 손길은 자못 신경질적이 되어 갔다.

"고맙습니다. 이모도 너무 예쁘세요."

"아이고, 얼굴이 예뻐서 그런가. 얼굴만큼 말도 참 예쁘게 하네. 총각, 좋겠어?"

"아, 네……."

회승은 길게 대화를 이어 나가고 싶지 않은지 그냥 웃어 넘기려 했다.

아니, 이놈의 쑥갓이?

그렇게 많이 담은 것도 아닌데 쑥갓이 봉지 위로 튀어나와 제인을 곤란하게 했다.

"싫어!"

대충 쑥갓을 밀어 넣고 봉지 입구를 정리하는데, 단호함이 묻어 나오는 여자아이의 목소리가 들려왔다.

아이의 아빠로 보이는 남자가 주위의 눈치를 살피고는 여자아이와 그 앞에 놓인 플라스틱 딸기 상자로 시선을 돌렸다.

남자의 얼굴에서는 민망스럽기보다는 안타까움과 먹먹함 같은 감정이 풍겨 나오고 있었다. 아마 남루해 보이는 옷차림 때문에 더 그렇게 느껴지는 거라고 제인은 생각했다.

"그럼 과자나 아이스크림은 어때?"

"아빠, 돈이 모자라서 그래? 그럼 나 기다렸다가 딸기가 싸지면 그때 먹을래. 그때 다시 사 줘."

아, 돈 때문이었구나.

제인이 그 생각을 하자마자, 아이의 말을 들은 남자의 한 손이 주머니 속에서 꿈틀 움직였다. 제인은 얼른 회승에게로 갔다.

"나 빨리 만 원만 빌려 줘. 차에 가서 줄게."

"만 원은 왜?"

"글쎄, 빨리!"

또 무슨 짓을 꾸미는 거냐는 눈빛으로 제인을 쳐다보던 회승은 지갑에서 만 원짜리 한 장을 꺼내 주었다.

"고마워!"

구회승은 가지고 다니는 돈까지 깔끔했다. 신권까지는 아니더라도 제법 빳빳한 지폐를 받아 든 제인은 그걸 두 번 접어 아이와 남자가 있는 곳으로 갔다.

"아저씨, 여기 돈 떨어졌는데요?"

제인은 남자와 아이의 옆을 지나가는 척하며 떨어트린 만 원을 손가락으로 가리켰다. 그리곤 그걸 다시 주워 남자에게 내밀었다.

돈 얘기에 가까이 있던 사람들의 이목이 쏠렸다. 그중엔 자신의 바지 주머니를 살피는 사람들도 있었다.

"그거…… 내 거 아닐 거야, 아가씨."

"아…… 아닌데?"

아니어야만 하는데?

당황함이 역력한 남자의 모습에 제인도 당황했다.

남자의 붉어진 얼굴 때문에, 제인은 자신이 잘못 생각한 건가 하는 고민에 빠졌고, 미안한 마음까지 들었다.

하지만 어떻게든 도와주고 싶었다. 이 예쁜 아이가 저 딸기를 맛있게 먹었으면 좋겠다.

"아저씨 발아래 있었으니까, 아저씨 주머니에서 빠진 게 맞지 않을까요? 그러니까 이게 여기 있겠죠."

그렇게 말하면서도 제인은 걱정스러웠다. 끝까지 사양한다면? 그냥 딸기를 사 주는 게 나았을지도 몰랐다. 제인은 점점 자신이 없어졌다. 그런데 그때였다.

"아저씨 것 맞아요. 저도 봤거든요. 아저씨 주머니에서 떨어지는 거. 조금 전에 주머니에서 손 빼셨죠? 끝까지 모르시면 제가 주워 가려고 했는데. 아깝다."

회승이 나섰다. 연기도 수준급이다.

"그렇죠? 제 말이 맞죠? 자, 여기. 얼른 받으세요."

이때다 싶어 제인은 얼른 남자의 손에 만 원을 쥐어 주었다. 흔들리는 눈망울로 제인과 눈을 마주친 남자는 고맙다는 말을 어렵게 꺼냈다.

그리고 그 후로도 이래도 되나 하는 고뇌에 찬 모습은 제인을 울컥하게 하며 아빠 생각을 하게 만들었다. 무릎을 꿇고 빌던 그 모습을.

chapter 06

상처 주지 않는 방법, 어디 있나요?

회승은 계곡에 도착하자마자 그늘에 돗자리를 휙 펴더니 드러누웠다.

나머지 아이들은 텐트를 치느라 바삐 움직이는데도 운전해서 피곤하다는 말 한마디를 남기고는 끝이었다.

그럼 최준영은? 웬만하면 눈치가 보여 협조하는 시늉이라도 할 텐데 끄떡 없었다.

"야, 구회승! 안 도울 거면 수박이라도 물에 담그고 뻗든가!"

준영이 소리쳤다.

"병신이네? 수박 담그는 건 돕는 게 아니냐?"

회승은 조용히 가운뎃손가락을 들며 말했다.

"그래, 너한테 바란 내가 병신이다."

"알면 됐고."

회승의 뻔뻔함에 제인은 그저 웃음만 나왔다.

"수박이랑 마실 거 담궈 놓으면 되지? 내가 갔다 올게. 난 텐트 치는 데 그다지 도움이 안 되니까."

"아이, 착하다. 김민주랑 오은지는 똑같이 도움 안 되는데도 하는 척하는 것 봐. 예쁘지도 않은 것들이."

희원의 말을 들었는지 못 들었는지, 헛기침을 흘린 민주와 은지가 여전히 열심인 척하는 걸 보며 제인은 짐을 모아 놓은 곳으로 갔다.

회승이 돗자리를 펴고 누운 바로 그쯤이었다. 확실히 텐트를 치고 있는 곳과 멀리 있긴 했다. 그래서 민주와 은지가 나서지 않았던 거겠지만.

"제인이 잘한다. 아고, 기특해. 오빠가 이따가 이거 다 치고 머리 쓰다듬어 줄게. 알았지?"

뭐라고? 수박도 무거워 죽겠는데, 뭐 저딴 소릴.

"김희원, 닥쳐!"

제인은 수박을 들어 올림과 동시에 버럭 외치고는 계곡의 적당한 곳을 찾아 걸었다.

누가 이렇게 큰 걸 고른 걸까 생각하다 그게 본인이라는 걸 깨닫고 더욱 힘을 내는 순간, 회승이 시부렁거리며 벌떡 일어나 앉았다.

엄마야, 뭐지?

회승이 저벅저벅 제인이 있는 곳으로 걸어왔다. 그러더니 제인의 손에 있던 수박을 가볍게 뺏어 들고는 계곡으로 들어갔다.

그 몸놀림이 얼마나 대수롭지 않아 보이던지, 수박이 아니라 수박 모양을 한 비치볼을 옮기는 것 같았다.

"제인아! 숯불 피울 수 있지? 거기 번개탄이랑 있으니까 좀 해!"

"숯불? 나 해 본 적 없는데?"

"그럼 이번에 해 봐. 재밌는 거야. 다음에 또 시켜 달라고 하지 말고."

아이들이 킥킥거리며 웃었다.

희원이 하는 말이라 반신반의하면서 검은 봉지 안에 든 시커먼 것들을 바라보았다.

아빠가 라이터로 종이에 불을 붙이고 번개탄에 가져다 댔던 기억이 떠올랐다.

남자들은 운전에 무거운 짐까지 나르고, 텐트 치느라 힘들 테니까 이 정도는 알아서 잘해 냈으면 좋겠다고 생각하는 제인이었다.

"일단 번개탄을 꺼내고, 봉지를 벗기고 불을 붙이면 끝! 근데 불은 뭐로……."

불 피울 적당한 자리를 물색해 쪼그려 앉았지만 불씨가 없다.

제인이 휘휘 고개만 틀어 둘러보는데, 제일 가까이에 있는 회승이 눈에 들어왔다.

"구회승, 라이터 있어?"

왜 그런지는 몰라도 회승이 인상을 구기고 있었기에 제인은 말을 늘이며 애교스럽게 물었다. 친절히 라이터를 빌려주는 모습을 기대하고선.

물론 애교가 먹힐 거란 계산에서 나온 행동은 아니었고, 그저 회승이 내뿜고 있는 어둠의 기운 때문에 주인 앞의 강아지가 배를 내보이는 것과 같은 본능에서 나온 행동이었다.

툭.

제인의 발치로 라이터가 떨어졌다. 주인의 정다운 손길을 기대한 건 아니었지만, 삐딱하게 서서 삐딱하게 쳐다보고 있는 회승의 시선에 제인은 왜 그러냐는 눈길을 보냈다.

"그딴 거 하지 마."

'그딴 거' 는 내 애교 섞인 말투를 지칭하는 건가?

"어."

대답과 동시에 고개를 돌린 제인은 라이터를 주워 나무젓가락을 빼낸 빈 종이에 불을 붙였다.

"엄마야!"

번개탄으로 옮겨 붙기도 전에 종이만 홀랑 태운 불씨가 제인의 손가락까지 위협하더니 사라졌다.

뭐, 젓가락은 많으니까…….

그러나 얼마의 시간이 지난 뒤에도 번개탄에는 여전히 불이 붙지 않은 채, 포장지가 벗겨진 나무젓가락들만이 한데

뒤엉켜 쌓여 있었다.

"넌 애들을 다 벗겨 놓고 진짜……. 저리 비켜 봐."

젓가락 포장지를 날려 먹을 때마다 한숨을 내쉬거나 피식 비웃음을 날리던 회승이 더는 안 되겠다 싶었는지 끼어들었다. 제인이 주먹을 날리기 직전이었다.

"젓가락을 어디다 비유해? 얘네는 나무라고, 나무. 그리고 밥 먹을 때 젓가락 포장을 벗기는 수고도 덜어 주고……."

"부채질."

"네."

제인은 과자 상자를 뜯어 입김까지 불어 가며 성실히 임무를 수행했다. 얼마 안 있어 이마에 땀이 송골송골 맺혔다. 회승은 무사히 번개탄 위로 숯을 올려놓았다.

"올……. 한두 번 해 본 솜씨가 아닌데?"

"마귀 같은 우리 아빠 때문이지. 중학교 가자마자 나한테 떠넘겼어. 기쁨을 주체하지 못하는 얼굴로 겁나 사악하게 웃으면서."

"네가 그렇게 말 잘 듣는 아들이었던가?"

아이들로부터 회승이 지구대를 들락날락했었다는 얘기를 들은 바 있었다. 드라마틱하게도 회승의 부모님이 변호사를 대동하고 나타나셨다는 소식과 함께.

"어떡해, 그럼. 용돈이 끊기는데. 난 양육된 게 아냐. 생존 게임을 했던 거지. 사회로 진출만 해 봐, 아주 그냥. 떼돈 벌어서…… 나 혼자 다 써야지."

그렇게 말하며 회승은 이마의 땀을 쓱, 닦았다.

아, 귀여워…….

“공제인!”

깜짝이야! 준영의 외침에 회승을 응시하고 있던 제인이 화들짝 놀라 고개를 돌렸다.

“불 다 피웠으면 고기 좀 구워 놔!”

완성 단계로 접어 든 텐트 앞에서 준영이 다시 외쳤다.

“대신 나 쌈 싸 줘야 돼?”

고기 굽는 게 뭐 어렵다고. 제인이 흔쾌히 대답하자, 회승은 아니꼬운 표정을 하고서 쳐다봤다.

“지랄 쌈 싸먹는 소리 하고 있네.”

“아, 왜?”

“아, 왜? 모르면 저것들이 뭐라 하든 알겠다고 하지 마. 오케이?”

“……왜?”

제인은 아이들과 회승을 번갈아 바라보다가 한 소리 들을 걸 각오하며 물었다.

“하……. 모르면 됐어.”

회승의 깊은 빡침이 느껴져 더는 물어볼 수 없었다.

“공제인!”

아이들이 있는 쪽에서 제인의 이름이 또 크게 불렸다.

“아, 저 개새…… 그만 닥쳐라!”

대꾸는 구회승이 했다.

"아니, 텐트 다 쳤다고! 아주 잘 쳤다고!"

희원의 말에 아이들이 웃음을 터트렸고, 회승은 나직이 욕을 내뱉었다.

"야! 들어와!"

불판에서 고기 익는 냄새가 솔솔 나고, 제인이 돗자리 위에 대충 먹을거리를 세팅해 놓을 동안 아이들은 벌써 물에 들어가 있었다.

"고기 구우라며? 안 처먹을 거면 들어가고!"

"너 말고, 공제인!"

"아, 스트레스……. 내가 다시 저 시키들이랑 놀러 오면 인간이 아니다."

회승이 신경질적으로 고기를 휙휙 뒤집으며 말했다.

"근데 네가 생각해도 왠지 또 올 것 같지?"

제인의 물음에 회승은 어이없는 표정으로 대답했다.

"너만 같이 안 오면 돼. 너만."

"나? 왜?"

"눈치가 더럽게 없으니까. 젠장."

"내가 그렇게 심각한가?"

"어!"

우렁찬 회승의 대답에 깜짝 놀란 제인은 엉덩방아를 찧고 말았다.

"데헷. 괜찮아. 내 미모도 심각하게 업그레이드됐으니까."

제인이 엉덩이를 털고 일어나 앉으며 말했다.

"아우, 재수 없어."

무표정의 회승이 일정한 톤으로 대꾸했다.

"데헷. 괜찮아. 내 미모는 재수 없는 만큼 또 업그레이드 될 수 있으니까."

"평균이네. 뇌는 그만큼 마이너스 됐으니까."

"올. 받아치는 것 봐. 네 뇌는 확실히 업그레이드됐는데?"

말이나 못하면. 제인을 빤히 바라보던 회승은 바람 빠진 소릴 내며 웃었고, 제인에게 주먹 쥔 손을 내밀었다.

"요, 맨."

제인은 흔쾌히 주먹 하이파이브를 해 주었다.

"근데 뇌만?"

주먹을 거두며 회승이 물었다.

"그럼?"

"나도 외모?"

회승이 입꼬리를 늘려 씩 웃었다.

"그래, 인정."

제인은 고개를 끄덕였다. 사실이었으니까.

"분발해, 제인아."

하, 이 따식. 미모만 업그레이드된 게 아니네. 눈도 같이 높아졌다. 그러니 고선영 같은 여신을 만난 거겠지만. 그러고 보니 고선영이 보이지 않는다. 제인은 선영을 찾아 두리번거렸다.

"고선영 어디 갔는지 알아? 혼자 물에 들어간 건 아니겠지?"

그럴싸하지 못한 제인의 추리에, 회승은 어이없단 표정으로 대답했다.

"전화 받으러 갔어. 왜, 고선영한테 볼일 있어?"

제인은 일단 안심했다.

"아니. 내가 볼일이 뭐가 있어."

"머리끄덩이 붙잡고 싸울 마음이 있는 줄 알았지."

"내가 왜?"

"난 네 남친이랑 주먹 다툼하고 싶었으니까."

대답이 과거형이다. 우울함을 내색하지 않으려고 애쓰는데 타이밍 좋게 아이들이 몰려왔다.

잡아끄는 손길에 못 이기는 척, 제인은 계곡 물속으로 빠져 버렸다.

"악! 이 개싸가지들 진짜! 고기 구우라며! 와서 좀 처먹으라고! 다 탄다고!"

"구회승, 저거. 지금 자기도 좀 빠트려 달라는 얘기지?"

"근데 저 새낀 빠트리는 것보다 왕따시키는 게 더 재밌을 듯. 걍 냅둬."

소곤거림과 웃음소리를 듣던 제인은 귀에 들어간 물을 빼고 이동하려 했다. 그 순간, 다시 물속으로 빨려 들어갔다. 돌 사이를 밟은 탓에 미끄러진 것이다.

계곡 물을 또다시 꼴깍꼴깍 들이켠 후에야 제인은 물 밖으로 나올 수 있었다.

"공제인! 괜찮지? 어디 안 다쳤지!"

괜찮냐고 묻는 게 아니라 괜찮을 거라 확신하는 저 말들이라니.

이 상황에서도 희원은 제인을 놀렸다.

"발가락이 좀 아프네."

"돌이 많아서 그래. 지압되고 좋아."

됐다. 저 똘기 충만한 애랑 무슨 얘길 해.

제인은 가까운 바위에 걸터앉아 오른쪽 발을 확인했다. 엄지발가락 쪽이 찢어져 피가 제법 새어 나오고 있었다.

"어? 공제인, 피나!"

내 상태를 확인하러 온 민주가 피를 보고는 눈살을 찌푸리더니 자기가 다친 것처럼 다급하게 외쳤다. 별일 아니라고 생각하던 아이들이 제인에게 몰려들었다.

"꿰매야 하는 거 아니야?"

"구회승! 공제인 다쳤어! 피 막 나와! 장난 아냐!"

"왜 오버야? 밴드 하나 붙이면 될 일이잖아."

제인이 무슨 꿍꿍이냐는 듯 민주에게 말했다.

"왜, 구회승도 물맛 좀 봐야지."

정작 당사자인 제인의 동의 따위는 필요 없다는 듯, 아이들은 회승이 물속으로 들어오자 빠르게 사인을 주고받았다.

"얼마큼 다쳤는데? 보……."

상처를 살피기 위해 허리를 굽히는 회승의 위로 준영부터 시작해 아이들이 올라타 버렸고, 회승은 물속으로 완전히 자취를 감춰 버렸다. 애들은 같이 물에 빠지다시피 해 놓고도 좋다고 난리법석을 떨었다.

"……이리 와."

머리를 귀 뒤로 넘기며 물속에서 나온 회승은 낮고 음침한 목소리로 말했다.

제인은 이 일은 자신과 무관했고, 복수하려면 그 타깃은 자신이 아니라 쟤들 중 하나여야 한다고 생각했다. 하지만 회승의 시선이 정확히 자신에게로 와 박히자 불길함이 급습했다.

역시나 애들은 슬금슬금 회승을 피해 가고 있었다.

"나…… 왜? 난 쟤들의 계획에 재물로 쓰인 것뿐이야. 게다가 난 발가락까지 다쳤는데? 야! 너네 그렇게 비겁하게 가만있으면…… 어?"

회승이 제인의 오른쪽 겨드랑이와 무릎 뒤로 팔을 넣어 번쩍 안았다. 제인은 물에 빠뜨리려는 게 아닌 것 같아 안도했지만, 연인 사이에서나 할 법한 포즈는 감당하기 힘들었다.

"야! 나 혼자 갈 수 있어!"

"버둥거리지 마. 더 무거워."

"그러니까……."

"그럼 최준영이나 김희원더러 하라고 해? 누구 불러 줄까?"

제인은 조용히 입을 다물고 몸에 힘을 뺐다. 친구 그 이상의 의미는 없다는 말에 달리 대꾸할 말도 없었다.

"야, 쟤 지금 개 빡친 것 맞지?"

"왜 오버야? 짜증 나네."

"힝, 구회승 무서워……."

"성깔 나오네, 또. 전혀 맞지 않는 타이밍인 것 같긴 하지만."

뒤따라오며 애들이 저마다 한 소리씩 했다.

"김민주, 넌 뭘 그렇게 살펴?"

은지가 물었다. 제인이 보기에도 앞을 기웃거리는 민주의 행동이 좀 이상스럽긴 했다.

"고선영."

민주가 입 모양으로만 대답했다.

"고선영? 고선영은 왜?"

제인이 묻고 싶었던 것을 은지가 물었다.

시선이 뒤로 향할 수밖에 없는 제인은 은지와 민주에게라도 관심을 기울여야 견딜 수 있을 것 같았다. 이 민망한 자세로부터.

"쟤네 둘이 저러고 있는 걸 봐라. 얼마나 짜증 나겠니? 어, 왔다."

민주가 작게 속삭인 말은 제인에게도 들렸다. 시선을 앞으로 돌리니 좁은 숲길에서 모습을 드러낸 선영이 장승처럼 서서 이쪽을 빤히 바라보고 있었다.

"근데 고선영 좀 안됐다."

"뭐가?"

"그렇잖아. 구회승이 제인이 다시 보는 바람에……."

뭔 소리를 하는 거야? 제인은 반사적으로 회승의 두 귀를 가렸다.

"뭐야?"

"애들이 지금 네 욕해."

귀를 막는 제인과 부쩍 밀착된 회승은 정작 다른 곳으로 신경이 쓰였지만, 그걸 알 리 없는 제인은 민주와 은지에게 조용히 하라고 경고했다. 물론 통하지는 않았다.

"그래도 고선영은 좀 아니지 않니? 난 저렇게 고상한 척 하는 애들 진짜 싫어. 그러면서 할 말은 또 다해요."

"그래도 우리한테 피해 준 건 없잖아. 회승이 문제만 빼면."

은지와 민주의 수다는 계속됐다.

"그러게 왜 그렇게 들이대냐고. 구회승이 싫다는 티 엄청 내는고만."

"야, 너무 그러지 마. 회승이가 제인이랑 사귈 수 있는 것도 아니고. 제인이 남친 있잖아."

"못 들었어? 컴백하면 헤어지자고 말할 거래."

"진짜?"

은지는 사실이냐는 눈빛으로 제인을 쳐다봤다. 제인은 좀 머쓱해져 고개를 끄덕였다. 그렇다고 회승과 다시 사귀겠다는 의미는 아닌데…….

"무슨 일이야?"

계곡을 다 건넜을 때쯤 선영이 물었다.

"제인이가 좀 다쳤어."

도영이 웃는 얼굴로 대답을 하며 얼른 선영의 옆으로 가섰다. 등을 쓰다듬는 손길이 위로하는 것처럼 보였다.

"배고프다. 가서 고기 먹자."

도영은 선영을 데리고 먼저 돗자리로 가 앉았다. 제인도 곧 회승의 도움으로 그 위로 내려섰다.

"고선영, 밴드 있어? 우리 중엔 아무도 없어서."

언제 밴드를 선영에게 꿔 준 사람마냥 민주는 달라는 말을 너무 당당하게 했다. 제인이 다 미안할 정도였다.

"어쩌지? 나도 없는데."

"그런 거 챙겨 다닐 것처럼 굴더니 의외다."

아이고, 민주야……. 제인은 민주의 팔을 잡으며 만류했다.

"지금 싸우자는 거야?"

선영은 웃으며 대꾸했지만 민주의 톡 쏘는 말에 기분이 상한 게 확실했다.

"아닌데?"

민주도 픽 웃으며 대꾸하고는 준영의 옆으로 가 앉았다.

"밴드 없어서 어떡해? 바를 약도 없는데."

도영이 걱정스레 물었다.

"휴지로 꽉 누르고 있으면 돼. 벌써 좀 멎었어."

제인의 말에 도영은 안심한 듯 웃었다.

"그래. 그 정도는 약 안 발라도 나아. 와서 고기나 좀 먹어, 공제인."

입에 고기를 넣고 와구와구 씹으며 말하는 희원의 이마를 준영이 나무젓가락으로 톡 때렸다.

"야! 먹을 땐 개도 안 건드리는 거 몰러?"

"모르고, 작작 좀 처먹어. 너 때문에 먹겠냐, 어디? 어떻게 돼지고기를 핏물만 가시면 주둥아리에 처넣어? 이게 소고기야?"

"넌 꺼지고. 자, 고기 굽는 우리 구회승이 아……. 형아가 한 쌈 넣어 줄게."

"너나 많이 처드세요. 내 위장은 소중하거든?"

"촌스럽긴. 위장은 소주가 소독을 싹 해 줄 거거든?"

"이따가 네 엉덩이를 변기에 처박고 있는다에 올인."

"오, 진짜? 너 전 재산 얼마지? 앗싸, 나 오늘 화장실 안 가야지."

희원은 애들의 타박에도 소주와 고기를 며칠 굶은 사람처럼 먹었다.

한여름의 저녁은 대낮같이 환했다. 그래서 집에 가자는 말을 미뤄 온 제인이지만, 이젠 진짜 해야 할 것 같았다.

"슬슬 정리해야 하지 않아?"

휴대전화로 시간을 확인하며 제인이 말했다.

아이들은 텐트 안과 그 앞에 깔아 놓은 돗자리에 퍼질러 앉아 꼼짝도 하지 않았다. 오히려 술 따르는 속도가 급격히 빨라졌다.

"으흠, 왜 이렇게 술이 안 깨지?"

"너도? 나도……."

"그러게. 그냥 한숨 푹 자고 일어났으면 좋겠다."

이것들이? 왜 다들 날 쳐다보는 건데!

제인은 뚱한 표정으로 애처로운 눈빛들을 다 반사시켜 버렸다.

"야! 계속 마시고 있으니까 술이 안 깨는 거잖아! 뇌가 아파?"

제인의 외침에 하나둘 시선을 회피하더니 급기야 또 술을 따른다. 집에 갈 의지 제로다.

"그럼 이왕 마신 술, 게임이라도 하면서 마실까? 어차피 운전할 놈들은 저거랑 저거잖아."

희원이 회승과 준영을 차례로 가리켰다.

"쟤들은 머리가 좋아서 게임에서 질 일도 없으니까 술을 더 마실 일도 없고. 그러니까 금방 깨서 집에 갈 수 있을지도 모르잖아. 제인아, 그치?"

희원은 실실 웃는 얼굴로 제인의 대답을 기다렸다.

"됐어. 집에 가는 게 아니라, 갈 수 있을지도? 누굴 바보로 알아? 그리고 게임한다고 하더라도 저거랑 저거는 왠지 일부러 틀릴 것 같아. 확실히."

"올. 안 통하네. 바보 아니네, 바보 아니야."

희원의 말에 아이들은 크게 웃었다. 제인을 놀려 먹는 분위기다.

"그럼 네가 게임 이겨서 집에 가자고 하는 건 어때? 바보 아니니까 이길 수 있을 거야."

아오, 진짜 김희원. 잔머리 하나는 세계 최고다.

"됐거든?"

제인은 자리에서 일어나 텐트 밖으로 나갔다.

"어디 가?"

"어이, 공제인. 삐쳤어?"

"버스 시간표 보러 가. 슈퍼 앞이 정류장 맞지?"

"얘가, 얘가. 무슨 소릴 하는 거니? 슈퍼 앞은 그냥 슈퍼고 슈퍼 뒤도 그냥 슈퍼, 슈퍼 옆도 그냥 슈퍼지. 정류장이라니?"

희원의 말에 제인은 콧방귀를 뀌었다.

"아까 버스 시간 적혀 있는 거 다 봤거든요?"

제인이 희원을 한 번 째려봐 주고 막 신발을 신을 때였다.

"공제인."

준영이 제인을 부르며 휴대전화를 내밀었다.

"이거 왜?"

"시간표. 혹시 몰라 찍어 둔 거야."

슈퍼까지 꽤 먼데 잘됐다. 제인은 얼른 준영의 휴대전화를 받아 확인했다. 막차 시간이…… 18시 40분?

"이 시간표 정확한 거야?"

"어. 왜?"

"이거대로라면, 막차는 20분 전에 떠났어."

"올레!"

희원이 두 손을 번쩍 쳐들었다.

"어쩔 수 없지. 내일 가는 수밖에. 제인아, 너희 엄마한텐 내가 전화할게."

"민주야, 너보단 날 더 신뢰하시잖아. 내가 할게."

민주와 은지가 들떴다. 다른 아이들의 표정도 한결 편안해졌다.

제인은 더는 가겠다고 고집을 피울 수가 없었다.

"야, 술 더 사 와야겠다. 이럴 줄 알았으면 마트에서 더 사 오는 건데."

"됐어. 원래 이런 데 놀러 오면 가까이에 있는 가게 팔아주고 하는 거야. 이 철없는 자식아. 내가 갔다 올게."

회승이 자리에서 일어서며 말했다.

껄렁껄렁한 겉모습과는 다르게 생각하는 게 반듯하다. 가정교육의 영향인가? 아줌마도 아저씨도 좋은 분이시니까……. 어? 근데 뭐지? 나는 왜?

회승은 제인의 뒷덜미를 잡고는 제 발걸음에 맞춰 앞으로 밀었다. 자연스럽게 제인은 앞으로 걸어야 했다.

"뭐냐, 구회승? 공제인 왜 데리고 가는데? 술 들어가니까 막 용감해지냐? 다른 짓 하지 말고 술만 사 와. 알았어?"

회승과 제인은 동시에 준영에게 가운뎃손가락을 들어 보였다.

"나도 같이 가."

"선영아……."

도영이 그러지 말라는 눈빛을 보냈지만 선영은 꿋꿋이 따라나섰다. 슈퍼까지 가는 짧지 않은 시간 동안 그들은 거의 말을 하지 않았다.

"얼마예요?"

"이만 삼천오백 원인디, 이만 사천 원만 주더라고."

"네?"

"호호호, 농담이여. 이만 삼천 원. 기가 차게 잘생겨 부러서 장난 한번 친 거여."

"아, 지가 쪼까 그런 소리 듣고 댕기긴 해유."

"그제? 연예인이 맞제? 그 티레비에 나오는. 요다가 싸인 한 장 해도."

"한 장 가꼬 되시겠어유?"

회승의 어설픈 사투리 때문에 제인은 웃음이 터졌다. 회승은 그런 제인을 보며 웃지 말라는 얘길 했지만 본인이 생각하기에도 웃긴지 실실 웃어 버렸다.

그런 둘의 모습을 굳은 얼굴로 바라보던 선영은 슈퍼 밖으로 나와서야 입을 열었다.

"우리 잠깐 얘기 좀 해……."

"……앉아서 잠깐만 기다려. 가자."

평상 위에 사 온 물건들을 내려놓으며 제인에게 말한 회승은 선영을 데리고 슈퍼를 빙 돌아 모습을 감췄다. 제인은 그냥 갈까 하다가 비닐봉지 세 개에 나눠 담긴 술병을 바라보고는 평상에 걸터앉아 버렸다.

슈퍼에서 팔더라며, 은지가 사다 준 밴드가 붙여진 발가락이 아직까지 조금 불편했다.

"구회승. 나 너 포기 못 하겠어. 포기가 안 돼……."

선영이 눈물을 보이기 시작했다. 회승이 안고 다독여 주길 바라는 마음에 선영이 조금 더 가까이 다가왔지만, 회승은 선영을 위해서라도 그렇게 해 줄 생각이 없었다.

"하지 마, 그럼. 그냥 안 보고 지내면 되지."

"장난해?"

이윽고 선영의 눈에선 눈물이 뚝뚝 떨어졌고, 앙칼진 목소리가 흘러나왔다. 회승을 째려도 보았다.

분명 처음 시작할 때는 선영에 대한 감정이 이렇지 않았었는데.

회승은 어쩌다 이렇게 되어 버렸나 생각하다 그 끝에서 제인을 떠올렸다.

"무릎 꿇고 사과하라면 할 수 있어. 근데 너랑은 다시 안 만나."

담배가 간절히 생각나는 순간이었다. 회승의 손이 담뱃갑을 찾아 주머니 안으로 들어갔다. 하지만 꺼내지는 않았다. 이 상황을 가볍게 여기고 있다고 선영이 오해할 수 있는 빌미조차 제공하고 싶지 않았다.

"나야말로 무릎 꿇고 빌게. 나랑 끝내지만 마. 응?"

"고선영, 더 매달리지 마. 너 나중에 분명 후회해."

담배를 물고 있는 것처럼, 회승의 입에서는 연기를 내뱉을 때와 같은 깊은 한숨이 흘러나왔다. 내가 애 하나를 병신 만들었구나 싶은 자책이 일었다.

화나고, 어이없고, 울고 싶고, 짜증 나고, 우울하겠지.

회승도 그 기분을 잘 알고 있었다.

"나 진짜 잘할게. 심술도 안 부리고, 네가 싫어하는 거 안 하고, 네가 하라는 대로 다 할게. 한 번만 더 기회 주라. 응?"

"네가 그렇게 해도 나 안 변해. 네가 좋아지지 않는다고."

"흑…… 이 나쁜 새끼야! 너 나랑 잤잖아!"

그러는 너는 나랑 안 잤냐? 어째서 합의하고 한 섹스에 나만 가해자가 되는 거지?

회승은 다시 한 번 담배를 피울까 생각했다.

"이 나쁜 새끼야! 한 번도 아니고, 두 번도 아니고, 많이 잤잖아! 나랑!"

급기야 선영은 주먹을 쓰며 회승에게 달려들었다. 생각보다 매웠다.

처음엔 맞아 줄 생각이었는데, 회승은 자신도 모르게 선영을 꽉 끌어안았다. 주먹이 아픈 것도 있었지만, 그 모습이 사뭇 안쓰럽게 느껴졌다.

회승은 간헐적으로 떨리는 선영을 안고, 까만 밤하늘을 올려다봤다. 그리고 바랐다. 지금 선영이 한 말을 제인이 듣지 못하게 해 달라고.

나쁜 새끼 맞네…….

끝까지 이기적인 자신의 모습에 자조 섞인 웃음이 새어 나왔다.

"가자. 제인이 기다려."

"구회승!"

예상했던 대로 선영이 품에서 떨어졌다.

"엿 같지? 그런데 난 지금 이 상황에서도 제인이 생각밖에 안 나. 네 입장, 마음 그런 거 안중에 없다고."

"이 나쁜 놈아! 좀 다정하게 대해 줄 수 없어?"

"그러기 싫어. 눈물 닦고 정리하고 나와. 먼저 가 있을게."

기어코 선영은 엉엉 울음을 터트렸지만, 회승은 외면하고 돌아섰다. 평상에 앉아 기다리고 있을 거라 생각한 제인은 보이지 않았다. 발까지 다친 계집애가 그 무거운 술병까지 들고 사라져 버렸다.

'흑…… 이 나쁜 새끼야! 너 나랑 잤잖아!' 라는 말을 들었을 때, 제인은 평상에서 일어섰다.

확실히 자신이 들을 이야기는 아닌 것 같았다. 듣고 싶지 않기도 했고. 선영의 목소리가 처음으로 크게 들려왔을 때 자리를 피했어야 했다.

"아, 김민주! 빨리 안 나오냐?"

준영의 목소리였다. 제인은 조금 더 빨리 걸었고, 인상을 잔뜩 쓰고 있는 준영과 만났다. 슈퍼와 계곡 중간 지점에 있는 화장실에서 몇 미터 떨어진 곳이었다.

"최준영."

"아…… 왔냐?"

제인을 보고 인상이 좀 풀린 준영은 제인이 들고 있는 봉지들을 얼른 가져갔다.

"구회승은?"

"넌 뭐해? 민주 기다려 주는 거야? 화장실 앞에서?"

구회승은 선영과 대화 중이라고 대답을 하면, 그 뒤에 많은 질문들이 따라올 것 같았다.

제인은 말을 돌렸고 다행히 준영은 다시금 인상을 쓰며 민주 때문에 미치겠다는 말을 중얼거렸다.

"그래도 가방은 안 들려 줬잖아."

"됐거든?"

준영이 불쾌하단 얼굴로 대꾸했다.

"최준영! 누구야? 어떤 년이랑 얘기하냐, 너?"

제인은 작게 웃음을 터트렸다. 준영을 좋아한다면서, 어떻게 끙끙 소리까지 리얼하게 들려주며 말을 할 수가 있는지.

"있어. 졸라 못생긴 애. 너보다는 예쁘지만."

못생겼다는 말에 입술을 삐쭉 내밀던 제인은 예쁘다는 말에 히죽 웃었다.

"그만 튕기라고, 최준영! 확 버려 버리기 전에!"

"그만 튕기래."

제인이 웃으며 말하자, 준영은 어이없다는 듯 고갯짓으로 화장실을 가리키고는 오른쪽 귀 근처에서 손가락을 빙빙 돌렸다. 김민주가 미쳤다고.

"너나 그 똥간에 버리고 가기 전에 그만 끊고 나와라."

"악! 기다려! 가지 마! 나 무섭단 말이야!"

"아, 변비약 처먹으라고!"

"와……. 최준영, 나쁜 남자."

제인의 말에 준영이 피식 웃었다.

"변비약 먹으면 나랑 사귈 거야?"

"뭐래? 가자, 그냥."

"최준영!"

준영이 어떻게 나올지 용케 안 민주가 절박하게 소리 질렀다. 하긴, 어두침침한 산 밑에 놓인 공중화장실이라니. 무서울 만하다.

"이제 민주 마음 좀 받아 주면 안 돼?"

제인은 최대한 애처로운 눈빛으로 말했다.

"어. 안 돼."

"그래."

칼 같은 대답에, 제인은 기도하듯 모아 쥐었던 두 손을 바로 풀었다.

"근데 이유라도 좀 알자. 너 하는 거 보면 민주 싫어하는 거…… 아니, 여자로 보고 있는 거 맞잖아?"

"아니거든. 친구로 보고 있거든."

"어. 그래."

자신을 똑바로 응시하며 말하는 준영의 눈동자를 보니 정말 아닌가 싶었다.

"그럼 너 혹시 다시 날……."

"똥통에 빠져 본 적 없지?"

"미안. 알잖아, 농담이야."

의지가 강해 보이는 눈빛과 말투에 제인은 얼른 사과했다. 준영도 실실 웃었다.

"아, 시원하다!"

드디어 민주가 나왔다. 준영을 보더니 좋다고 달려오는데, 가까이 올수록 준영의 표정이 굳어지더니 빠른 속도로 걸어가 버렸다.

제인은 민주가 바로 앞에 오고 나서야 그 이유를 알았다. 냄새가 심각했다. 최준영은 개 코다.

"얼마 묵은 거니?"

"하루 빠진 일주일?"

"……김희원을 데리고 왔어야 했어, 너는."

"왜? 난 최준영이 제일 좋은걸?"

"지금 그렇게 웃을 때가 아니야, 민주야. 최준영…… 그만 포기해라."

"싫은데? 최준영! 같이 가, 자기!"

민주는 준영을 향해 달렸다. 냄새를 달고 사라져 주어 참 고마웠다.

민주를 돌아보고는 흠칫 놀라 뛰기 시작한 준영과 또 무섭다고 더 빨리 뛰기 시작한 민주가 만들어 내는 풍경이 너무 웃겼다.

"아, 그만 좀 마시라고."

참다못한 회승이 선영에게 윽박지르듯 말했다. 슈퍼에 다녀온 뒤로 얘기도 안 하고 혼자 홀짝홀짝 마시더니, 지금은 누가 봐도 취한 사람 티가 났다.

"됐어. 이렇게라도 해야 넌 나한테 관심을 가지잖아."

술에 취한 선영은 흐릿한 눈매로 회승을 흘겨봤다.

"놔둬. 나 같아도 마시고 싶겠다. 어이구, 여자나 울리고 돌아다니고. 역시 멋있어. 어떻게 하면 너처럼 여자들이 나한테도 목을 맬까?"

희원은 기승전결 따윈 모르는 것 같았다.

"뭘 놔둬? 술주정 네가 받을래?"

"선영아, 그만 마셔."

회승의 말을 듣자마자 희원은 선영의 이름을 힘주어 부르더니 금세 부드러운 말투로 달랬다.

"왜? 희원이 너도 여자들한테 인기 많지 않아?"

도영의 말에 희원의 얼굴에 화색이 돌았지만, '한 달 안에 다 까이고 다니는 게 문제지.' 라고 준영이 바로 기를 죽였다.

"너처럼 몇 년 사귄 애인한테 차이는 것보단 나아. 너도 그때, 고선영처럼……."

"닥쳐라."

준영이 포도 알갱이를 따 희원의 얼굴로 던졌다.

"그 언닌 요즘 어떻게 지내?"

"그냥 잘 지내."

더는 묻지 말라는 함구령이 묻어 난 준영의 대답에 민주는 발끈했다.

"아직도 연락해? 헤어졌다며?"

"헤어졌으면, 연락하면 안 돼?"

"헤어졌는데 왜 연락을 해?"

"뭔 상관인데? 됐으니까 신경 꺼."

헤어지고도 연락하는 건 미친 괴물이나 하는 짓인 것 같은, 절대 이해할 수 없는 일이라는 듯한 민주의 말투에 준영은 무척이나 짜증이 난 것 같았다.

회승도 짜증을 내고, 민주도 저기압이고, 선영은 취해서 회승에게 생떼를 쓰고, 물론 그러거나 말거나 실실거리는 희원도 있었지만, 은지와 제인은 싸해진 분위기 속에서 눈치를 보며 분위기 왜 이러냐는 식의 말들을 속닥거렸다.

"제인아, 너 전화 오는 거 아냐?"

"응……."

"누군데?"

진동이 울리는 휴대전화의 발신자를 확인한 후, 받지 않는 제인을 의아하게 쳐다보며 은지가 물었다.

"재열 오빠……."

"안 받으려고?"

"받아야지……. 여보세요?"

—오빠야. 뭐하고 있었어?

알아요. 오빠인 거. 그냥 하는 말인 줄 아는데, 왜 이런 말들이 싫어졌을까? 헤어질 결심을 한 후, 통화하는 것이 부담스러워서 그런 것만은 아닌 것 같았다.

제인의 시선이 회승에게 향했다.

이게 모두 다 저 녀석 때문이다. 구회승. 끊임없이 흔들리게 하는 놈. 술 취해 잠든 선영을 짜증 난다는 듯 쳐다보고 있는 놈. 이제는 친구로 지내자고 하며 속을 뒤집는 저놈. 저 나쁜 놈.

"애들이랑 놀러 왔어. 계곡."

—애들 누구?

"민주랑 은지."

—정말 걔네뿐? 거짓말하다 걸리면 나 화낸다?

재열과 농담을 하며 웃을 기분이 아니었다. 제인은 그렇다고 대답했고 계속되는 질문에도 거의 단답형으로 응했다.

—집엔 언제 가?

"……이제 가야지."

픽 웃는 소리가 났다. 회승이 한쪽 입매만 올린 채 제인을 삐딱하게 쳐다보고 있었다. 애들도 공제인 뻥쟁이라는 둥, 원래 저런 애였냐는 등의 말들을 주고받았다.

—아, 오빠가 이따가 다시 전화할게.

듣던 중 반가운 소리다.

재열에 대한 미안함을 억누르며 제인은 종료 버튼을 눌렀다.

"공제인, 너 장난 아니다?"

준영이 의외의 면을 봤다는 투로 웃으며 말했다.

"그니까. 이제 가긴 뭘 이제 가? 너 혼자 갈 거야? 자식이 말이야, 거짓말하는 데 전혀 주저함이 없어요."

희원이 제인을 손가락질했다.

"뭘. 다 그런 거지."

관계도 예전 같지 않은데, 쓸데없는 대화로 이어지는 걸 바라지 않았을 뿐이었다. 그래서 거짓말을 한 거고.

"뭐?"

제인의 대답에 준영은 기가 막힌다는 표정을 짓다가 이내 막 웃었다.

"공제인 멍하다고 무시하지 마. 내가 봤을 때, 앤 연애 쪽으론 타고났어."

민주가 말했다.

"그래? 난 그런 거 모르겠던데?"

민주의 말에 자신이 정말 그런가 생각하고 있을 때 희원이 의문을 제기했다.

“바보냐? 당연하지. 공제인은 너랑 사귄 적 없으니까. 아무 남자한테나 끼 부리면 미친년이지.”

“그럼 김민주, 나한테 끼 부리지 마.”

준영의 말에 희원이 배를 잡고 웃었고, 민주는 준영에게 ‘난 너 사랑한다니까!’ 라고 외쳤다가 욕을 처먹었다. 그래도 민주는 좋다고 준영에게 아양을 떨었다.

“……말해 봐. 나랑 사귈 때도 구라친 적 있지?”

제인을 포함해 웃고 떠들던 애들은 회승이 내뱉은 한마디에 굳어 버렸다. 정말로 시기적절하지 못한 질문이었다.

“아우, 저 미친놈. 술이나 마셔.”

“술은 마시고 있고. 너 앞으로도 그런 식으로 연애할 거냐?”

“음……. 필요하면?”

“와…… 내가 저런 애를 만났던 거야?”

회승의 한마디에 아이들은 키득거렸다.

“아니, 그게…… 꼭 지금 내 상황이 아니더라도 사귀는 사이에서, 굳이 남자 친구가 알지 못할 사실을 먼저 전화해서 알리는 것도 웃긴 일이잖아. 그리고 알렸다가 남자 친구가 화내면 못 놀잖아. 내가 나쁜 짓 하지 않을 자신 있으면 괜찮은 거 아니야?”

“하!”

"오, 공제인. 팜므파탈이었어?"

기막혀하던 회승은 오징어 다리로 희원의 이마를 탁 때렸다.

"그게 너 혼자 자신 있다고 돼?"

"근데, 너 아까부터 나한테 왜 그래? 나도 이제 화나려고 하거든? 그럼 지금 당장 집에 데려다 주든가."

"왜 그러긴, 인마. 구회승이 왜 그러는지 우린 다 알고 있고만."

서로를 못마땅하다는 듯한 눈빛으로 응시하고 있는 제인과 회승을, 아이들은 재밌는 코미디 영화를 관람하듯 보고 있었다. 그리고 그중에서 가장 적극적인 반응을 보이고 있는 희원이었다.

"너 나와."

회승이 벌떡 일어서며 말했다.

"뭐?"

"가방 챙겨서 나오라고. 데려다 달라며?"

아니, 갑자기 무섭게 왜 이래?

"야, 네가 잘 못 느끼나 본데. 너 술 많이 마셨다, 구회승?"

"그래. 빨리 앉아. 가긴 어딜 간다고 그래?"

도영이 회승의 손목을 잡고 앉으라며 당겼지만 회승은 요지부동이었다.

"뭐해? 빨리 나오라고."

이쯤 되면 해 보자는 거지? 네 성격에 술 먹고 잘도 운전하겠다!

제인도 벌떡 일어났다. 이건 그냥 기싸움일 뿐이다. 질 이유가 없는 싸움.

"너까지 왜 그러냐, 또."

이번엔 희원이 제인을 만류했지만 민주와 준영은 흥미롭다는 눈빛을 하고 태평하게 굴었다.

제인은 회승의 뒤를 따라 차가 있는 곳에 도착했다. 회승은 망설임 없이 잠금장치를 풀고 친히 조수석 문을 열어 준 뒤 운전석에 올라탔다. 그리고 바로 시동을 걸었다.

설마 음주 운전을 할까 싶었던 제인은 간이 확 쪼그라들었다.

"공제인."

회승이 빨리 타라고 재촉했다.

"휴……. 내려, 구회승. 자존심이 목숨보다 중요한 건 아니잖아."

"안 가. 빨리 타기나 해."

회승이 피식거리며 말했다. 다행이었다.

"근데 차에는 왜?"

"뽀뽀 안 할게. 타."

"야!"

얘가 진짜 취했나? 회승이 쿡쿡 웃었다.

"얘기 좀 해."

"무슨 얘기?"

"타라, 좀."

꼭 부탁을 명령처럼 한다. 근데 왜 반항하기 힘든 걸까. 결국 제인은 차에 올랐다.

"아까 그거 무슨 소리야?"

진지한 눈빛, 진지한 음성. 제인은 괜히 오기를 부려 따라왔다는 생각이 들었다.

"아까 뭐?"

"꼭 지금 내 상황이 아니더라도 사귀는 사이에서, 라고 했지?"

그걸 기억하고 있을 줄을 몰랐다. 제인은 대충 이야기가 어떻게 흘러갈지 알 것 같았다. 피하고 싶었다.

"별 뜻 없어. 그냥 말 그대로지."

"……그래?"

회승은 조금 느리게 물었다.

"어."

제인은 다 알고 있다는 듯한 회승의 시선을 피하며 대답했다.

"그래. 알았어. 음악 들을래?"

회승이 에어컨을 조절하며 물었다. 에어컨이 작동되는 소리가 났지만, 차내는 너무 조용했다.

차라리 제인은 음악 소리라도 났으면 좋겠다 싶었다. 하지만 음악이 어떤 상황을 만들어 낼지 예상됐기 때문에 한 가지를 더 말했다.

"헤비메탈로 부탁해."

회승이 씩 웃더니 USB에 연결된 노래를 틀었다. 요즘 인기 순위 1, 2위를 달리고 가요였다. 감미로운 목소리의 남녀 가수가 서로의 입장에서 파트를 나눠 부르는 노래. 자기 전에 들으며 괜스레 설레던 그 노래.

"이건 헤비메탈이 아니잖아."

"나랑 헤어지자고 한 이유 말하면 틀어 줄게."

"……뭐?"

"말할 거야, 말 거야?"

회승의 당당함에 제인은 어이가 없는 표정으로 그를 쳐다보았다.

"……하기 싫어."

"그래, 하지 마. 알고 있으니까."

제인이 당황해 회승을 쳐다봤다. 진짜 알고 있는 것 같은 얼굴이었다.

"알고 있는데 왜 물어본 거야?"

"네가 말할 때까지 기다리려고. 아직도 시간은 있어. 네가 말할래, 내가 말할까?"

제인은 혼란스러웠다. 회승이 그 이유를 알고 있다고 한들, 달라질 수 있을까?

"이유가 중요하진 않잖아……."

"그러니까 중요하지도 않은 얘길, 넌 왜 못 하는데?"

"구회승……. 다 아는 것처럼 얘기하지 마. 너도 내 입장이었다면…….”

“가족들 위해서 무릎 꿇은 게 뭐 어때서. 그땐 내가 철이 없어서 네 앞에서 그런 소릴 했는데, 진심으로 미안하게 생각해. 확실히 내가 잘못한 일이었고. 그런데 이제는, 굳이 드러낼 일은 아니지만 숨길 필요도 없는 일 아닌가? 오히려 그런 아빠가 있다는 건 자랑스러운 거지. 돈 많은 아빠가 좋은 아빠는 아니잖아?”

자랑스러운 아빠? 그래, 맞다. 회승의 말이. 그때 무릎 꿇은 아빠를 부끄러워하면 안 됐었던 거다.

“……네 말처럼 내가 아빠에 대해 잘못 생각하고 있었던 건 맞지만, 그래도 너랑 사귀긴 불가능했어.”

“그땐 어땠는지 모르겠지만, 이젠 아니야.”

“아니긴 뭐가 아니야? 나랑 우리 엄마가 너희 엄마를 알고, 우리 아빠는 네 아빨 잘 아는데, 어떻게? 우리가 사귀었다는 걸 알면 우리 아빠가 아저씨 얼굴을 어떻게 봐?”

제인의 말을 듣던 회승은 답답하다는 얼굴로 제인을 노려보더니 갑자기 소리쳤다.

“아우, 이 등신아! 아저씨랑 우리 아빠 지금 완전 친하거든? 둘이 가끔 만나서 술까지 마신다고!”

“…….”

암흑. 카오스. 정전. 백지.

뇌는 작동을 멈춰 아무 생각도 나지 않았고, 목소리를 잃은 목은 아무 소리도 낼 수 없었다. 제인은 머리를 숙이고 두 손으로 얼굴을 감쌌다.

나 지금까지 뭐한 거지? 눈물로 지새웠던 그 수많은 밤은? 구회승을 피해 다니면서도 몰래몰래 훔쳐보던 그 찌질했던 순간들은?

"……언제? 언제부터 두 분이 그런 사이가 되신 건데?"

"그건 나도 모르겠고, 얼마 전에 두 분이 같이 술 마시는 거 봤어."

"진……짜?"

"어."

"얼마 전? 그걸 왜 지금……."

말을 하다가 지금 자신이 무슨 말을 하고 있는가 싶어 정신이 번쩍 들었다.

이건 마치 자신도 헤어져서 아쉬웠다고 고백하는 모양새였다. 할 수만 있다면, 영혼을 팔아서라도 말을 하기 직전으로 돌아가고 싶었다.

회승이 회심의 미소를 짓는 걸 보니, 제인은 더욱 그러고 싶었다.

"그치? 너도 내가 싫진 않은 거지? 역시 날 싫어하는 여잔 이 세상에 없는 건가?"

"닥쳐!"

"에이, 왜 그래. 다 뽀록났는데."

회승은 히죽 웃었다.

"제발 좀 닥쳐 줄래? 생각 좀 하게."

"무슨 생각을 해? 이제 나랑 다시……."

"고선영은? 다시 만나는 거 아닌 게 확실해? 네가 그때 카페에서 그랬잖아."

아픈 머리를 부여잡고 있던 제인이 회승에게 약간 신경질적으로 말했다. 회승은 입매를 올려 웃으며 제인을 바라봤다.

"그냥 한 말이야."

"뭐?"

"순진하긴."

이제 회승은 소리 내어 웃기까지 했다.

"헤어진 거 맞아. 우린 다시 만날 수 있고."

미치겠다, 진짜. 우리 뭐한 거지?

"괜찮아? 얼굴 좀 보여 줘."

제인의 머리를 쓰다듬고 내려온 회승의 손이 목을 감쌌다.

"그래도 고선영 좋아하긴 한 거지? 대학 가서 나 잊었었다며?"

제인은 회승의 손을 밀어냈다.

자신은 그대로였는데, 넌 어쩜 그럴 수 있었냐는 원망 섞인 감정이 생겼다. 아까 슈퍼에서 그 얘기를 확실히 듣지 말았어야 했다.

"너만큼 좋지 않았어. 그래서 너한테 다시 온 거잖아."

회승의 입가에 부드러운 미소가 걸렸다. 껌벅 넘어갈 만큼 제인을 보는 시선 또한 근사했다.

그렇지만 제인은 회승의 말을 다 믿지 않았다. 남자들은 여자 앞에서는 다 저렇게 말한다고들 했다. 네가 처음이다, 너랑 한 게 첫 키스다. 이렇게.

"나만큼은 아니더라도 좋아하긴 했네."

제인이 픽 웃으며 말하자 회승은 억울하단 티를 팍팍 냈다.

"야, 너도 내가 개새끼라고 부르고 싶은 그 자식한테 오빠, 오빠 했잖아."

"그래도 진심으로 좋아할 수는 없었다고."

너 때문에.

제인이 째려보자 회승은 금세 표정을 풀고 실실거렸다.

"이제 오빠, 오빠 안 할 거지만. 그치?"

"뭐라는 거야?"

"헤어지라고 말하고 있는 거잖아. 좋은 말로 할 때."

"왜? 난 헤어질 생각 없는데?"

제인은 일부러 정색해 보이며 말했다. 재열과 헤어짐에 대한 생각은 분명 확고했지만, 그렇다고 기다렸다는 듯 회승과 만나는 게 잘하는 일 같지는 않았다.

"미치게 하네, 진짜……."

회승이 핸들을 두 팔로 감싸더니 얼굴을 묻었다.

"미안……."

풀죽은 제인의 목소리에 회승은 고개를 묻은 상태에서 얼굴만 살짝 틀어 제인을 빤히 쳐다봤다.

"그래? 그러면……."

제인은 알고 있었다. 저 야하고 요염한 눈빛을. 회승은 키스가 하고 싶은 거였다.

"저기, 그럼 난 먼저……. 애들 기다리겠다."

탁.

제인이 문을 열기 바로 직전, 도어 락이 잠겼다. 열라는 뜻으로 회승을 보니, 사악하게 웃을 뿐이었다.

"난 너랑 뽀뽀할 생각 없거든?"

어머, 먼저 뽀뽀란 말을 해 버렸다.

회승은 그걸 캐치해 낸 제인이 대견하다는 듯한 눈빛을 하더니 씩 웃었다.

"그건 나도 그래. 뽀뽀는 애들이나 하는 거고. 키스해야지, 우린."

핸들에서 몸을 뗀 회승이 민첩하게 거리를 좁혀 왔다.

"야! 내가 너랑 키스를 왜 해! 빨리 문이나 열어!"

제인의 엉덩이와 등은 훅 다가온 회승으로 인해 문 쪽으로 바짝 붙었다.

"왜? 하자, 우리."

"싫다고!"

"진짜?"

"어!"

"한 번만……. 어?"

"저리 안 가? 자꾸 왜 이래!"

"혹시나 네가 좋다고 대답할까 봐."

"변태! 고소당하고 싶어?"

"너랑 사귀고 싶어."

"그럼 얼굴은 치우고 말해!"

남자라서 이렇게 단순하게 구는 건가? 재열 오빠와 정리도 하지 않았는데, 아니, 헤어진다는 말도 하지 않았는데 조금 틈을 보였다고 이렇게 밀어붙이다니.

하긴 사귀고 있는 상태에서도 그랬다. 남자는 정말 다 똑같은 건가? 구회승도?

만약 회승이랑 다시 잘된다고 해도 연애를 하다 이별하면 그땐 나에게도 차갑게 굴겠지?

제인은 혼란스러웠다.

"잠깐! ……그럼 너, 세컨드 괜찮아?"

"……뭐?"

"나 지금 오빠랑 사귀고 있잖아. 그런데 넌 자꾸 이러고. 세컨드 하겠다는 말이잖아, 이거."

"하……. 씨……. 아, 나 욕 나올라 그래. 미쳤어? 세컨드?"

"아니, 저기 그러니까, 난 세컨드를 하라는 말이 아니고……."

"해, 젠장!"

뭐?

"해! 한다고, 세컨드!"

제인이 얼이 빠져 쳐다보니 회승은 씩씩대며 소리쳤다. 그리고 다소 잠잠해지더니 이내 생각을 정리한 듯 입을 뗐다.

"대신 너도 세컨드야."

"저기…… 미안한데. 나는 왜?"

"뭐?"

"그렇잖아? 네가 나한테 사귀자고 했고, 나는 싫다고 했잖아. 내가 너의 세컨드를 할 이유가 없지. 난 세컨드까지 하면서 널 만나고 싶진 않……은데?"

할 말을 잃은 회승은 가만히 제인을 바라보기만 했다.

"와……. 너 장난 아니다. 많이 컸다. 공제인?"

"음…… 그러니까 결론은, 난 너한테 세컨드를 하라는 얘기가 아니었다고. 그냥……."

"아, 됐어. 한다고. 나 이제부터 네 세컨드다. 오로지 나.만. 됐지?"

"아니, 그……."

"내려."

띠릭.

잠금장치가 풀렸다.

"저기, 구회승……."

"아, 내려. 내리라고, 빨리."

회승은 몸을 기울여 조수석 문을 열고는 제인을 밀어냈다.

저기, 잠깐! 이게 아니잖아! 난 아직 너랑 나 사이를 어떻게 규정할 상황이 아니라고!

제인이 밖으로 밀려 나오자마자 차는 다시 자동으로 잠겼다. 어이없는 표정으로 쳐다보는데 운전석 쪽의 창문만 내려가더니 모락모락 담배 연기가 피어올랐다.

chapter 07

사랑? 시작!

한국으로 돌아온 재열을 만나러 가기 위해 제인이 막 머리를 묶던 참이었다. 화장대 위에 올려 둔 휴대전화가 진동했다. 회승이었다.

제인은 재빨리 고무줄을 한 번 더 감으며 거울을 봤다. 인지하지 못한 환한 웃음에 스스로 깜짝 놀랐다. 짐작보다 더 회승은 마음속 깊이, 그리고 빠른 속도로 들어오고 있었다.

제인은 다시 웃는 얼굴로 회승을 떠올렸다.

장난처럼, 또는 놀리듯 세컨드라 지칭하면서도 진짜 사귀는 것처럼 행동하는 회승 덕분에 이젠 아이들도 회승과의 사이를 인정하고 있었다. 분명 사귀는 게 아니라고 못 박았음에도 불구하고.

하긴, 스스로 생각하기에도 회승을 보고 웃는 일이 자연스러워졌고 예전처럼 무작정 밀어내지 못했다. 재열에겐 미안했지만 회승이 보고 싶었고, 전화하고 싶었고, 자꾸 생각났다. 점점 더…….

"어, 회승아."

—뭐해?

"어…… 그냥 있어."

제인은 재열을 만난다는 얘긴 하지 않기로 했다. 신경 쓸 테고, 그 성격에 계속 연락할 테고, 그럼 만나는 시간 동안 재열에게 더 미안해질 것 같았다. 얘기를 제대로 할 수 없을지도 모른다.

—나와. 배고프다.

"점심 아직 안 먹었어?"

오후 두 시를 넘긴 시각이었다.

—일어나니까 엄마가 없었어.

"너 또 밤늦게까지 게임하다가 지금 일어났지?"

—나 지금 뭐하고 있는지 알아?

"소파에 널브러져 있겠지."

—와, 씨. 소름 돋아. CCTV 설치해 놓은 거 아냐?

"욕실에는 안 해 놨으니까 걱정하지 말고, 빨리 밥 챙겨 먹어."

그만 통화를 끝내고 나가야 했다. 약속 시각보다 먼저 가서 재열을 기다리는 게 좋을 것 같았다. 재열이 오기 전에 마음의 준비가 필요했다.

—싫어. 귀찮아. 그냥 사 먹자. 맛있는 거 사 줄게. 나와.

"맛있는 거 내가 사 줄게. 그런데 오늘 말고 내일. 나 오늘은 그냥 집에 있을래."

—왜?

"그냥…… 컨디션이 안 좋아서 좀 쉬려고. 내가 이따가 전화할게."

어쩔 수 없이 알았다고 대답하는 회승의 목소리를 듣고 전화를 끊은 제인은, 살짝 찔리는 마음을 진정시켰다. 그리고 서둘러 준비를 마치고 아파트를 나오는데…….

"……어?"

동 입구 앞에서 추리닝 차림의 회승을 발견하고야 말았다.

휴대폰을 귀에 대고 있던 회승은 제인이 낸 소리에 힐긋 고개를 돌리다 그 소리의 주인공이 제인이라는 것에 당혹스러워하더니, 휴대폰을 내리며 인상을 팍 썼다. 다른 한 손엔 하얀색의 약봉지가 들려 있었다.

"너, 뭐지?"

"아니, 그러니까 그게……."

"일단 일로 와."

추리닝 바지 주머니에 휴대전화를 넣은 회승은 손가락을 까딱거렸다.

"회승아, 그거 알아? 너 추리닝 되게 잘 어울리는 거. 그리고 너 세수도 안 했지? 근데 어쩜 그렇게 피부가 고와? 꼭 세수한 것 같아. 너 모델 같아, 모델. 모델이시네요?"

회승은 다가온 제인의 목에 한쪽 팔을 감았다.

"죽을래?"

"아니……."

"어디 가냐, 너? 넌 길바닥이 집이야?"

"그럴 리가……."

"걱정돼서 약까지 사 들고 왔더니……. 깔끔한 내가 씻지도 않고 나왔다고. 근데 넌 이렇게 꾸미고 어디 가냐? 나한테 구라까지 치고?"

"미안……. 근데 너 오늘 진짜 멋있…… 아야!"

회승이 제인의 이마에 딱밤을 먹였다. 진짜 아팠다.

"나도 아는 얘긴 그 정도만 하고. 말해. 어디, 누구 만나러 가는지."

제인은 애처로운 눈길로 회승을 올려다봤지만, 일말의 동정심도 생기지 않는 눈치였다.

"그게…… 화 안 낸다고 약속하면 말할게……."

"안 내."

"……재열 오빠."

"뭐! 미친 거 아냐? 그 새끼는 정신이 어떻게 됐대? 아놔, 이 개념을 인터넷 최저가에 팔아 버린 새끼 같으니라고. 시간 갖자고 했다며? 그게 그만 만나자는 말이라는 걸 몰라? 뭘 또 만나재? 스물세 살씩이나 처먹어가지고 정신연령은 아메바야? 뒷동산 오크같이 생긴 게. 아오!"

뒷동산 오크 정도는 아니다. 물론 회승과 비교해 억지를 조금 쓴다면 몰라도.

“아, 내 말 좀 들어 봐.”

제인이 흥분한 회승의 팔을 잡아 진정시키며 말을 이어 갔다.

“오빠 귀국했다기에, 말하러 가는 길이었어. 그만 만나자고…….”

“……아, 그래?”

제인이 희망에 찬 얼굴로 고개를 끄덕거렸다. 하지만 뒤늦게 이어지는 회승의 말엔 반전이 있었다.

“……라고 할 줄 알았냐? 그럼 그렇다고 말을 해야 할 거 아냐?”

“아, 그런 거야? 미안. 내가 너처럼 연애를 많이 안 해 봐서…….”

“어쭈? 요걸 진짜…….”

“에이…… 구회승, 나 빨리 갔다 올게. 그러니까 집에 가서 일단 밥 먹고 있어라. 응?”

답답해 죽으려고 하는 회승의 팔을 잡고 제인은 생글생글 웃으며 말했다. 회승이 한숨을 푹 쉬었다.

“……따라와.”

“왜?”

“글쎄, 따라오라면 따라와.”

회승이 제인의 손을 잡고 끌고 간 곳은 차고 앞이었다.

“여긴 왜?”

"데려다 줄게. 어디서 만나기로 했어?"

"아, 아냐! 안 그래도 돼! 나 혼자 가는 게 더 나아."

"됐어. 설마 헤어지러 간다는데 내가 따라가서 깽판이라도 놓을 줄 아는 거야? 미쳤냐, 내가? 드디어 세컨에서 벗어나는 날인데. 안심하고 타, 빨리."

듣고 보니 그랬다. 그리고 스타일을 중요시하는 회승이 세수도 안 한 몰골로 카페까지 따라 들어올 일도 절대 없을 것 같았다.

제인은 걱정을 놓으며 차에 올랐다.

"고마워, 자기."

회승이 빌딩 주차장에 차를 세우자, 제인이 애교스럽게 말하며 차에서 내렸다.

"어."

대수롭지 않게 대답하는가 싶더니, 회승이 따라 내렸다. 제인의 눈이 동그래졌다.

"왜 내려?"

자신의 애교에 별 감흥이 없어 보이긴 했지만, 그래도 대답을 해 놓고 저렇게 태연히 차에서 내려 선글라스까지 착용할 줄은 몰랐다.

"나도 커피 한 잔 마시려고. 왜?"

"내가 사다 줄게! 아이스 아메리카노?"

"그냥 커피만 사서 나올 거야. 가자."

바짝 붙어 애원하듯 말하는 제인의 이마를 검지로 쭉 밀어낸 회승은 저벅저벅 앞서 걸어갔다.

"잊어버렸지? 너 세수 안 한 거."

제인이 얼른 회승을 따라잡으며 말했다.

"아니."

"너 지금 추리닝 바지 입고 있는 건?"

"모델 같다며? 나 지금 자신감 이만 퍼센트야."

"아까는 미처 말할 필요를 못 느껴서 안 했는데, 너 머리도 살짝 뻗쳤어. 여기, 뒤에."

"그래서 안 멋있어?"

아니, 그건 아니지만.

"오빠랑 얘기할 때 같이 있는 건 곤란해. 그건 예의가 아니잖아."

"나도 안다고, 그 정돈."

그래, 믿어 보자. 똥고집이긴 해도 생각이 없는 남자는 아니니까.

하지만 제인은 의심을 눈초리를 완전히 제거하지 못한 채 회승을 따라 카페 안으로 들어섰다. 뻗친 머리에 추리닝 차림인데도 여자들의 눈길이 따라붙었다.

"그럼 커피 주문해. 난 올라가서……."

"어딜 가."

주문하기 위해 차례를 기다리는 회승을 지나가려 하자 그가 제인의 팔을 잡아끌었다.

"난 조금 이따가……."

"안 돼. 그 새끼가 사 주는 거 먹지 마. 내가 사 주는 것만 먹어."

"걱정하지 마. 내가 사려고 했어."

"미치게 하네. 네가 왜 사? 차라리 더치페이를 해! 더치페이! 아이스 모카라떼 두 잔이요. 레귤러 사이즈로."

대화하는 사이 차례가 왔고 회승이 빠르게 말했다.

"아, 그럼 난 아메리……."

"라떼 먹어. 나 만날 땐 그것만 먹었잖아."

"지금은 아메리카노 먹고 싶단 말이야."

"그럼 그 자식이랑 헤어진 다음에 먹어. 너 걔랑 사귄 후부터 아메리카노 먹기 시작했지?"

그건 아니지만, 시기가 그때 즈음이긴 했다.

"절대 아니야. 너랑 헤어진 다음부터야."

"그래? 아메리카노 하나 추가요. 주문 들어갔으니까 라떼는 그 자식 줘."

음. 역시, 이래서 연애엔 거짓말이 필요해. 제인은 회승으로부터 고개를 돌리고 큭큭 웃었다.

"주문하신 커피 나왔습니다."

회승이 내민 커피를 받아 들고 제인은 2층의 구석진 곳을 찾아 자리했다. 그럴 필요 없다는데도 회승은 차에서 기다리겠다고 했다.

제시간에 오겠지? 거의 매번 그래 왔으니까 오늘도 그럴 것 같았다.

손목시계는 약속 시각이 십여 분 정도 남았음을 알렸다. 재열이 이해해 주었으면 좋겠지만, 그렇지 않을 때에는 어떻게 해야 할까 생각해 보니 막막했다.

헤어져야겠다고 결심을 한 순간부터 했던 생각이었지만, 아직 그 답을 찾지는 못한 상태였다.

이별엔 답이 없으니까. 좋은 이별이란…… 없으니까.

그때 회승에게 했던 이별 통보에는 그럴 수밖에 없는 이유가 있다고 여겼기에 회승이 어떤 기분일지 크게 생각하지 않았는데, 지금 돌이켜 보면 참 미안했다.

그리고 또 그런 상황에 놓인 자신이 한없이 나쁘게 느껴졌다. 재열이 어떤 말을 하든, 어떻게 반응하든 받아들여야겠다고 제인은 생각했다.

"제인아."

만약 회승이 먼저 헤어지자고 해도 묵묵히 받아들일 수밖에 없겠다는 생각을 하고 있는데 재열이 모습을 드러냈다. 웃고 있는 얼굴이 제인을 더욱더 두렵게 했다.

"……왔어?"

"어. 한 번 안아 보자. 보고 싶어 죽는 줄 알았네."

뻗어 오는 재열의 손을 피하며 제인은 미약하게 웃었다.

"앉아서 얘기해, 오빠……."

"맞다. 너 이런 거 싫어하지?"

재열은 뒷목을 쓸며 쑥스럽다는 듯 웃어 보였다. 제인은 말을 꺼내기가 더 어려워짐을 느꼈다.

"잘 지냈어? 더 예뻐졌네?"

"오빠, 할 말이 있어서 보자고 했어……."

"나도 할 말 많아. 아, 그리고 이거."

싱긋 웃은 재열은 테이블 위로 작은 봉투를 올렸다.

"립스틱. 신상이래."

장난스럽게 얘길 하는 재열을 보며 제인은 입술을 꽉 깨물다가 작은 봉투를 재열 쪽으로 도로 밀었다.

"미안하지만, 나 이거 못 받아……."

"왜?"

재열의 얼굴에서 웃음이 사라졌다.

"슬슬 짜증 나려고 그러네. 받아, 그냥. 비싼 것도 아닌데. 주는 사람 민망하게 하지 말고."

언짢은 기색을 숨기지 않고 있는 재열을 보며 제인은 오히려 말하기가 편해짐을 느꼈다.

"나…… 오빠 더 못 만나. 헤어지자."

재열은 비웃음을 뱉어 냈다.

"뭘 얼마나 만났다고 그만 만나재? 그 새끼 때문이냐? 구회승인가 뭔가."

재열이 아닌 듯했다. 비열함이 묻어 나오는 얼굴. 이렇게 짜증스럽고 차가운 목소리는 들어 본 적이 없었다.

뺨을 한 대 쳐도 감수할 다짐을 했던 제인이라도 크게 충격을 받을 정도였다.

"내가 이상하다 했어, 너희 둘. 잤지, 너네?"

제인의 얼굴이 확 붉어졌다. 재열은 작정한 듯 큰 목소리를 냈고, 그 때문에 옆 테이블에 앉아 있던 사람들이 대놓고 쳐다보기 시작했다.

제인은 몹시 불쾌했지만 당혹스러움에 망부석처럼 앉아 있게 됐다.

"짜증 나게 왜 대답을 안 해? 뭐라고 말을 해야 할 거 아냐?"

재열은 말끝에 욕설까지 내뱉었다. 어쩜 그렇게 싸구려처럼 욕을 하는지.

회승은 욕을 해도 저렇지 않았는데, 하고 생각하던 제인은 이 와중에 그런 생각을 하고 있는 자신이 어쩐지 조금 웃겼다.

"난 미안하다는 말밖에는……."

"미안? 나랑 그렇게 헤어지고 싶어? 마음에도 없는 말 할 정도로?"

"오빠가 그렇게 생각하면 할 수 없지만, 미안한 마음은 진심이야."

재열의 색다른 모습은, 말 한마디 꺼내기 어려웠던 제인을 강하게 만들었다.

"그래? 그럼 한 번 대 주든가. 그럼 깨끗하게 헤어져 줄게."

미친놈. 참으려고 했지만, 도저히 이것만은 용납할 수 없…….

"이런 씨앙. 야, 이 미친 새끼야."

재열의 머리통이 옆으로 확 돌아갔다. 언제 나타났는지 모를 회승이 재열의 머리통을 손바닥으로 크게 갈기는 것을 본 제인의 입이 떡하니 벌어져 다물어질 줄 몰랐다.

앤 어디 있었던 거지? 분명 카페 나가는 걸 확인했었는데?

"개 쓰레기네, 이거? 너 엄마 아빠 있지? 전화번호 대. 네가 이러고 처돌아다니는 거 너희 부모님이 아셔야 돼. 이 변태 새끼야."

"뭐? 이 개새끼가! 너나 경찰서로 부모님 데리고 올 생각해! 나 친 거 고소해 버릴 테니까! 나이도 어린 새끼가 사람이나 패고!"

재열이 이성을 잃고 광분하자 순식간에 사람이 몰려들었다. 회승은 재열의 모습을 보더니 피식 웃어 버렸다.

"아, 뭘 또 그렇게 시선을 주고 그래요? 잘생긴 남자가 싸우는 거 처음 봐요? 가요, 가. 나 부끄럼 많이 탄다고. 그리고 야, 이 무식한 놈아. '데리고'가 아니고 '모시고'. 어? 어른한텐 존대를 써야지, 존대를. 기본이 안 돼 있어. 하긴 그러니 그딴 루저 같은 소리나 지껄이는 거겠지만."

"지랄을 하세요. 어린 노무 새끼가 허세는. 너 소문 내가 다 들었어, 새꺄. 너 모르는 애들이 없더라?"

말은 그렇게 했지만, 누가 봐도 재열은 한풀 꺾인 기세였다. 구경을 하던 사람들도 회승의 말에 뜨끔했는지 자리로 돌아가 간간이 힐끔거리기만 했다.

"그래? 그럼 내가 어떤 놈인지 다 알겠네?"

"구회승…… 그만 가."

평소였으면 그냥 몇 마디 하고 끝냈을 텐데 계속 재열의 말을 받아치고 있는 걸 보니 회승도 꽤 열이 받은 모양이었다.

제인은 싸움이 더 커지기 전에 상황을 정리하고 싶었다. 한시라도 빨리 벗어나고 싶었다.

다행히 제인의 표정을 살핀 회승은 손을 꼭 잡고 그 자리를 떠나려 했다.

웬만큼 거리를 벌리며 멀어질 때 뒤에서 욕하는 소리가 들려왔지만, 무시하고 가자는 제인의 뜻을 잘 따라 주기까지 했다.

"괜찮아?"

회승이 걱정스러운 눈빛으로 물었다.

"응. 근데 너 어디 있었던 거야? 어떻게 갑자기 나타나?"

"아, 그게…… 어, 화장실! 화장실이 급해서 갔다가…… 야! 너 손을 왜 이렇게 떨어?"

아무렇지 않아 보이려 했어도, 벨트를 매려고 하는 제인의 손이 떨리고 있는 걸 발견한 회승은 그 손을 꽉 잡아 주었다.

"알잖아. 나 퓨어한 거. 싸움 날까 봐 얼마나 조마조마했는데. 잘생긴 네 얼굴에 피멍 들면 어쩌나 하고."

"내가 잘생긴 건 맞는데, 어디 가서 얻어맞진 않거든? 근데 말을 왜 이렇게 예쁘게 해?"

"예쁜 애들은 말을 예쁘게 해. 얼굴값 하는 거지."

"어. 그렇긴 하더라."

회승이 풋, 웃음을 터트리며 대꾸했다.

"왜 아니겠어."

그래, 예쁜 애들을 얼마나 많이 만났겠어. 기껏해야 난, 구회승을 제외하고는 한 번 어떻게 해 보려고 하는 남자를 만났을 뿐이고.

"농담이야. 삐치지 마."

회승이 작게 웃으며 제인의 벨트를 손수 채워 주었다. 다정하기는. 반하겠네, 정말.

"……고마워."

"뭐가?"

"아까 카페에서."

"고맙긴 뭘 고마워. 그리고 앞으로 고마우면 그냥 좋아한다고 말해. 그게 훨씬 더 감동적이야. 데헷."

푸하하. '데헷'이라니. 자신을 따라 하는 회승 때문에 제인은 웃음이 났다. 그런 회승이 아주 좋아서.

"공제인."

"응?"

"우리 이제 진짜 사귀는 거 맞지? 세컨드 뭐 이딴 거, 나 이제 아니지?"

"원래부터 아니었어. 세컨드."

"아오, 이 여우. 아무튼 이제부터 나, 네 남자 친구인 거 확실하다?"

"……어."

"그럼 키스할까."

그럼 그렇지. 맨날 키스 타령이다.

"키스하고 싶어."

"하하, 뭐?"

"어떡하지? 네가 너무 예뻐 보여."

"예뻐 보이는 게 아니라 진짜 예쁜 거겠지."

"근자감 죽이네."

회승이 킥킥거리며 웃었다. 제인 또한 실실 웃고 있는데 회승이 기습적으로 뽀뽀를 하고 떨어졌다. 자기는 아무 일도 저지르지 않았다는 듯.

"……방금 뭐한 거야?"

"그치? 너무 순식간이어서 너도 기억 안 나지?"

짧아서 기억이 안 난다는 뜻은 아니었다. 그냥 여자로서 가볍게 튕겨 본 거였다. 제인은 터져 나오려는 웃음을 꾹 참았다.

"다시 할까? 해 봐서 알겠지만 뽀뽀는 좀 가벼우니까, 키스로?"

"……안 돼."

왜 대답이 늦게 나오지?

제인은 짐짓 모른 척 눈을 크게 뜨고 회승과 시선을 마주

했다. 회승이 피식 웃더니, 서서히 다가와 입술을 겹쳤다. 그렇게 제인과 회승은 또 뽀뽀했고, 그리고…… 키스했다.

* * *

시간은 빠르게 흘렀고, 회승과 보내는 시간은 더욱더 그렇게 느껴졌다. 유치하지만 아이들이 준비한 50일 기념 파티를 한 지도 벌써 열흘이 지나 있었다.

"제인 양, 수고했어."

"아니에요, 사장님. 그럼 먼저 들어갈게요."

"그래. 내일 잘 쉬고."

"네."

씩씩하게 인사한 제인은 가게 밖으로 나왔다.

"끝났어?"

회승이 조수석 문을 열며 웃었다. 오늘도 어김없이 찾아온 회승을 본 순간 제인의 얼굴에도 미소가 감돌았다.

"구회승……."

회승에게로 걸어간 제인은 허리를 꼭 끌어안았다.

"오지 말라니까. 어떻게 매일 와?"

자신보다 더 꽉 끌어안는 회승을 올려다보며 제인이 말했다.

"너 오늘, 신발 안 편하잖아."

아르바이트가 끝나면 같이 저녁 먹고 영화를 보기로 했기 때문에 회승은 제인이 굽이 있는 샌들을 신고 나올 줄 알았고, 아침에 픽업할 때 보니 진짜로 그랬다.

"아닌데? 이제 익숙해서 괜찮다니까."

"됐고. 왜 자꾸 오지 말래, 서운하게?"

"너 힘들까 봐…… 사랑해."

'고마워'란 말보다 '사랑해'라는 말이 더 좋다고 했었다. 그래도 아직은 수줍은 그 말 때문에 제인은 쿡쿡 웃으며 얼른 회승의 품에서 빠져나왔다.

"나도."

회승은 한 팔로 제인을 감싼 채 귓가에 속삭여 주며 차에 타게 했다. 차에 탄 제인이 문을 닫아 주는 회승과 눈이 마주치자 곰살맞게 웃었다.

"피곤하지 않아? 벨트……."

차에 탄 회승은 제인을 돌아보며 묻다가 직접 제인의 벨트를 당겨와 채웠다.

"구회승, 매너 봐."

"너한테만."

회승이 웃으며 차를 출발시켰다. 과연 자신에게만 그러는지 알 길은 없었지만 회승의 대답이 마음에 들어 제인은 웃고 말았다.

"아…… 배고프다. 구회승, 우리 뭐 먹을까?"

"글쎄. 영화 시간 때문에 그 근처에서 먹어야 할 것 같은데. 3층에 있는 레스토랑 갈래?"

또 비싼 데다. 돈도 못 내게 하면서.
“매운 건 싫어?”
“매운 거 뭐?”
신호 때문에 차를 세운 회승은 제인의 손을 깍지 끼어 잡으며 물었다.
“떡볶이. 튀김 넣어서. 김밥도 먹고.”
“알았어.”
지그시 쳐다보다가 대답하는 회승 때문에 제인은 잡고 있던 손을 슬며시 빼려고 했다.
저 눈빛. 또 시작되려 했다. 음란 마귀로의 변신이.
“아! 순대도 먹을까?”
손가락이 거의 다 빠져나오려던 순간, 회승이 손을 꽉 움켜쥐는 바람에 제인은 다른 방안을 찾았다. 먹는 얘기로 키스 따위는 생각나지 않게 하려는 것이었다.
하지만 회승은 ‘좋아. 그리고 또?’ 라고 묻는 여유까지 부리며 얼굴을 가까이 가져오는 걸 멈추지 않았다.
“어? 신호! 신호 바뀌었다.”
초록불이 그렇게 반가울 수가 없었다. 그래도 회승은 입술을 가볍게 빨고 나서야 숙인 몸을 바로 하고 차를 출발시켰다. 손은 여전히 놔주지 않았다.
“너 요즘 너무 철벽이다.”
회승의 말에 제인은 흥, 하고 웃었다. 키스만 한다면 얼마든지 봐줄 수 있었다. 하지만 키스만으로 끝내지 않으려는 사람이 하는 말치곤 너무 뻔뻔하다.

"아무래도 부적을 써야 할까 봐."

"웬 부적?"

"음란 마귀가 쓰일 때마다 네 이마에 붙일 부적 말이야."

"내가 뭘?"

회승이 억울해했다.

"내 어디를 항상 만지거나 잡고 있어야 안심이 되는 사람처럼 굴고 있다고!"

항변하는 제인을 한 번 쳐다본 회승은, 이내 잠시 생각에 빠지더니 이렇게 말했다.

"쓰자, 부적."

"……."

예상치 못한 진지한 반응에 제인은 회승을 쳐다봤고, 그 눈길을 느낀 회승은 제인을 마주 봤다.

"풉……."

제인과 회승의 입에서 동시에 웃음이 터져 나왔다.

"약속해. 오늘은 손만 잡기로."

"부적이 없어서……."

저렇게 말끝을 흐리는 회승이 왜 밉지가 않은 건지. 오히려 웃음이 난다. 제인은 회승의 옆모습을 바라보다가 그 볼에 쪽 입을 맞췄다.

"너 지금 뭐한 거야? 난 분명히 부적 필요하다고 말했다?"

과장되게 놀란 척 말하는 회승과 눈을 맞춘 제인은 키득거리며 웃었다.

행복했다. 이렇게 마주 보고 있는 것만으로도. 이제 회승이 없는 시간은 생각하기조차 싫었다.

"떡볶이 말고 시켜 먹는 메뉴는 어때?"

"배달 음식? 어디서 시켜 먹어, 그런 걸."

자신에게로 잠시 시선을 준 회승을 보며 제인은 곤란할 것 같다는 표정을 지었다. 그러나 회승은 자신만만한 표정을 지어 보이더니 다시 전방을 주시하며 말했다.

"시켜 먹을 데가 다 있어요."

"어디?"

그때 제인의 눈에 잔디 깔린 한강변이 눈에 들어왔다. 더위를 식히러 나온 사람들이 꽤 많았다.

"아, 한강! 좋다. 우리 맥주도 사 먹자."

한강은 아니었는데.

회승은 김이 새 버리긴 했지만 그것도 나쁘진 않다고 생각했다.

여전히 차 트렁크에는 담요가 있었고, 창밖을 내다보며 들떠 있는 제인이 눈에 들어오자 원하는 대로 해 주고 싶었다.

뭐, 담요는 사람이 별로 없는 곳에 깔면 되니까. 저번에 녀석들과 같이 갔던 거기가 좋겠다.

회승은 기꺼이 강변 쪽으로 차를 몰았다.

"가자."

트렁크에서 담요를 꺼낸 회승은 제인의 허리에 팔을 둘렀다. 목적지를 향해 걸어가는 회승의 반대쪽 손에서 담요와 맥주가 담긴 봉지가 달랑거렸다.

"구회승?"

"왜?"

"왜 불렀는지 알 텐데?"

"모르겠는데?"

어느새 허리에서 청바지 뒷주머니로 옮겨 가 있는 회승의 손이 깜찍하게도 그 안에서 엉덩이를 조몰락거렸다.

"빼."

"아, 좀 만지자. 억울하면 너도 내 주머니에 손 넣어."

엉덩이에 자신 있다 이건가?

제인은 중력의 법칙을 어기듯 위로 짝 올라붙은 모양 좋은 회승의 엉덩이가 생각났다. 한번 만져 보고 싶긴 했다.

"놀라지 마."

제인도 회승의 주머니로 슥 손을 넣었다. 오히려 놀란 건 제인 쪽이었다. 자신의 엉덩이보다 더 탱탱했다.

"너 엉덩이에 코엔자임Q10 주사 맞아?"

진지한 표정으로 말하는 제인 때문에 회승은 웃음을 터트렸다.

둘은 서로에게 집중한 채 웃고 떠드느라 목적지에 다다르는 동안 사람들이 얼마나 부러운 눈길로 쳐다보는지 알지 못했다.

"음……. 좋다……."

살을 발라 먹은 치킨 뼈를 봉지 안으로 툭 던진 제인이 기지개를 펴며 담요 위로 벌러덩 누웠다.

"손."

기름 묻은 손을 쫙 편 채 몸에 닿지 않게 하느라 불편해 보이는 제인의 입가며 두 손을 회승이 냅킨으로 깨끗이 닦아냈다.

제인은 아이마냥 입술을 쭉 내밀고 온전히 손을 내주며 즐거워했다.

"역시 맥주엔 치킨이야."

메뉴 변경이 만족스러운 제인이 포만감으로 불러 온 배를 쓰다듬으며 말했다.

그런 제인을 보며 웃음을 흘린 회승은 맥주로 입가심한 뒤 옆에 바짝 붙어 엎드렸다. 그리곤 제인의 얼굴을 내려다보기 위해 팔을 굽혀 머리를 괴었다.

"안 돼. 하지 마."

치킨 먹고 키스는 좀 아니다. 제인은 얼른 손으로 입을 가렸다. 그래도 회승이 실실 웃으며 손목을 쥐고 입술로부터 떼어 내려 하자, 아예 제인은 회승처럼 엎드려 버렸다.

"와, 치사해. 안 해, 안 해."

"잘 생각했어."

회승이 일부러 삐친 척한다는 걸 안 제인은 긴장을 풀며 약을 올렸다. 이제 좀 적응을 했다고 도통 넘어오지 않는 제인 때문에 회승은 아쉬운 듯 입맛을 다셨다.
"아! 웹툰 올라왔겠다. 너 좋아하는 거."
"내가 좋아하는 웹툰도 알아?"
몸을 일으켜 휴대전화를 만지는 제인을 따라 일어난 회승이 어깨에 머리를 기대며 웃음을 흘렸다. 웹툰을 찾아 회승 쪽으로 화면을 기울여 주던 제인은 문득 이상한 낌새를 차리고 회승을 째려보았다.
"구회승. 뭐 봐, 너 지금?"
제인은 가슴골을 살짝 드러내며 내려간 티셔츠를 얼른 끌어올렸다.
"오해야. 웹툰 봤어, 웹툰."
"뻥."
회승의 변명엔 여유가 있었다. 믿어 달라는 성의가 없다.
"아니, 그게…… 보려고 본 게 아니고 보였다니까."
제인은 꾸짖는 듯한 눈길로 회승을 쳐다봤다.
"만지는 것도 안 돼, 보는 것도 안 돼. 아, 힘들어. 부적을 빨리 사 주든가!"
회승이 갑자기 버럭 외치는 바람에 제인은 깜짝 놀랐지만, 곧 웃음이 터졌다. 못 말린다는 표정을 지으며 다시 웹툰을 보기 시작한 제인의 등 위로 회승의 손이 슬금슬금 올라갔다.
제인이 찌릿 쳐다보자 허리선으로 내려가 막 티셔츠를 파고들려던 회승의 손이 후다닥 어깨로 올라가 시원하게 마사지를 시작했다.

"아니…… 너, 어깨 결릴까 봐. 시원하지?"

히죽 웃는 회승을 제인은 미워할 수 없어 미소 서린 눈으로 바라봤다. 회승의 웃는 얼굴은 언제나 제인도 웃게 만들었다.

chapter 08

맛있는 연애

"준영이랑은 요즘 어때?"

"난 요즘 걔가 게이가 아닐까 해. 아니면 고자든가. 열 번을 넘게 찍었는데 안 넘어와."

"크크큭. 네 섹스어필이 부족한 건 아니고?"

추석 명절 때문에 비어 있는 은지네 집으로 모인 제인과 민주는 침대에 배를 깔고 엎드려 수다 삼매경에 빠져 있었다.

"야, 오늘 클럽 한번 가? 보여 줘? 내 관능미와 인기를?"

"안 돼. 이삭이가 싫어해."

"미안. 나도 회승이가 싫어해."

"야! 너네 짜증 나, 진짜……. 남자 없는 애들이랑 놀든가 해야지."

"너도 준영이가 클럽, 술집 이런 데 막 못 가게 했으면 좋겠지?"

"어."

은지의 말에 민주는 언제 그랬냐는 듯 바로 대답하고는 슬픈 표정을 지었다.

"그냥 성현이랑 사귀어."

"그것도 괜찮지."

은지의 말에 제인은 적극 찬성했다.

회승에게 물어보니 준영은 민주를 여자로 보지 않는다고 했다. 민주의 말을 들어보면 꼭 그런 것 같지는 않아 아리송하긴 했지만.

"백성현? 진짜 확 그래 버릴까? 최준영이 은근 백성현은 경계하는 것 같단 말이지."

"진짜? 어떻게?"

"저번에 최준영이 일 있어서 내 생일 못 챙겨 줬었잖아. 그래서 따로 만나자고 내가 말했던 거 기억나?"

"어, 어."

은지와 제인은 열렬하게 고개를 끄덕였다.

"그날 둘이 밥 먹고 술 마시고 있는데, 그 언니한테 또 전화가 온 거야."

"뭐? 둘이 완전히 끝났잖아? 다시 연락해?"

은지와 제인은 흥분했다.

"들어 봐. 그래서 최준영이 가 봐야겠다고 미안하다고 하는데, 나도 마침 성현이한테서 전화가 온 거지."

"아웅, 재밌어, 재밌어."

"그래서?"

"그래서, 성현이가 어디냐고 하기에 강남역이라고 하니까 자기도 마침 거기라고 만나자고 하는 거야."

말하는 민주도, 듣는 은지와 제인도 신이 났다. 준영의 질투가 생각만 해도 좋았다. 그 시니컬하고 잘생긴 애가 질투라니. 러블리했다.

"우울한 김에 잘됐다 싶었지. 그래서 만나자고 하고 전화를 끊었는데 바로 갈 것처럼 굴던 최준영이 '백성현 만나냐?' 이러는 거야. 목소리 쫙 깔면서."

"대박!"

은지와 제인은 마주 보며 동시에 외쳤다.

"그래서 내가 갈 거면 같이 일어나자고 했지. 그런데 최준영이 안 일어나는 거야. 그래서 내가 안 가냐고 물었더니 걔가 담배를 하나 꼬나물고는 뭐라는 줄 알아?"

"뭐래!"

"나 바로 간다고 한 적 없는데?"

"어머, 어머. 뭐야, 최준영?"

"그러더니 자기가 밥도 사고 술도 사는 거니까, 자기 갈 때 나가라고."

"질투네. 질투하네."

"민주야, 그거 완전 그린라이트 같아."

"그치? 그린라이트지?"

"근데 그게 다야? 또 없어?"

"그래서 내가 싫다고, 지금 갈 거라고 하고 나와 버렸지. 성현이 만나고 커피 한잔하고 집에 갔거든? 근데 연락은 그 다음 날 했어, 최준영한테. 문자로 뭐하냐고, 어제 잘 들어갔냐고. 근데 다 씹는 거야, 이 자식이. 근데 난 그게 너무 기쁜 거 있지?"

"야, 너네 썸 타는 거 같아. 나 막 설레. 데헷."

제인은 베개를 꼭 끌어안으며 배시시 웃었다.

"됐고. 이제 구회승 얘기나 좀 해 봐. 고선영이 아직도 막 전화하고 그러냐?"

"나랑 같이 있을 때는 안 오는데, 모르지. 핸드폰 검열을 하지는 않으니까."

"왜? 연인 사이에는 그런 거 다 하고 그러는 거야. 당당하게 봐, 당당하게."

"민주야. 네가 연애를 너무 오래 쉬어서 잘 모르나 본데, 그런 거 싫어하는 남자들이 대부분이야. 했다가는 수준 떨어진다는 소리 듣는다?"

"뭐? 웃기고들 자빠졌네. 뭔가 켕기는 게 있으니까 그딴 소리를 해 대는 거야. 난 최준영 폰 검사 꼭 할 건데?"

"사귀고 말하렴."

"죽을래?"

민주와 은지의 얘기를 들으며 킥킥대고 있는데, 제인의

휴대전화가 진동했다.

"누구야? 구회승?"

"응."

"뭐래?"

"만나자고."

"으…… 닭살 커플. 나갈 거야? 너네 맨날 만나잖아. 오늘은 우리랑 놀아야지. 이제 또 떨어져서 지내는데."

"응. 그렇지 않아도 안 만나려고 했어."

"진짜? 역시 으리!"

제인의 목에 팔을 둘러 꼭 껴안은 은지가 주먹을 불끈 쥐곤 외쳤다.

"웬일이래, 공제인? 벌써 권태기?"

"아니. 그런 건 아니고……. 그게 있잖아……."

"뭔데!"

"자꾸 막 만지려고 그래. 구회승이."

민주의 버럭에 제인은 에라, 모르겠다 싶어 말해 버렸다. 스킨십 왕자의 만행을.

"푸하하하하."

잠시 고요하던 방 안이 은지와 민주의 웃음소리로 가득 찼다.

"오메, 너네 아직도 안 했어? 난 벌써 한 줄 알았지?"

"그럼. 해도 몇십 번은 했을 시간이지."

"무슨 몇십 번이야. 말도 안 돼."

얼굴이 붉어진 제인이 말도 안 된다는 듯 눈을 동그랗게 뜨자, 민주는 콧방귀를 꼈다.

"왜 말이 안 돼? 하루에 한 번만 하니?"

민주의 계산법에 은지는 고개를 끄덕여 동조하다가 웃음을 뿜어냈다.

"근데 어딜 그렇게 만져, 구회승이?"

"찌찌."

제인이 알면서 뭘 묻느냐는 투로 대답하자 민주와 은지는 배를 잡고 뒹굴었다.

"구회승 만나는 게 두려워. 옷 속으로 손이 막 들어온다? 그래서 내가 확 잡잖아? 그럼 안 그런 척 등허리, 옆구리 이런 데 만지다가 또 들어오고. 브래지어 훅도 막 풀려고 그래."

"야, 야. 만진다고 안 닳아. 만지게 해 줘라. 그 잘생긴 애가 만져 준다는데, 어?"

"그래. 곧 너도 좋아질 거야. 해 보고 꼭 말해 줘."

"왠지 구회승 잘할 것 같아."

"그치?"

민주와 은지가 쿵짝이 맞아 깔깔거리는 동안, 제인은 회승에게 만날 수 없다는 답을 했다.

〈나 지금 고선영이 만나자고 연락 왔는데.〉

〈어디야?〉

제인은 나갈 자세를 취하며 바로 답했다.

〈집으로 와.〉

또 집이래. 게다가 잘 쓰지도 않는 웃음 표시까지 붙어 있었다. 어쩐지 불길하다. 마수에 걸려든 느낌?

〈혼자 있어?〉
〈김희원이랑 최준영.〉

그럼 안심이다.
"회승이네 집에 희원이랑 준영이 있다는데 갈래?"
"갈래!"
준영의 이름을 듣자마자 침대에서 내려온 민주는 화장대 앞으로 향했다.

제인이 벨을 누르자 누구냐고 묻는 소리도 없이 철컥하며 철제 대문이 열렸다.
"얘네 집은 언제 와도 좋구나."
"공제인, 너 구회승이랑 결혼하면 이 집 네 거 되는 거지? 좋겠다."
"무슨 그런 소릴……. 그리고 부모님이 구회승한테 땡전

한 푼 안 주신다 그랬대. 대학 졸업하면 구회승 이 집에서 나가야 해."

"대박……."

"야, 대박은 무슨. 쪽박이지."

민주와 은지의 대화를 들으며 제인이 먼저 마당으로 연결된 계단을 올랐다. 넓게 깔린 잔디 위로 길게 늘어선 줄에는 이불이 널려 있었고, 그 앞의 건조대에는 옷들이 대충 널려 있었다.

이불은 구회승 아니면 아저씨 솜씨인 것 같고, 빨래는 아줌마겠지? 성격이 보여 웃음이 났다.

"와서 옷 봐 봐. 다 비싼 거야."

"그러게. 팬티가 랄프 로렌이야."

옷장을 구경하는 모습은 많이 봤어도 건조대를 구경하는 광경은 처음이었다.

"안 들어오고…… 뭐야, 쟤네는? 왜 달고 와? 내가 혼자 오랬지?"

현관문을 열고 나온 회승이 버럭 소리를 질렀다.

"혼자 오란 말은 없었는데?"

"척하면 척이지! 말로 해야 알아? 우리 사이에! 쟤들 빨리 내보내. 난 우리 집에 사람이 두 명 이상 있는 거 무진장 싫거든?"

"너네집 식구만 셋이야, 회승아."

제인이 타이르듯 말했지만, 이상을 확 구긴 회승은, '그래서 내가 아빠를 졸라게 싫어하는 거야.' 라고 말하며 껄렁껄렁 마당으로 나왔다.

"안녕, 부잣집 아들."

"안녕, 갑부집 아들."

은지와 민주가 차례로 인사했다.

"아, 거기서 뭐하는데!"

"브랜드 구경. 너네 집 빨래 건조대는 백화점이야."

"야, 씨. 너 내 팬티 들고 뭐하냐, 지금? 하려면 공제인이 해야지! 내놔!"

은지에게서 팬티를 확 낚아챈 회승은 부드러운 눈길로 제인을 쳐다봤다.

"줄까?"

은지와 민주가 폭소했다. 회승마저도 돌처럼 굳어 있는 제인의 얼굴을 보며 웃음을 뿌렸다.

"여보, 뽀뽀."

그래, 뽀뽀쯤이야. 가슴만 만지지 않는다면.

제인이 볼에 입을 맞추려는 순간, 회승이 고개를 틀었다. 제인의 입술은 정확하게 회승의 입술과 맞닿은 후 떨어졌다.

"아, 닭살."

"최준영 어디 있어? 최준영!"

"시끄러. 최준영을 왜 여기서 찾아? 나가서 찾아. 그럼 우린 방으로 갈까?"

민주를 대할 때와 사뭇 다르게 친절한 미소를 날린 회승은 제인의 허리에 팔을 둘렀다.

"준영이랑 희원이 같이 있다며?"

"금방 갔어. 너 오기 한 5분 전?"

제인의 물음에 회승은 귀를 후비며 대답했다.

"네 거짓말엔 성의가 없어. 그래서 믿어 줄 수가 없어."

"그래? 그럼 방으로 갈까?"

아니, 무슨 대화가 이래? 무슨 대답이 다 방으로 가자는 소리야?

"됐어. 난 여기가 좋아. 바람도 시원하고."

제인은 나무 밑에 놓인 야외 테이블로 가서 앉았다. 민주와 은지가 회승이 너무 능글맞다며 따라와 앉았다.

"모르나 본데 내 방이 더 시원해, 자기. 에어컨도 있어."

회승이 따라와 제인의 옆에 앉아 있던 민주의 의자를 앞으로 쑥 밀어 버리고는, 민주가 떨려 난 자리를 떡하니 차지했다.

"진짜! 나 최준영 부를래!"

소리친 민주가 할 수 없이 은지의 옆으로 가 앉았다.

"부르지 마. 그 자식 안 와. 누나 만난다 그랬어."

헙!

제인과 은지는 큰일 났다는 듯 시선을 교환하고는 민주의 눈치를 살폈다. 갑자기 조용해져 눈만 부라리고 있는 그녀가 무서웠다.

"어제 내 방 침대 매트리스 갈았는데. 메모리폼으로. 완전 좋아."

제인은 들은 척도 안 했다.

"한번 누워 볼래?"

"미안한데, 난 야외가 더 좋아."

"아……. 그런 취향이었어? 진작 말하지. 야! 너네 빨리 가!"

제인이 회승의 등을 짝 때렸다.

은지가 떨떠름한 표정을 지었고 민주는 휴대전화를 꺼내 어디론가 전화를 걸었다.

"너 어디야? 밖에 어디?"

은지가 입 모양으로 제인을 향해 최준영이냐고 물었다.

"누구랑 뭐하고 있는데?"

제인은 그런 것 같다며 고개를 끄덕이고는 진정하라는 의미로 민주의 등을 쓰다듬었다.

목소리가 너무 전투적이라 최준영이 어떻게 나올지 불을 보듯 뻔했다.

"나도. 나도 만져 줘."

회승이 제인의 귓가에 속삭였다.

구회승은 눈치가 없는 게 아니라 눈치를 보지 않는 게 분명했다.

"야! 야, 최준영!"

귀에서 휴대폰을 떼고 민주가 소리쳤다.

"하, 기막혀! 전화를 끊어?"

민주는 거칠게 다시 통화 버튼을 눌렀다.

말리고 싶었지만, 기에 눌린 은지와 제인은 눈빛만 주고받고 있었다.

"하지 마. 너처럼 굴면 더 질리는 거 몰라?"

"상관 말고 공제인이나 방으로 데려가."

뭐? 김민주, 아무리 화가 나도 그렇지……. 아냐. 화가 났으니까 한 번 봐주자. 구회승도 인상을 쓰고서 민주를 바라보고 있으니까 그걸 위안 삼아 참아…… 보려고 했다.

"그치? 그게 낫겠지? 일어나, 공제인."

회승이 그렇게 중얼거리기 전에는.

"아, 뭐야! 전화기 껐어, 이 새끼! 신호 가다가 음성 넘어가는 거, 일부러 끈 거 맞지?"

민주가 벌떡 일어나며 소릴 질렀다.

"어. 그렇지, 그게……."

회승을 향해 무슨 그런 소릴 하냐고 따지려던 제인은 민주의 말에 힘없이 대답했다.

"진정하고 앉아, 김민주."

은지는 민주의 손을 끌어당겨 자리에 앉혔다.

"그러게 내가 뭐랬냐. 하지 말랬지."

오로지 눈치 따윈 보지 않는 회승만이 꼰 다리를 까딱까딱하며 시니컬하게 말했다. 그리고는 남자는 다 거기서 거기라고, 매달리지 말라며 말을 이었는데, 양손으로 제인의 두 귀를 막은 채였다.

"구회승, 불난 집에 부채질하냐?"

민주가 으르렁거렸다.

"그래? 그럼 불 한번 꺼 줘? 남소(남자 친구 소개) 받을래?"

"……잘생겼어?"

언제 화를 냈냐는 듯 민주가 조심스럽게 물었다.

"돈 많아."

"콜."

"그럼 가, 이제."

"그 정돈 해 줘야지. 가자, 오이지."

"난 왜? 아직 물 한 잔 못 얻어 마셨는데?"

"으이그, 맛있는 거 사 줄게."

"스테이크?"

"어."

민주와 은지는 단번에 자리를 박차고 일어섰다.

"야, 잠깐……. 나도 같이 가!"

"어딜 가, 여보. 내 메모리폼 구경하고 가야지."

회승은 제 다리를 제인이 앉아 있는 의자 팔걸이에 쭉 올렸다. 제인이 일어서지 못하도록.

"안 궁금해!"

제인이 소리쳤다. 회승의 다리를 떨어내려 애를 써도 요지부동이었다.

"맞다. 야외가 좋다고 했지?"

대문 닫히는 소리가 났다.

제인은 더욱 당황했고, 그런 제인을 보며 회승은 음흉하게 웃었다.

“여, 영화 안 보러 갈래? 내가 보여 줄게.”

“싫어.”

“요즘 재밌는 영화 많이 하던데?”

“극장에선 키스하기 불편해.”

“……저질.”

“한 여자를 사랑하고 그 여자와 키스하고 싶고 그런 게 저질이라면 어, 나 저질 맞아.”

저질이 자랑스러운 건 분명 아닌데도 회승은 엉덩이를 앞으로 당기고 의자 등받이에 기대앉아 고개까지 젖혔다.

“……변태.”

“기꺼이 변태 할 테니까 키스라도 좀 하게 해 줘. 덜 억울하게.”

“네가 키스만 하는 게 아니니까 그렇지…….”

여전히 제인은 회승의 다리를 치우려고 낑낑댔다.

“말해 봐. 넌 나랑 하는 게 싫어?”

그렇게 꿈쩍도 않던 다리를 휙 내린 회승은, 제인의 의자의 양쪽 팔걸이를 잡아 자기 쪽으로 돌려 버리고는 허리를 굽혀 제인을 들여다봤다.

회승과의 거리는 한 뼘 남짓. 너무 가까웠다.

“그, 그건 아니지만……. 준비가 안 됐어.”

“무슨 준비? 몸매? 그거 대학 가면 완성된다며? 그리고 내가 보기엔 괜찮아. 준수해. 아니, 훌륭해.”

“아니, 그 준비 말고. 마음의 준비.”

“……마음.”

짧은 한숨과 함께 고개를 젖히더니 회승이 되뇌었다.

“그 마음 언제 준비되는 건데?”

“아, 몰라! 넌 나 지켜 주고 싶은 마음은 없어? 남자들은 진짜 사랑하는 여자는 지켜 주고 싶다던데…….”

솔직히 요즘 회승에게 서운한 마음이 없었다면 거짓말이다. 앤 나랑 그거 하고 싶어서 만나나 하는 생각마저 들 정도였다.

“아오…… 미치겠네. 누가 그래? 그거 다 개뻥이야! 오히려 그런 놈들을 조심해야 된다고!”

“몰라. 남자가 지켜 주고 싶다는 거, 그거 너무 순수한 거 같아.”

“……지랄을 하세요.”

회승은 제인을 빤히 쳐다보며 말했다. 말 같은 소리를 좀 하라는 듯이.

“네가 남자를 잘 몰라서 그러는데. 남자는 하고 싶은 게 순수한 거야.”

제인이 말도 안 된다는 눈빛으로 회승을 쳐다봤다.

“여자 앞에서 그렇게 말하는 새끼들이 안마방 다닌다는 것만 알아 두라고.”

그런…… 건가?

"이제 이해한 것 같으니까 키스할까?"

"으…… 구회승. 입술 뜯어먹어 버린다?"

제인의 협박에 회승은 잠시 놀란 표정을 짓더니 말했다.

"아, 완전 흥분돼. 가자, 방으로."

"집에 갈 거야."

"너네 집 가자고? 어머님 안 계셔?"

회승이 얼른 제인을 따라 일어섰다. 세모눈을 하고 쳐다보자 회승은 제인의 머리를 헝클어트리며 쿡쿡 웃었다.

"삐쳤어? 농담이야, 농담. 배고프다. 나 밥 해 줘."

뭐, 그 정도는 해 줄 수 있지.

햇살을 등지고 웃는 모습이 멋져서, 제인은 못 이기는 척 회승을 따라 집 안으로 들어갔다.

"김치볶음밥 먹을래?"

유일하게 제인이 잘하는 음식이었다. 라면과 김치볶음밥.

"어차피 너 그거밖에 못 하잖아."

"나 라면도 잘 끓여."

"그래, 그래. 키스도 좀 잘했으면 좋겠는데 말이지."

제인은 냉장고에서 김치를 찾다가 손을 멈추고 회승을 돌아다봤다.

"나 못해?"

식탁에 기대앉아 테이블을 톡톡 두드리고 있던 회승은 제인의 말에 피식 웃었다.

"진짜 못하는 거야, 나?"

"그래서 더 좋아."

회승의 대답에 제인은 히죽 웃으며 다시 김치 찾기에 돌입했다.

"여기 있다. 김치."

유리통에 담긴 김치를 꺼내다가 제인은 잠시 멈칫했다. 근데 이거 웃을 일 맞아?

"크크크큭."

제인의 속을 읽은 회승이 웃음을 터트렸다.

"……너 되게 좋겠다. 키스 잘해서."

"나보다는 네가 더 좋지, 여보."

회승의 웃음소리가 커졌다.

"밥 네가 해 먹어. 내가 이런 거 할 시간이 어디 있니. 가서 키스 연습이나 해야지."

가스레인지의 불을 끄고 주방을 나가려고 하자 회승이 다리로 가로막았다.

"어딜 가?"

"말했잖아. 연습하러. 기다려. 놀라게 해 주겠어."

"미치게 하네. 어딜 가서 연습을 해? 그건 나랑만 하는 거거든?"

"됐어. 나 잡지에 나와 있는 거 다 봤어."

"……뭐? 잡지?"

"어. 코스모 잡지에 나와 있던데? 키스 잘하는 법."

할 말을 잃은 듯 제인을 빤히 쳐다보던 회승은 배를 잡고 웃어 대기 시작했다.

"진짜라니까? 은지 머리한다고 해서 미용실 따라갔을 때 분명히 봤거든?"

"야, 무슨 잡지에 그딴 게 나와?"

회승이 제인을 끌어당겨 다리 사이에 가두었다.

"몰라. 편집장한테 물어보든가."

"크큭, 알았어. 근데, 너 지금 되게 귀여워서 그러는데 뽀뽀해도 돼?"

제인의 두 손을 꽉 잡고 있던 회승은 웃음기 서린 눈으로 제인을 바라봤다. 얄밉게도 자기가 어떨 때 멋있는지를 아주 잘 안다. 손을 뺀 제인은 회승의 두 볼을 감쌌다. 그리고 먼저 입술을 가져다 댔다.

키스를 못한다고? 최선을 다해 보겠어.

회승의 손이 제인의 허리를 감싸 꽉 끌어당겼다. 그리고 입술이 한 번 더 닿았다가 떨어지자 회승은 제인과 시선을 맞춘 채 미소 지었고, 제인도 그 미소를 따라 웃었다.

천천히 제인과 회승의 입술이 다시 만났다. 키스가 길어지자 회승의 손이 청바지를 입은 제인의 허벅지에 닿았다. 그리고 그 손은, 키스가 농염해짐과 동시에 제인의 허벅지를 어루만졌다.

맨살에 닿은 게 아니니 안심하고 있던 제인은, 허벅지를 끝까지 타고 올라온 회승의 손이 엉덩이의 경계를 스칠 때마다 흠칫 긴장해 버렸다.

하지만 그 긴장감이 싫지만은 않았다. 부끄럽게도 몇 번 더 이어져도 괜찮겠다 싶기도 했다.

회승의 손이 티셔츠 속으로 들어와 등을 쓸고, 허벅지를 만지던 손이 청바지를 파고들려고 하기 전까지였지만.

제인은 회승의 팔을 잡고 입술을 떼었다. 청바지 안으로 반쯤 들어와 있는 팔을 잡자 힘이 들어가 솟아 있는 힘줄이 고스란히 느껴졌다.

회승은 '왜?' 하는 눈빛으로 제인을 올려다봤다.

멈추려는 행동이 마음에 들지 않는다는 걸 숨길 생각이 없어, 구겨진 미간을 펴지도 않았다. 하지만 여긴 주방이었다.

"아줌마, 아줌마 언제 오셔? 그리고 밥은?"

네모난 김치 통에는 물기가 맺혀 흘렀고 조리대 바닥에는 물이 고였다.

"엄마 안 와. 아빠랑 친척 집 가셨어. 아마 내일 늦게 오실걸?"

못마땅하다는 표정으로 말을 하던 회승의 얼굴이 위대한 발견을 한 것처럼 점점 밝아졌다.

"그래? 그럼 너 저녁은?"

"지금 저녁이 문제야? 저녁보다 너에 대한 내 사랑을 좀 헤아려 달라고."

"말 참 잘해, 우리 남친은. 알았어……. 그런데 지금은 밥 먹자."

"밥 먹으면? 그다음에 뭐 있는 거야?"

조리대로 향하는 제인의 뒤를 따라온 회승이 화색을 띠며 물었다.

밝히긴.

제인이 식용유를 꺼내기 전에 프라이팬을 들고 때리려는 동작을 취하자, 회승이 웃으며 제인의 손목을 붙잡고는 쪽, 뽀뽀했다.

* * *

화이트데이가 겹친 금요일의 대학로는 다른 때보다 더 북적거렸다. 간신히 카페의 빈자리를 꿰차고 앉은 민주와 제인은 한숨부터 내쉬었다.

"남친 없는 사람 서러워서 살겠나. 다 쌍쌍이야, 쌍쌍. 이런 쌍쌍바 같은……."

민주의 말에 제인은 웃음을 터트리며 민주와 자신의 컵 뚜껑을 차례로 열어 놓았다. 뜨거운 김이 모락모락 피어올랐다.

"넌 일부러 안 만나는 거잖아. 성현이는 오늘 뭐한대?"

"걔 여친 생겼어. 만나겠지, 오늘."

"진짜? 너 괜찮아?"

"그런 것 같아. 근데 좀 아쉽긴 해."

"최준영은? 연락 안 해 봤어?"

"안 했어. 늙은 여시 만나겠지. 뻔해."

"내가 해 봐야지."

제인이 가방에서 휴대전화를 꺼냈다. 민주는 말리지 않았다.

〈4시. 언제 볼래?〉

수업이 몇 시에 끝나느냐고 물었던 메시지에 달린 회승의 답신을 확인한 제인은 7시쯤 보자는 답장을 한 뒤 준영에게 전화를 걸었다.

물론 7시에 만나자는 건 거짓말이다. 끝나는 시간에 맞춰 민주와 함께 회승의 학교로 갈 계획이었다.

발렌타인데이 때는 집안에 일이 생기는 바람에 회승과 만나지 못했고 초콜릿도 주지 못했었다. 그걸 오늘 대신할 생각이었다.

―어. 왜?

냉소적인 자식. 전화도 꼭 저처럼 받는다. 군더더기 없이.

"최준영, 오늘 뭐해? 약속 있어?"

―아직. 왜? 없으면 나랑 놀아 주게?

"어! 놀아 주지, 뭐. 준비하고 나와."

회승과 자신의 사이에서 민주가 심심할 수도 있으니, 준영이 합세해 준다면 더 좋은 일이다. 기대하지 않았는데, 전화하길 잘했다는 생각이 들었다.

—됐다. 구회승하고 싸우기 싫다. 둘이 놀아.

안 돼!

“아냐, 아냐. 회승이가 너 부르라고 한 거야.”

—구회승한테 전화해 본다?

“히히히. 실은 민주도 같이 있어. 오늘은 우리 넷이 놀자.”

—어쩐지. 너네 어디 있을 건데?

“우리 지금 회승이네 학교 근처인데, 너 나올 때 다시 연락해.”

—어. 끊어.

“응. 이따 봐.”

“뭐래? 온대?”

민주는 아무렇지 않은 척 물었지만 은근 기대에 찬 눈빛이었다.

“응.”

“웬일이래, 그 자식이? 늙은 여시한테 연락 안 왔나 보다.”

“너 있다니까 바로 온다고 하던데?”

“흥. 됐어. 그러거나 말거나. 나도 이제 지친다.”

“최준영 여자 보는 눈 진짜 없어. 김민주, 그런 놈 그냥 차 버려.”

“몰랐어? 벌써 찼잖아, 나.”

“아, 네.”

민주가 웃었다. 씁쓸함이 묻어 나와 제인은 더 크게 웃었다.

시간이 되자 제인은 민주와 함께 회승이 수업을 받는 건물로 향했다.

"공제인, 내가 웬만해서는 여자들한테 이런 얘기 잘 안 하는데. 너 오늘 좀 예쁘다?"

"히이……. 그래? 근데 나 치마가 너무 짧아서 신경 쓰여. 춥기도 하고."

"괜찮아. 구회승은 좋아할 거니까. 추우면 안에 들어…… 가지 말고 나가자."

"어? 왜 그래?"

"일단 나가."

막 건물 안으로 들어서려면 민주는 제인의 손을 잡아끌고 다시 밖으로 나왔다. 그리곤 건물 옆으로 몸을 숨었다.

"왜?"

"저번에 구회승이 남자 소개해 준 적 있지? 그때 만났던 자식이 저 안에 있어."

"아! 그 집착남?"

"쉿, 이리로 온다."

우리는 누가 먼저랄 것도 없이 벽에 바짝 붙었다. 그리고 고개만 틀어 집착남의 행방을 좇으려 하는데…….

"맞지? 김민주?"

남자는 어느새 민주와 제인의 앞에 나타나 있었다.

"더 예뻐졌네? 너 아닌 줄 알았다, 야."

"하하하. 오랜만이네요."

숨으려 했던 게 부끄러워진 제인과 민주는 억지로 웃을 수밖에 없었다.

집착남이 피식거리며 웃었다. 눈치챘네. 민주와 제인은 웃는 걸 그만두었다.

"우리 학교는 왜? 설마 나 보러?"

"그럴 리가."

민주가 정색했다.

"아님 말고. 그럼 무슨 일?"

"구회승이랑 만나기로 해서요. 아, 같은 수업 들어요?"

"아니. 회승인 한 시간 전에 수업 끝났는데?"

뭐라고!

"근데 옆엔 누구? 혹시 여자 친구인 공제인 씨?"

"아, 네……. 안녕하세요."

공제인 씨? 복학생들은 어쩔 수 없는 것인가? 회승의 선배라 웃는 얼굴로 인사를 하긴 했지만 민주의 말대로 느끼한 사람이었다.

"수업 끝나고 밥 먹으러 가는 것 같던데. 조별 모임도 있다고 했고."

"아, 네……."

그런데 구회승은 왜 나한테 4시에 수업이 끝난다고 한 걸까?

"아, 그리고. 이런 얘기 원래 하면 안 되는데 제인 씨가 예뻐서 해 주는 거예요. 고선영 알죠? 걔 조심해요. 요즘 둘이 이상하더라. 아까도 밥 먹으러 둘이 같이 갔어. 같은 조도 아닌데."

"아, 네……."

근데 은근슬쩍 반말 섞네? 아니지, 지금은 그게 중요한 게 아니다.

"내가 알려 줬다고 하면 안 돼요. 그럼 난 이만. 언제 밥 한번 먹자, 민주야. 술이면 더 좋고."

"가세요."

떨떠름한 표정으로 민주가 답했다. 밥이든 술이든 전혀 같이 먹을 생각이 없어 보였다.

"그래. 또 보자."

집착 느끼남이 손을 흔들고 멀어져 갔다.

"야. 회승이한테 전화해 봐."

"잠깐만, 나 마음 좀 진정시키고……."

"그럼 어디라도 들어가자, 우선."

제인은 고개를 끄덕이고는 민주가 가는 곳을 따라 걸었다. 정신적 파탄에 빠졌기 때문에 들어갈 곳을 찾는 건 민주 몫이었다.

"어? 저기 카페 있…… 헉! 공제인! 저기 좀 봐 봐."

제인의 옆구리를 민주가 툭툭 쳤다. 그리곤 카페의 1층 창가에 놓인 긴 테이블을 가리켰다.

체크 셔츠 위로 남색 스웨터를 입고 있는 회승은 네댓 명의 사람들과 같이 있었는데, 바로 옆에 고선영이 떡하니 앉아 있었다.

"일단 들어가자!"

둘은 주문도 하지 않은 채 회승의 테이블과 최대한 멀리 떨어진 곳으로 가 앉았다.

진열장과 그 옆에 놓인 큰 화분 때문에 발각되리라는 염려는 크게 하지 않았다.

"재는 공부하는 것도 저렇게 섹시하냐."

"그런데 나한테 구라를 쳤어……."

민주가 픕, 웃더니 이렇게 말했다.

"안 걸린 것뿐이겠지."

"이런 적 처음이야……."

"안 걸렸으니까."

민주는 또 픕, 웃었다.

"어디, 흥신소에서 나오셨어요? '사모님, 그러니까 저희에게 맡겨 주시죠.' 라고 곧 말할 것 같아, 너."

"하하하. 야, 이 계집애야. 네가 지금 남 웃기게 생겼니?"

웃긴 적 없는데.

민주에게 조용히 하라는 제스처를 보낸 제인은 다시 회승을 주시했다. 민주와 농담을 주고받는 사이에 무슨 일이 있었던 건지는 몰라도, 선영은 회승을 마주 보며 고운 미소를 띠고 있었다.

대체 어떤 말을 했기에 재가 저렇게 꽃같이 웃고 있는 건지.

제인은 뒤를 보인 채 앉아 있는 회승도 같이 웃고 있는 건 아닌지 무척이나 궁금했다. 속에서 열불이 날 정도로.

"진짜 그 집착남 말대로 둘이 뭐 있는 거면 나 어떡해, 민주야?"

"야, 촌스럽게. 그 자식 말을 믿냐, 너는?"

"몰라. 그러고 싶진 않은데…… 자꾸 의심이 생겨."

"에잇, 야! 그냥 지금 확 가 봐! 원래 이런 건 현장을 딱 잡아야 돼!"

제인은 고개를 절레절레 저었다. 회승의 입장이 난처해질 수도 있고, 민주가 얘기한 '현장'이란 범주에 한참 못 미치는 현장이었다.

"그것보다 그냥 메시지 한번 보내 볼까?"

"그래. 난 가서 물이라도 사 올게. 그냥 앉아 있으니까 저 알바 새끼가 계속 쳐다봐."

"여기 지갑."

"땡큐."

민주가 덥석 제인의 지갑을 가지고 카운터로 갔고, 그사이 제인은 회승에게 메시지를 보냈다.

〈자기, 어디야? 수업 끝났엉?〉

제인은 회승을 주시했다.

"아니, 저, 저……!"

사람들과 대화를 이어 가던 회승이 곁눈질로 휴대전화를 한 번 보는가 싶더니, 다시 이야기에 동참했다. 자신에게서 온 메시지를 확인한 게 분명한데도.

"뭐래? 봐 봐."

민주가 쟁반을 내려놓으며 말했다. 저리도 확신하고 있는 애한테 '무시당했어' 라고 말하기가 사뭇 민망했다.

"그런데 네가 사 온다던 그 물은 어디 있어?"

"에이. 네가 먹고 싶을까 봐. 스트레스 받으면 막 먹고 싶잖아. 그치? 나 잘했지? 데헷."

쿠키와 조각 케이크, 그리고 라임 모히또가 놓인 쟁반을 제인 쪽으로 민 민주가 '데헷' 까지 따라 하는 등 야심차게 애교를 부렸다. 보기 힘든 민주의 모습이었다.

애썼네. 봐줘야겠다.

"설득됐으면 빨리 폰 내놔 봐. 뭐라고 했는지 좀 보게."

"……없어."

"뭐?"

"보여 줄 게 없어."

"헐. 그럼 읽고 씹은 거야?"

"읽지도 않았어. 그저 내 추측으로 보아, 미리 보기 기능으로 확인하지 않았나 뭐 이런……."

"내 앞에서 체면 챙기냐? 똑바로 말해. 회승이가 봤어?

안 봤어?"

"흐엉…… 본 게 분명해. 아니, 봤어……. 그런데, 지금은 회의 중이고 하니까……."

"지랄한다. '조모임' 그 세 마디 찍는 데 3개월이 걸리니, 1년이 걸리니? 그리고 회의는 또 뭐냐? 사회인이냐?"

"흑…… 역시 그렇지?"

"당연히 그렇지. 남자 새끼들이란 그저 내 거다 싶으면 인격체가 바뀐다니까? 뭐, 물론 안 그런 남자도 하나 있지만."

그러게. 혹시 몰라 속옷을 신경 써서 입고 나온 자신이 저주스러운 제인이었다.

"근데 그 남자가 누구야?"

"최준영."

"아……."

왜 아니겠어.

김민주의 입에서 어떤 남자에 대한 이야기가 나올 땐 무조건 최준영이다. 이제 완전한 친구로 지낼 거다 뭐다 해도, 역시 미련을 버리지 못한 게 틀림없다.

"야, 끝났다. 빨리 전화해 봐!"

제인은 민주가 시키는 대로 얼른 통화 버튼을 눌렀다.

"근데 뭐라고 해?"

"어딘지 물어봐."

민주가 답답하다는 듯 말하는 사이, 회승이 전화를 받았다. 사람들과 인사를 한 후, 프린트와 두꺼운 노트를 백팩에 넣는 일을 동시에 하면서.

옆에 서 있던 선영이 회승에게 누구냐고 묻는 것 같았다. 같이 모임을 하던 사람들은 다 카페를 나갔는데, 쟤는 왜 저러고 있는지 이해 불가다.

"회승아, 어디야? 내 메시지 확인했어?"

민주가 손가락으로 오케이 사인을 보냈다.

―나 학교지. 4시에 수업 끝난다고 했잖아.

"뻥치네! 너 3시에 수업 끝났고, 지금 고선영이랑 같이 있잖아! 죽을래, 구회승?"

자신도 모르게 흥분해서 말하고 보니, 민주는 오만상을 찌푸리고 있었다.

―뭐야, 너? 지금 어딘데? 설마 우리 학교 카페야?"

구회승은 뭐가 좋은지, 실실거리며 웃더니 카페를 둘러봤다.

"왜? 넌 카페야? 수업을 카페에서 했나 봐?"

―너 어디 있는데? 카페에 있는 건 맞지?

"화장실 가기 전, 화분 뒤쪽."

―……어. 봤어.

전화를 끊어 버린 회승은 가방을 한쪽 어깨에 걸치고 코트를 챙겼다. 그리곤 팔을 잡고 뭐라고 말하는 선영에게 대꾸하더니 제인이 있는 쪽으로 걸어왔다.

자리에 남겨지게 된 선영이 회승의 뒷모습과 제인이 있는 쪽을 한 번 쳐다보고는 힘없이 카페를 나갔다.

"뭐야? 얘도 있었어?"

민주를 보고 잠깐 멈춰 선 회승은 이내 제인의 옆자리로 가 앉았다.

"구회승, 너 나한테 그러면 안 돼. 내가 오늘 네 여친을 얼마나 예쁘게 꾸며서 데리고 왔는데. 누구 좋으라고? 너 좋으라고."

"너네 여자들은 참 이상해. 화장만 좀 진하게 했다 하면 예쁜 거래."

제인을 회승을 째려보았다.

"공제인 치마 보고 말해."

"됐어. 난 얘 쌩얼이 더 좋…… 뭐야, 너! 미쳤어?"

제인의 머리를 쓰다듬던 회승은 반대쪽 손으로 허벅지를 가리고 있던 제인의 코트를 들추어 보더니, 소리를 지르려다가 주위를 의식하고는 악센트만 강하게 주며 말했다.

"어때? 내 솜씨가?"

"넌 정신병원에 입원 좀 해야 돼. 누가 얘한테 이딴 거 입히래? 그리고 넌 또 뭔 생각으로 주워 입고 나온 건데? 아, 진짜……. 욕 나올라 그래. 야, 사람들한테 빤스 자랑할 일 있어? 어? 미치겠네……."

"걱정하지 마. 코트 입으면 안 보여."

이번엔 회승이 제인을 째려봤다.

"구회승, 속으론 좋으면서."

"아, 둘이 있을 때나 좋지!"

회승의 타박에 민주는 코웃음으로 반응했다.

"근데 구회승, 너 왜 나한테 거짓말했어? 지금 추궁당할 사람은 내가 아니라, 너인 것 같아."

"치마 바꿔 입고 와서 말해."

으…….

"왜 거짓말했냐고! 왜 자꾸 대답을 피하는 건데?"

"무슨 대답을 피해? 거짓말은 또 뭐고. 나도 좀 알자. 내가 한 거짓말이 뭔지."

"사랑과 전쟁 좀 봤냐? 아님, 그동안의 연애 경험으로 익힌 거야? 잡아떼기 천재일세."

"그딴 거에 천재가 어디 있어? 말이 되는 소리를 좀 해."

한쪽 입꼬리만 올려 웃는 회승을 빤히 쳐다보며 민주는 쿠키를 와그작와그작 씹었다.

"너 나한테 수업한다고 해 놓고 애들이랑 밥 먹고 여기 왔잖아. 그것도 같은 조원도 아닌 고선영 데리고."

"그게 내가 한 거짓말이야?"

"그리고 너 밥 먹을 때 밥값 네가 냈지? 고선영 것도."

황당해하는 회승과 거리를 바짝 좁힌 제인이 끈질기게 응시하며 말했다.

"아…… 그래서 화가 난 거였어? 귀엽긴. 근데 어떻게 알았어, 밥값 내가 낸 거? 식당에도 따라왔었어?"

따라갔을 리가.

"촉이 그래서 물어본 것뿐이야."

"아……."

"뭐지? 그 아쉽다는 반응은?"

"내가? 에이……."

이젠 연기도 한다.

"고선영이랑 다시 만나고 싶으면 말해."

민주가 목소리를 죽인 채, '올…… 세게 나가는데?' 라고 말했다.

제인은 아무렇지 않은 척하고 있었지만 초조하게 회승의 대답을 기다렸다.

"뭔 소리하냐, 지금……. 짧은 치마 입고 와서 오빠 화나게 할래?"

회승이 장난스레 말했지만, 진지하게 변한 눈동자는 경고하는 것처럼 다소 짙어졌다. 다시 만난 회승은 진심으로 짜증을 내거나 화를 내는 일이 없었다.

제인은 오늘 진짜 처음으로 싸우게 되면 어쩌지 하는 걱정이 일어 의기소침해졌다. 게다가 오늘은 화이트데이다. 하지만 역시, 궁금한 건 참기 힘들었다.

"아직 대답 안 했어. 같은 조원도 아닌 고선영은 왜 데리고 다닌 거야? 수업 시간도 뺑치고."

"우리 조원에 고선영이랑 친하게 지내는 애가 있어. 고선영은 걔 따라온 거고. 애들 다 있는데 굳이 내가 너 우리 조 아니니까 꺼지라고 할 수는 없잖아. 게다가 우리 둘이 사귀었……."

회승은 제인의 눈치를 봤다.

"괜찮아. 말해 봐."

"사귀었던 거 애들이 다 아는데, 오히려 의식하는 것 같은 행동은 하기 싫었을 뿐이야."

"에? 그게 다야? 둘이 마주 보고 웃었다며?"

민주가 물었다. 제인은 갈증이 나 모히또를 쪽쪽 빨았다.

"아무튼 우리 여보는 모히또 참 좋아해. 그렇게 맛있쪄?"

"대답 계속해."

"마주 보고 웃다니? 난 그런 적 없는데?"

제인의 말에 냉큼 대답한 회승은 그런 일이 있었는지 인상까지 쓴 채 생각에 잠겼다.

"네가 뭐라고 말하니까 좋다고 웃는 것 같았어."

"걘 내가 무슨 말을 해도 좋다고 웃어. 솔직히 말하면 걔뿐만이 아니지. 우리 과 여자애들은 다 그래. 그리고 내가 걔한테 했던 말은 '꽤 걸리적거리네?' 였던 것 같은데. 테이블 끝에 있는 프린트 집어 오려다 고선영이랑 부딪쳤을 때. 그리고 수업 시간은, 조모임도 수업의 일부니까 그렇게 말했던 거고. 됐지? 이제 오해 풀렸지? 나 결백하다? 괜히 내 높은 인기를 확인만 한 꼴이지? 네 남자가 이 정도야, 제인아."

"우엑."

민주가 낸 소리였다. 그리고 그때, 준영에게서 전화가 왔다. 민주의 휴대전화로.

닭살이라는 듯 팔을 쓰다듬던 민주가 황급히 전화를 받더니, 이내 표정이 어둡게 변하며 통화를 끊었다.

"왜? 준영이가 뭐라는데?"

"늦는대. 밥 먹고 있으래."

아무래도 준영은 그 '누나'를 만나고 오려는 건지 싶었다.

셋은 식사를 막 시작하려던 참이었고, 늦게 온 준영은 저녁을 못 먹었다며 숟가락을 들고 덤볐다.

그런 준영을 민주는 못마땅한 시선으로 쳐다보더니 이내 콧방귀와 함께 고개를 돌려 버렸다.

급격하게 가라앉고 있는 분위기를 좀 바꿔 볼까 싶어 제인은 빈 의자에 올려놓았던 쇼핑백을 손으로 가리켰다.

"구회승, 선물."

화이트데이 선물이었다. 회승이 좋아하는 브랜드의 운동화였는데 신발 안에 사탕과 초콜릿을 덤으로 넣어두었다.

"야, 그거 공제인이 알바해서 모아 둔 돈으로 산 거야."

발렌타인데이 때 회승에게 커플 시계를 선물 받은 터라 그것에 반도 못 미치는 가격의 선물로 생색내는 게 민망한 제인은 민주에게 조용히 하란 사인을 보냈다.

"김민주, 내 거는?"

샤브샤브 국물에 있던 고기를 건지다 말고 준영이 물었다.

"니 걸 왜 나한테서 찾아?"

준영에게는 관심도 없다는 듯 오로지 먹는 것에 열중하며 민주가 대꾸했다.

"너한테서 찾으면 안 돼?"

"그럼 돼?"

"안 돼?

"어."

"왜?"

"넌 발렌타인데이 때 나한테 뭐 줬니?"

"안 줬었나?"

"어."

민주와 준영이 쌀쌀맞게 대화를 이어 가는 동안, 회승은 이때다 싶은 표정을 짓더니 제인의 그릇에 모든 고기를 덜어 주었다.

"너는?"

제인이 귓속말로 속삭였다.

"난 여기."

회승은 채소와 고기가 비율 좋게 담겨 있는 준영의 그릇과 자기의 빈 그릇을 바꿔 놓았다. 제인과 회승은 서로에게 한입씩 먹여 주며 시시덕거렸다.

"밥 먹고 막대사탕 하나만 사 줘."

"맡겨 놨어? 사 달라는 말이 왜 이렇게 당당해? 연상녀랑 연애하면 너처럼 뻔뻔스러워지니?"

헐. 제인은 준영의 눈치를 살폈다. 불안한 눈길로 어떻게 좀 해 보라고 회승을 쳐다보니, 회승은 최준영이 어떤 반응을 보여 줄지 기대된다는 눈으로 의자에 아주 편히 기댔다.

"……헤어져서 잘 모르겠는데?"

민주와 제인의 입이 쩍 벌어졌다. 서프라이즈!

떠 놓은 걸 먹으려고 하던 준영은 빈 그릇을 뒤늦게 발견하고는 구회승을 노려봤다.

"넣어. 넣어. 넣으면 되잖아. 여기 많네, 고기. 이거 다 처먹어. 근데 언제 헤어졌냐? 그런 말 없었잖아?"

회승이 동그랗게 말려 있는 고기를 투하하며 물었다.

"좀 전에."

겨우 다문 민주와 제인의 입이 다시 쩍 벌어졌다.

"야, 밥 먹고 클럽이나 가자. 사장님, 여기 소주 두 병이요!"

"한꺼번에 두 병이나 시키고. 최준영, 남자네?

제인의 말에 준영이 피식 웃었다.

"클럽 안 돼. 새끼야."

"왜?"

준영은 회승에게 분위기 깨지 말라는 듯 미간을 구겼다.

"공제인 치마가 너무 짧아."

"그래? ……어디 좀 봐."

"처맞고 싶지?"

준영이 한쪽 입꼬리를 올리곤 큭큭 웃었다.

"근데 그건 클럽에 가야 하는 이유걸랑, 구회승?"

"너도 처맞을래?"

“아니.”

민주의 대답이 만족스러운 회승은 제인을 보며 씩 웃었다.

“근데…… 너 군대 언제 가? 가긴 갈 거지?”

제인의 질문에 회승은 숟가락을 떨어트렸다.

“푸하하하하.”

준영은 식당이라는 장소가 주는 제약에도 불구하고 큰 소리로 웃었다.

“야, 빨리 입대 신청해. 여친이 저렇게 바라는데. 크크크.”

“와…… 나, 씨……. 아, 욕 나올라 그래.”

“흐흐흐. 농담이야. 화난 거 아니지?”

제인은 한쪽 팔로 회승의 목을 끌어안으며 위로했다.

평소 같았으면 마주 안아 주었을 텐데, 회승은 미동도 없이 앉아 제인을 가만히 내려다봤다. 진심으로 짜증 난다는 듯이.

“힝……. 잘못했어. 진짜 농담이었어. 사랑해.”

“진짜 진심이었겠지.”

제인의 팔을 내치며 회승이 말했다.

“아니야. 너 가지 마, 군대. 진짜 안 가면 안 돼? 나 구회승이랑 결혼해야지. 애 셋이면 군대 면제 맞지?”

제인은 시선을 피하는 회승과 요리조리 눈을 맞추려 했다.

"됐어. 나 군대 갈 거고 너랑 결혼 안 하면 돼."

"그래? 그럼 오늘 클럽 갈 수 있겠다."

삐딱해져 말하는 회승을 제인은 자꾸 놀리고 싶었다. 삐치는 모습조차 귀여웠다.

"네가 아무리 그래도 넌 오늘 클럽 못 가."

"그럼 너 군대 가면 가야지."

"……으아아악!"

제인은 히히히, 웃으며 절규하는 회승의 허리를 와락 끌어안았다.

"클럽도 안 간다 그러고. 술이나 마실래?"

식당에서 제일 먼저 나온 준영은 담배를 하나 입에 물더니 회승을 돌아보며 말했다.

"집에서 마시자. 길에 사람도 많고, 무엇보다 얘가 짜증나게 해서, 오늘 밖에 있다간 싸움 날 것 같아."

회승은 제인의 목을 꽉 조이며 말했고, 제인이 한참 켁켁거리고 나서야 풀어 주었다. 그리곤 준영이 가 있는 흡연 구역 쪽으로 걸어가며 주머니에서 담배를 꺼냈다.

"야, 우리 추워! 키 줘!"

민주가 외치자 준영이 담배 연기를 내뱉으며 차 키를 던져 주었다.

회승은 오늘 같은 날 차를 끌고 나오는 멍청한 짓거리를 하기 싫었다며 지하철을 탔다고 했다. 덕분에 최준영은 멍청한 짓거리를 한 놈이 되었다.

삐빅.

민주가 리모컨으로 잠금을 해제하고 제인의 팔짱을 끼고 걸어가다가, 준영을 돌아보곤 외쳤다.

"야, 사탕 사 줄까?"

준영은 피식 웃었다. 그러더니 담배를 비벼 끄고는 반코트 주머니에 손을 찔러 넣고 민주에게로 뛰어왔다.

"이제야 마음이 바뀌었냐?"

"왜? 바뀌니까 또 받기 싫어?"

"아니. 얼른 타. 사탕 사러 가야지."

민주가 피식 웃더니 준영이 열어 준 앞좌석에 냉큼 올라탔다.

"구회승! 빨리 와! 내가 문 열어 줄게!"

애교 섞인 제인의 말에도, 회승은 담배를 다 피우고 나서야 저벅저벅 걸어왔다.

최준영하고 바뀐 것 아냐?

"열어, 문."

"아, 넵."

제인이 정중하게 문을 열어 주고 나서야 회승은 못 이기는 척 웃었다.

"근데 너네 진짜 군대 언제 가?"

땅콩을 하나 집던 회승은 그것을 도로 툭 던져 버리고는 말을 꺼낸 민주를 껄끄럽다는 듯이 쳐다봤다.

불혹이 넘어서도 화이트데이를 아직 기념하고 계신 부모님이 집을 비운 기회의 날, 이 공간에 제인과 둘만 있을 기회를 방해하며 등장한 것도 참 마음에 안 드는데 저런 얄미운 말까지 내뱉다니. 미치고 환장할 노릇이다.

준영에게 재 좀 어떻게 해 보라는 눈빛을 보내도 어깨를 으쓱하고 마는 통에 회승은 아오, 하는 소리가 절로 나왔다.

"언제 가도 여친은 만들어 놓고 가야 되는데."

"준영아, 인연은 멀리 있지 않대. 가까운 데서 찾아보는 건 어때? 나랑 구회승처럼?"

답지 않게 민주는 얼굴을 붉히고 있었고, 이때다 싶어 아주 적극적인 자세로 설득에 임하고 있는 제인을 내려다본 회승은, 그 모습이 귀여워 피식 웃고 말았다.

이제 네가 그렇게 나서지 않아도 둘은 다 된 밥이라고. 이 아가씨야.

아, 만지고 싶다. 키스도 하고 싶고…….

식탁에 얼굴을 괴고 제인의 오밀조밀한 얼굴을 바라보며 회승은 그렇게 엉큼한 생각을 했다.

"……왜에?"

지방대에 합격해 멀리 떨어져 있는 희원과 은지에 대해 얘기하던 제인은, 자신에게 머무는 회승의 시선이 길어지자 드디어 시선을 주었다.

싱긋 웃어 반달이 된 눈과 애교스럽게 팬 보조개가 또 회승의 가슴에 불을 지폈다.

"예뻐서. 누가 그렇게 예쁘래? 아, 군대 가기 싫다, 진심. 널 놔두고 내가……."

준영과 민주가 그만하라며 난리를 떨었지만, 좋다고 또 히죽 웃어 주는 제인을 바라보느라 회승은 신경도 쓰지 않았다.

다시 준영, 민주와 어울리는 제인을 보고 있으니 옛날 생각이 났다.

태린과 민주가 싸웠을 때였던가? 그 후 체육 시간을 앞두고 스탠드에서 애들과 자기를 씹어 대다 눈이 마주치자 쫄아서 '안녕?' 하며 억지로 웃어 보이던 게.

그리고 슈퍼에서 봤을 때는 후드 티에 달린 모자를 푹 뒤집어쓰고는 돼지 새끼 어쩌고저쩌고 욕을 하면서 고열량의 음료와 과자들을 바구니에 막 담던 모습이 인상적이었었고.

버스에서 얼마나 달게 자던지, 유리창에 머리를 팍팍 박던 모습과 배구공에 맞기도 전에 자빠졌지만, '좀 귀엽네.'란 말을 하게 만들었던 공제인.

그런 제인을 회승은 뜨겁게, 열렬히 안고 싶었다.

아버님을 만나서 그런 얘기를 듣지 말았어야 했다. 천추의 한이다.

"요즘 애들 옛날 같지 않다고 하지만, 우리 제인이는 다르네. 스무 살밖에 안 됐는데 뭘 알겠어?"

회승은 말하고 싶었다. 스물이면 알 거 다 알아요, 아버님, 하고.

"제인이 만나는 거, 내 어렵게 허락했으니 실망시키지 말아 줬으면 해. 내 말 이해하지?"

'아니요' 란 말이 목까지 차오르는 걸, '네, 아버님. 저만 믿으세요' 하고 허세를 부렸었는데. 왜 그랬을까?

"지금은 이래 보여도, 젊었을 때 내가 복싱으로 좀 날렸지. 하하하하."

문맥상 전혀 맞지 않는 말을 뜬금없이 하실 때, 회승은 하하하 따라 웃으며 '멋지세요, 아버님' 하던 자신이 병신 같아 죽을 것 같았다. 솔직한 심정은 '그럼 지금, 맞짱 한번 뜨시든가요' 였었는데.

아, 술 땡겨.

회승은 앞에 놓인 맥주를 벌컥벌컥 들이켰다.

이럴 줄 알았으면 경험하지 않는 건데 그랬다. 차라리 아무것도 몰랐을 때가 더 낫다.

아예 안 하는 남자는 있어도, 한 번만 하는 남자는 없다는 말에 공감이 간다.

"구회승?"

"뭐야, 너 나한테 왜 이래?"

회승은 흠칫 놀랐고, 그 모습에 제인은 의아해했다.

"천천히 마시라고."

"알았으니까, 치워……."

"응?"

제발 '아무것도 몰라요.' 하는 눈 좀 하지 말라고!

회승은 자신의 허벅지에 놓인 제인의 손을 검지와 엄지로 잡고 떼어 놓았다.

"나 더러워?"

제인의 말에 준영이 바람 빠진 웃음소리를 냈다.

"아니. 그럴 리가. 내가 더러워서 그래. 너 때 묻을까 봐. 그럼 난 화장실 좀."

어리벙벙한 제인과 알 만하다는 듯 큰 소리로 웃기 시작한 준영, 민주를 한 번 째려봐 주고 회승은 화장실로 향했다.

"너 허벅지 스킬 제대로다, 공제인?"

"남자 허벅지 막 만지고 그러는 거 아니다. 감당할 수 있을 때 만져, 감당할 수 있을 때."

민주와 준영이 키득거리며 말했다.

"난 그저 술을 너무 빨리 먹기에……. 근데 진짜 신기하다. 진짜 이런 결과가 나오다니. 앞으로 조심해야겠다."

제인이 자신의 손을 들여다보며 말했다.

"에이. 그건 아니지. 안 조심해 주길 바랄 수도 있다고."

"저질, 최준영."

"그래서 싫어?"

"아니."

준영이 민주의 어깨 위로 팔을 감았다.

"그렇다고 좋다는 얘긴 아니야."

준영의 손등을 톡 치는 민주는 도도했다. 예전과 사뭇 달라진 관계에, 보는 제인마저 흐뭇했다.

"공제인, 김민주. 너넨 그만 가, 이제."

화장실에서 나온 회승이 부엌으로 들어서며 말했다.

"별로 늦은 시간도 아닌데 난리야. 화장실에서 힘들었냐?"

"뭔 개소리야? 나 똥 쌌거든?"

"그러니까. 똥 싸는 게 힘들었냐고 물었는데?"

"입 닥쳐라. 공제인, 코트 입어."

회승은 직접 코트를 펼쳐 들고 제인이 팔을 넣기를 기다렸다.

"아직 열 시도 안 됐는데 벌써 가라고?"

제인이 코트를 입는 걸 지켜만 보며 민주가 불만을 터트렸다.

"우리 집이 아니더라도 최준영이랑 있을 덴 많잖아. 둘이 같이 꺼지든가."

"어머. 내가 얘랑 왜?"

"김민주, 어디 갈까?"

"뭘 어디 가? 집에 가야지."

민주는 준영의 말에 좋아하고 있는 게 뻔히 보였지만, 이내 안 그런 척 표정을 유지했다.

"구회승. 나 진짜 지금 가?"

아, 이 귀여운 계집애가 또 뭐래?

"어. 지금 가."

회승은 제인의 눈빛을 피하며 코트 단추를 꼭꼭 채워 주었다. 그리고 얼른 현관 밖으로 데리고 나갔다.

"뭐야? 넌 안 나와? 배웅 안 해?"

민주가 뒤늦게 겉옷을 챙겨 입고 따라 나오다, 현관 앞에서서 나갈 생각이 없어 보이는 준영에게 물었다.

"회승이한테 택시 잡아 달라고 해."

"흥, 신경 꺼."

"밀당하는 거야, 나 지금. 오늘 너한테 너무 매달렸어. 짜증 나게."

"어쩌나? 너 이러는 거 안 멋있는……."

준영이 민주의 팔을 확 잡아채 돌려세웠다. 그리곤 곧장 민주의 입술을 머금고 빨았다. '어머, 멋있어.' 라고 생각하는 게 뻔히 보이는 민주는 스르륵 눈을 감았다.

"야! 어디서 키스질이야! 엄마 아빠한테 신고해 버릴라! 빨랑 안 나와!"

목청이 터질 것처럼 외쳐도 굴하지 않는 둘 때문에, 회승은 돌아 버릴 지경이었다. 자기도 하고 싶어서.

"쟤네 키스해?"

먼저 현관 밖으로 나갔던 제인이 얼굴을 쏙 디밀고 말했다.

귀여운 반달눈을 해 가지고서는 손으로 입을 가리고 쿡쿡 웃는 모습이 천진난만이다. 망가트려 버리고 싶게.

"아오…… 이러다 내가 제 명에 못 죽지, 진짜……."

"구회승……."

제인이 회승을 손짓하며 불렀다. 얘가 왜 이러나 싶어 따라 나갔더니 쪽, 입을 맞춰 왔다.

와…… 나 또 화장실 가야 돼?

조울증에 걸릴 것 같은 기분이었다.

"별로야?"

제인이 입술을 떼고 말하더니, 이번엔 좀 더 길게 입을 맞췄다. 속으로 욕을 내뱉은 회승이 격하게 반응하며 제인을 꽉 끌어안았다.

제기랄, 좋아서 미치겠다. 방으로 데리고 갈까? 아니야. 길게 보자, 길게. 아직 아버님께 딴 점수는 한참 부족하다.

"너네 뭐냐?"

준영의 목소리에 제인은 화들짝 놀라 회승의 가슴팍을 확 밀었다. 허망한 회승의 눈동자가 준영을 죽일 듯이 노려봤다.

"키스한다고 지랄을 하더니. 자기들은 더하네, 더해."

"맞아. 여기 제인이 눕힐 기세던데?"

"눕히긴 뭘 눕혀!"

"왜 버럭이야? 찔리나 봐?"

"아니, 이 추운 데 앨 어떻게 눕히냐고!"

회승은 답답하다는 듯, 한숨 섞인 목소리로 이를 앙다물며 소리 질렀다.

"그 방법까지 얘가 알려 줘야 하냐? 알아서 하라고, 그런 건."

"근데 눕히고 싶긴 한가 봐. 추운 데에 어떻게 눕히냐잖아. 크크큭."

준영과 민주의 대화에 제인은 볼이 빨개졌다.

"저런 저질인 애들 말은 무시하고 가자, 여보."

"응. 근데 최준영, 걱정하지 마. 구회승은 알아서 키스 되……게 잘하니까."

의외의 한 방을 얻어맞아 준영과 민주가 얼빠진 표정으로 서 있는 동안, 회승은 제인의 허리를 꽉 끌어안아 옆구리에 밀착시켰다.

아우, 기특해.

"나 어떡해?"

제인이 속삭였다.

"왜? 뭐가?"

"내가 그런 말을 하다니. 믿을 수 없어……."

"나 키스 잘한다는 말?"

"쟤들이 나…… 좀 그렇게 생각하겠지?"

제인은 걱정이 묻어난 목소리로 말했다.

"뭘 그런 걸로 걱정을 해? 애야? 괜찮아, 괜찮아. 서로 사랑을 확인한 일에 창피할 필요 없다고."

"……잠깐만."

"왜?"

제인을 귀엽게 생각하며 다독이던 회승은 갑자기 표정을 굳히고 멈춰 선 제인 때문에 당황스러웠다.

"그런데 구회승 너는…… 사랑이 쉽지?"

"무슨 소리야, 분위기 좋다가?"

"무슨 소리냐고? 너 머리 좋으니까, 한번 잘 생각해 봐. 이 연애 박사야. 학위도 따겠어."

"공제인!"

"따라오지 마! 나 혼자 갈 거야. 그리고 이제 너랑…… 키스 안 할 거야!"

"뭐…… 뭐?"

다시는 안 할 거라는 말에 충격에 빠져 걸음을 멈춘 회승이 뒤늦게 제인을 쫓아가려 할 때였다.

"놔둬. 내가 따라가 볼게."

어느새 민주가 거리를 좁혀 와 있었다.

"넌 아냐? 재가 삐친 이유를?"

"당연하지."

"뭔데 그게?"

"알려 줄 수 없어. 내가 알려 줬다는 걸 알면 공제인은 더 화낼 거거든. 스스로 답을 찾으라고, 연애 박사. 파이팅."

미치게 하네.

"야! 최준영!"

회승은 신발을 아무렇게나 벗어 던지고 준영이 있는 집 안으로 들어갔다.

"……이런 일이 있었거든? 넌 알겠냐? 공제인이 삐친 이유."

회승은 제인의 표정과 행동, 대화에서의 토씨 하나까지도 빠트리지 않고 늘어놓았다. 소파에 앉아 TV 음악 프로를 보고 있던 준영은 답답하다는 듯 회승을 한 번 쳐다봤다.

"대답하라고!"

"넌 아직도 모르겠냐?"

"넌 알겠냐? 대박. 뭔데?"

준영이 혀를 찼다.

"형이 오늘 큰 거 하나 알려 주지."

"그러니까 뭐?"

"여자를 이해하려고 하지 마."

"뭔 개소리야?"

"불쌍한 자식. 연애 한 번 못 해 본 놈처럼 왜 이래, 선수끼리?"

"몰라. 공제인이 화내면 어떻게 해야 할지 모르겠다니까."

"그럼 그전의 여자애들한테는 어떻게 했는데?"

"뭐…… 같이 화냈지. 짜증 나니까."

준영은 또 혀를 찼다.

"그냥 네가 한 말을 고대로 읊고, 내가 네 마음도 모르고 그 상황에서 이런 말을 해서 미안하다고 해. 그럼 다 용서해 줘."

"그래도 이유는 좀 알아야 할 것 아냐……."

회승은 준영의 무릎을 베고 소파에 벌러덩 누워 버렸다. 그리고 휴대전화를 들여다보기 시작했다.

"우리 제인이한테 문자 보내야쥐……."

"와, 씨. 누구냐, 재?"

준영의 말에 회승의 시선이 힐끗 TV를 향해 돌아갔다.

"……대박!"

문자고 뭐고 회승이 벌떡 일어났다.

"가슴 봐."

"이름 뭔데?"

"몰라, 신인 걸 그룹이래."

"노래도 잘해."

객관적인 실력은 어떨지 모르겠지만 주관적으론 노래를 참 잘한다고 회승은 생각했다. 예쁜 얼굴 덕분에 노래도 잘하는 것처럼 들렸다.

아쉽게도 무대는 금방 끝났고 뒤이어 남자 아이돌 그룹이 나왔다.

"TV 꺼라."

"왜? 그래도 라이브 잘하는데."

"공제인 배경화면이…… 어, 쟤. 저 새끼 사진이었어."

회승이 막 클로즈업되고 있는 화면 속 남자를 손가락질하며 흥분했다.

"뭘 연예인한테 쫄려서 그러냐? 유치하게. 어차피 만나지도 못해."

"같은 유치원 나왔대."

"됐어. 기억도 못 해."

"그치?"

심드렁한 표정을 되찾은 회승과 준영은 원래의 자세로 돌아가 휴대전화를 만졌다. 그리고 똑같이 인터넷 검색창에 '신인 걸 그룹'을 입력했다.

* * *

"어디 가는데?"

잘 따라오던 회승이 잡고 있는 손에 힘을 확 주어 제인을 끌어당기며 물었다.

"저기 코너만 돌면 돼."

회승에 질문에 제인은 인터넷 검색을 통해 알아 놓은 모텔 이름을 떠올렸다.

그냥 가면 되지, 뭘 자꾸 묻는 거야. 부끄럽게.

"너 얼굴이 왜 빨개지냐?"

시선을 피하며 다시 손을 잡아끌려고 하자, 회승은 뒤에서 제인의 목을 감쌌다.

“뭐가? 아니야. 빨리 와.”

“아니긴 뭐가 아니야? 내 눈엔 빨간데. 어딘데 이래?”

“너도 좋아할 거야.”

“뭐? 너 혹시…….”

조금 당혹스러워 보이는 회승을 보며 씩 웃은 제인은 앞으로 걸었다. 가슴이 하도 쿵쾅거려 굳게 먹은 마음이 바뀌기 전에 저 안으로 들어가야 했다.

“공제인, 너 진짜야?”

모텔이 보이자 회승은 제인을 멈춰 세웠다. 회승의 굳어 있는 표정에 제인은 더 굳어 버렸다.

“왜에? ……싫어?”

회승은 막막한 눈길로 제인을 내려다보더니 고개를 돌리며 한숨을 내쉬었다.

“왜? 설마 이것 때문에 그래?”

옆으로 메고 있던 작은 가방에서, 제인은 손바닥보다 작고 네모진 그걸 살짝 끄집어내 보여 주었다. 기가 막힌다는 표정을 짓던 회승은 크큭 웃음을 뱉어 냈다.

“미친다, 진짜. 내가 너 때문에…….”

응? 지금 그건 한없이 귀엽다는 표정인데?

덕분에 제인은 떨리는 마음을 진정시키며 회승의 소매를 잡아끌었다. 그만 들어가자고.

“저긴 안 돼. 이리 와.”

이번엔 회승이 제인의 손을 깍지 끼어 잡고 움직였다. 모텔 쪽이 아니라 그 반대 방향이었다.

“뭐야? 너 여기 와 본 거야? 인터넷에서 유명한 데라더니. 역시…….”

고선영이랑 왔겠지?

제인은 머릿속에 스며드는 영상을 쓱쓱 지워 버리려 했다.

“야! 무슨 생각을 하는 건데! 죽을래? 아니야, 그런 거!”

회승의 과한 액션에 웃음이 나왔다. 완전히 믿음이 가는 얘기는 아니었지만, 그래도 기대했던 반응을 보여 줘서 고마웠다.

“그럼 우리 진짜 그냥 가는 거야? 정말 날 지켜 주려고? 오, 멋있어.”

“미안하지만 틀렸어. 내가 이런 기회를 그냥 날릴 것 같아?”

회승의 표정은 장난스럽기도 했지만, 제인을 향한 진지한 눈빛엔 애틋함 같은 것이 묻어났다.

이제 열흘밖에 남지 않았다. 회승이 입대할 날이.

회승을 올려다보며 제인은 울컥함이 밀려들었지만, 최대한 밝게 웃으려 했다. 회승이 제인의 허리에 팔을 두르며 꽉 안고는 정수리에 입을 맞췄다.

이런 목적으로 호텔에 처음 와 본 제인은 눈이 휘둥그레졌다.

"정말, 여기서?"

회승은 고개를 끄덕이고는 호텔 안으로 들어가려 했다.

"자, 잠깐만."

"왜?"

"여기 비싸잖아."

"그거야 모르지. 나도 처음이니까."

회승이 덤덤한 투로 말했다. 기든 아니든, 제인은 한 번 째려봐 주는 것으로 기꺼이 넘어가 주기로 했다.

그래. 예상 밖의 지출이 있긴 하겠지만, 군대 가는 남친을 위해서라면.

회승을 한 번 쳐다보고 각오를 다진 제인은, 회승과 함께 드디어 호텔 안으로 발을 들여놨다.

"저기 앉아서 잠깐 기다려."

제인의 관자놀이에 짧게 키스한 회승이 입술을 떼지 않고 말했다. 제인은 퍼뜩 회승을 올려다봤다.

"아냐. 내가 계산할 거야."

"됐어. 너 얼굴 빨개지게 하면서 룸 키 받아 오게 하고 싶지 않아. 앉아 있어."

따스한 눈빛을 보낸 회승은 제인을 소파가 있는 쪽으로 슬쩍 밀고는 데스크로 갔다.

늠름하고 여유로워 보이는 회승의 모습을 지켜보던 제인은 또 그 못된 의혹이 치솟으려 하자, 개가 물기를 털듯 고개를 마구 도리질 쳤다.

"뭐하냐, 귀엽게."

제인에게 걸어오며 회승이 말했다.

"히이……."

히죽 웃어 준 제인은 회승이 내민 손을 잡고 엘리베이터에 올랐다.

엘리베이터가 한 층씩 올라갈 때마다 잠시 소강상태였던 제인의 심장이 다시 줄기차게 뛰기 시작했다.

제인은 회승의 손을 더 힘주어 잡고 팔에 매달리듯 꼭 붙었다. 왜 그러냐는 눈빛을 보내던 회승이 잡았던 손을 빼고는 제인을 바짝 끌어당겨 안아 주었다.

"괜찮아. 긴장 풀어."

회승이 제인의 귓가에 속삭였다. 제인은 웃음을 지으며 고개를 끄덕였지만, 긴장은 풀리지 않았다.

엘리베이터 도착을 알리는 딩동 소리에 제인은 놀라기까지 했다. 회승은 피식 웃으며 제인의 손을 잡아 엘리베이터에서 내리게 했다.

호텔 룸은 처음이었다. TV 화면 속에서 보던 그 모습 그대로 깔끔했고 편안해 보였다. 그리고 드라마 주인공처럼 구회승도 여유가 넘쳤다.

여기서 불안한 건 오직 자신뿐인 것 같았다. 심지어 테이블, 전화기, 미니 냉장고까지 편안해 보였으니까.

"머, 먼저 씻어."

소파에 앉으며 제인이 말했다. 창밖을 내다보고 있던 회승이 소리를 내어 웃었다.

"왜…… 왜에? 그럼 내가 먼저 씻을까?"

회승의 웃음소리가 더 커졌다.

"아, 왜 웃는 건데?"

"뭘 자꾸 씻으래?"

회승이 소파 팔걸이에 걸터앉으며 말했다. 웃겨 죽겠다는 표정도 여전했다.

"지금 한낮인데 벌써 하려고?"

회승은 놀리듯 말을 이었다. 오후를 넘어가는 시각이었지만, 계절의 특성상 밖은 대낮같이 환했다.

"그럼 언제 해?"

제인의 질문에 회승은 웃음을 멈출 수가 없었다.

"아니, 난 상관없는데 넌 지금 하는 걸 싫어할 줄 알았지. 지금 할까?"

회승이 소파에서 일어섰다.

"아, 아니!"

제인은 회승의 팔을 붙잡았다. 해가 진 후가 더 좋을 것 같긴 했다.

"TV 보면서 좀 쉬다가 저녁 먹으러 가자."

리모컨으로 TV를 켠 회승은 제인의 무릎을 베고 누워 버렸다. 그런 회승의 모습에 제인도 긴장이 풀어지며 안정적인 맥박을 되찾았다.

회승은 채널을 돌리다가 예능 프로그램이 나오자 리모컨 조작을 멈췄다.

"재, 걔다!"

너 지금 누구랑 얘기하니?

게스트로 나온 여자 아이돌을 보더니 회승은 화색을 띠었다. 제인은 회승의 머리를 쓰다듬던 손길을 멈췄다.

"누군데, 재가?"

"몰라, 신인인가 봐. 저번에 최준영이랑 같이 TV 보다가 뿜었잖아. 가슴이…… 그냥 뭐, 예쁘장하게 생겨서, 애가……."

회승은 힐끗 제인의 눈치를 보며 어색하게 웃었다.

"좋아? 그럼 사귀어."

"에이, 좋기는. 그냥 예쁘다는 거지."

회승이 말을 얼버무리며 다시 TV로 시선을 돌렸다. 아주 눈을 뗄 수가 없나 보다.

예쁘긴 하네. 구회승 말대로 가슴도 크고.

제인은 입고 있던 블라우스의 옷깃을 잡아당기고 고개를 숙여 자신의 가슴을 확인했다.

우씨…….

"어?"

낙담하며 고개를 드는데 화면 속에 욱환이 나왔다.

"욱환이도 나오네?"

유치원 동창이자 가수로 활동 중인 김욱환. 회승이 슬며시 채널을 돌리려 하는 걸 제인이 얼른 막으며 리모컨을 빼앗았다.

"재미없다. 다른 거 보자."

"왜? 너도 좋고 나도 좋은 이거 그냥 보자."

"누가 좋아? 너 걔 좋아하냐?"

회승이 벌떡 일어나 앉으며 소리를 질렀다.

아우, 유치해.

"친구니까 모니터 해 주고 그러는 거지."

"친구? 누가 친구야? 연락도 안 되면서. 모니터 해 주면 뭘 해? 피드백이 안 되는데."

사실 연락처는 알려고 하면 충분히 알 수 있었다. 엄마와 욱환이네 아줌마가 아직도 가끔 연락을 주고받고 있었기 때문에. 욱환이 바쁘기 때문에 연락할 생각은 없었지만.

회승이 질투하는 모습을 더 보고 싶어 이 사실을 말할까 하다가, 제인은 그냥 입을 다물었다.

입대를 앞둔 회승이 굳이 이 사실을 알아서 좋을 건 없겠지.

"욱환이 어렸을 땐 되게 귀엽게 생긴 얼굴이었는데. 볼살이 빠져서 그런가? 차도남처럼 보인다. 그치?"

"차도남은 무슨. 칼 대서 그래. 딱 봐도 코 했네. 눈도 찢은 거 같은데?"

회승은 다리를 쭉 펴고 제인에게 기대앉으며 말했다. 회승의 머리가 가슴에 닿자 제인은 얼른 쿠션을 받쳐 주었다.

"이 쿠션은 뭐야, 자기? 저리 안 치워?"

"싫어. 가슴에 닿잖아……."

"그러려고 기대는 거야."

아무튼 음흉해.

못 들은 척 TV 화면을 응시하려던 제인은 회승이 쿠션을 잡아 멀리 던져 버리자 소리를 빽 질렀다.

"야!"

제인이 항의했지만, 회승은 콧방귀도 안 끼며 도로 기대 버렸다.

그래, 봐주자. 이제 군대도 가는데.

그렇게 둘은 한동안 TV에 집중했고 같이 깔깔거리며 웃었다. 커튼이 반쯤 쳐진 창밖으로 붉은 석양이 내려앉고 있었다.

저녁을 먹고 돌아오니 룸의 분위기는 사뭇 다르게 느껴졌다. 과하지도 부족하지도 않은 조명의 은은함과 다시금 떨려 오는 몸 때문인 것 같았다.

"그래도 다행이야. 준영이랑 동반 입대해서."

제인은 긴장감이 좀 풀릴까 싶어 회승에게 말을 걸었다.

"뭐가 다행이야? 완전 피곤할 것 같아, 그 자식 때문에. 싸가지 없어서 선임한테 막 들이대고 그럴 거 아냐. 내가 또 얼마나 신경이 쓰이겠어? 어?"

준영이보다는 네 쪽이 더 걱정이지.

제인은 속으로 생각하며 쿡쿡 웃었다.

“와인, 지금 마실래? 아니면 씻은 다음에?”

회승이 밖에서 사 온 와인과 속옷이 든 종이봉투를 소파 테이블에 올리며 물었다. 진짜 씻어야 할 시간이 온 거다.

“씻고 나서. 술 먹은 다음에 목욕하면 위험하다던데?”

“뭘 얼마나 마시려고?”

넌 모르겠지만, 난 아무래도 좀 많이 마실 것 같아.

그 말은 속으로 삼키며 제인은 어깨를 으쓱해 보였다.

“물 받아 줄까? 긴장 좀 풀리게?”

“왜? 나 긴장돼 보여?”

제인은 짐짓 아닌 척해 보이며 물었지만, 회승은 다 알고 있다는 듯한 웃음을 보였다.

“그나저나 나 너희 아빠한테 맞아 죽는 거 아니야? 아무래도 12시 전에는 들여보내야겠지?”

“나 오늘 민주 만나는 걸로 해 뒀는데? 민주가 도와줬어.”

“그으래?”

회승은 좋아했다.

“나 같은 딸 낳으면 안 되는데.”

“무슨 소리. 성인이 된 자녀의 성생활을 존중해 주는 멋진 부모가 될 생각을 하라고.”

풉, 성생활이래. 저 단어가 왜 이렇게 웃기지?

“말은 멋지긴 한데, 넌 진짜 그런 부모가 될 수 있어?”

“당연하지. 그리고 우리가 부모가 됐을 때는 이미 세상이 많이 바뀌어 있을 테니까 걱정하지 마."

우린 같은 아이를 둔 아빠, 엄마가 될 수 있을까? 난 그러고 싶은데…….

"구회승, 그럼 우리도 성생활을 시작해 볼까? 나 먼저 씻는다?"

그래, 이런 마음이니까 회승이랑 사랑을 나누는 건 당연한 거야. 아빠 엄마의 눈치를 볼 필요는 없는 거라고.

"뭐? 성생활? 너 뒤끝 쩐다?"

제인의 예상대로, 회승은 와인을 꺼내 놓다 말고 웃음을 터트렸다.

"맞잖아. 잔다고 하는 거나 성생활이나. 아, 맞다. 넌 떡을 친다고도 했었지?"

"야! 뭘 그런 걸 기억하고 난리야? 화나서 한 말이었어, 진짜!"

회승은 얼굴이 벌게져서 제인에게 후다닥 다가왔다. 그리곤 확 끌어안았다.

"다신 그런 말 안 써. 진짜야."

제인은 자신을 안고 있는 회승의 팔을 토닥토닥, 두드려 주었다.

"농담으로 하는 말에 죽자고 덤비네? 네가 자꾸 날 놀리는 이유를 알겠다."

"하아, 넌 진짜…… 사람을 들었다 놨다……."

목에 팔을 풀며 회승이 말했다. 십년감수했다는 표정 때문에 제인은 웃음이 났다.

"웃음이 나오지? 어떻게 하냐, 널 진짜……."

"나 왜?"

"나 군대 가 있는 동안 다른 남자 만날 거야?"

"어머. 무슨 그런 말을 해? 당연히…… 만나야지. 기회 되면."

"야!"

회승은 제인의 양쪽 어깨를 힘주어 잡았다.

"히이, 농담이야. 넌 그런 말을 믿어? 내가 어떻게 다른 남자를 만날 수 있겠어? 네가 이렇게 멋있는데. 너보다 좋은 남자가 생길 리 없잖아. 바보야."

제인은 회승의 양 볼을 감싸곤 말했다. 진심이 전해지길 바라며.

"그런데 왜 불안하지?"

회승은 티 테이블 앞으로 걸어갔다. 테이블 위에는 회승이 꺼내 놓은 담배와 라이터가 있었다.

"그게 다 내가 예뻐서 그래. 미안해. 예뻐서."

담뱃갑을 집으려던 회승이 제인을 쳐다봤다. 군대라는, 자력으로는 어떻게 할 수 없는 이유 때문에, 웃고 싶어도 웃음이 나오질 않았다.

"구회승. 너야말로 군화 거꾸로 신기만 해. 가만 안 둘 거야. 죽여 버려야지."

죽여 버린다는 말을 노래하듯 하는 대목에서 회승은 미약하게나마 웃을 수 있었다. 그리고 담배와 라이터를 가지고 테라스 문을 열고 나가기 전에 제인을 돌아봤다.

"이건 혹시나 해서 하는 얘긴데. 나 군대 가 있는 동안 양다리 걸쳐도 돼. 대신에 나 모르게. 그리고 절대 나 차지 않는다는 조건 하에서야."

문이 닫혔다. 제인은 멍해 있었다.

"재 뭐지? 제정신인 건가?"

제인은 휴대폰과 파우치를 들고 욕실로 향했다. 그리고 집보다 세 배는 커 보이는 욕조에 걸터앉아 민주, 은지와의 단체 채팅방으로 들어갔다.

나:……라고 하는데. 이러는 구회승 마음은 뭘까?

민주:음…… 멋있네.

오이지:허세?

민주:허세는 아님. 담배 피우러 나갔다며? 속이 말이 아닐 거다.

나:난 그러니까, 그 말이 진심으로 한 말인지 알고 싶어.

오이지:다른 남자 만나라는 말이 진심일 리가 있어?

민주:진심인지 아닌지 따지는 건 의미가 없다고 봐. 물론 공제가 양다리를 걸치는 걸 달가워할 리는 없지만, 잃는 것보단 낫다는 거겠지.

오이지:남자는 자기 여자가 다른 남자에게 마음은 줘도, 같이 자는 건 절대 용서 못 한다던데. 구회승 진짜 대단하다.

민주:가서 빨리 다독여 줘. 참고로 최준영은 다른 남자 만나면 둘 다 죽여 버린다더라. 아우, 구회승이랑 비교돼. 정말.

나:고마워. 연락할게.

제인의 시선이 회승이 있을 문밖으로 향했다.

회승의 마음을 자신이 따라갈 수 있을까. 확신은 없지만, 따라갈 거라고, 그리고 회승을 기다리겠다고 제인은 생각했다.

평소 때보다 씻는 시간이 배로 걸렸다. 속옷을 입고 가운을 걸친 후, 머리를 드라이어로 대충 말리고 보니 30분이 훌쩍 지나 있었다.

"근데 얘 왜 이렇게 조용하지? 그리고 가운 안에 속옷은 입는 거야, 안 입는 거야? 역시 다른 속옷으로 살 걸 그랬나? 민주가 추천해 준 호피 무늬."

제인은 가운을 살짝 벌려 단순한 블랙의 브래지어를 내려다봤다.

"아니야. 그래도 이게 뽕이 더 두껍잖아."

제인은 자신을 다독이며 준비해 온 휴대용 향수를 칙칙 뿌렸다.

그럼…… 나가는 일만 남았네. 남들도 다 하는 일인데 왜 이렇게 떨리는지 모르겠다.

마지막으로 거울에 비친 모습을 확인한 제인은 조심스럽

게 욕실 문을 열었다.

"마흔여덟……."

"……너 뭐해?"

회승은 팔굽혀펴기를 하고 있었다. 좀 웃겼다. 그래도 욕실 안에서 걱정했던 것만큼 회승이 심란해 보이지 않아서 다행이었다.

"몸 만들잖아. 아흔아홉, 백."

분명히 마흔여덟이라고 한 것 같은데?

회승이 벌떡 일어났다. 생각했던 것보다 몸이 좋았다. 웃음이 사라지며 얼굴이 달아올랐다.

"와인 따 놨어. 마시고 있어."

"응……."

벗은 건 구회승인데 왜 내가 민망한 거지?

"근데 너……. 가운 입은 모습 처음 본다. 아, 이상해."

회승은 욕실로 가려다 말고 제인을 뚫어지게 쳐다보며 능청스럽게 말했다. 웃는 얼굴인데, 어째 눈빛은 야릇함으로 빛났다.

어서 욕실로 가라고!

제인은 가운의 앞섶을 여미며 회승에게 눈짓으로 욕실 문을 가리켰다.

"공제인, 쌩얼이야? 올……."

솔직히 비비크림을 살짝 발랐지만, 제인은 회승이 그렇게 생각하도록 내버려 뒀다.

"좀 그렇게 쳐다보지 말라고……."

얼굴을 삐쭉 내밀며 제 얼굴을 살피는 회승을 제인은 욕실 쪽으로 밀어냈다. 비비의 비밀이 밝혀지는 걸 원치 않기도 했고, 가끔 저렇게 그윽하게 빤히 쳐다볼 때마다 왠지 낯이 뜨거웠다.

회승은 작게 소리 내어 웃더니 욕실 안으로 사라졌다.

"술이 필요해, 술이……."

제인은 손부채질을 하며 소파에 가 앉아 와인을 따랐다. 와인을 많이 마셔 보지 않아 잔에 따르는 행동이 조심스러웠다. 졸졸졸 흘려보낼 생각으로 와인을 기울이는데 생각보다 많은 양이 쏟아져 내렸다.

삼 분의 일 정도만 채우려고 했던 잔은 거의 반까지 차 버렸다. 확실히 긴장하고 있었다.

"뭐 어때, 마시면 어차피 없어지는데……."

혼자 홀짝홀짝 마시다 보니 어느새 잔이 비었다. 취기가 올랐다.

가슴 보고 작다고 하면 어쩌지?

아까 아이돌 여자 가수의 가슴을 보며 좋아하던 회승을 생각하자 제인은 의기소침해졌다.

"요래 요래 하고 있을까?"

제인은 팔을 바짝 붙여 가슴을 커 보이게 만들었다. 제법 만족스러웠다. 기념으로 술을 한 잔 더 따랐다.

회승은 제인이 와인을 석 잔째 홀짝이고 있을 때 나타났다. 똑같은 흰색 배스 가운 차림이었다.

재는 저 안에 속옷을 입었을까, 안 입었을까. 역시 안 입는 게 맞는 건가?

자신은 꽤 많은 시간 고민을 하다가 입고 나온 경우였다.

“야, 너 얼마나 마신 거야?”

제인의 옆으로 와 앉은 회승은 와인 병을 들고 빛에 비추어 보며 물었다.

“별로. 근데 있잖아…….”

회승은 와인 병을 내려놓고 제인을 지그시 응시했다.

“이 가운 안에 속옷 입는 거야, 안 입는 거야?”

회승이 크큭, 웃었다.

“네 마음이지, 뭐.”

“넌 입었어?”

“아니.”

“……왜에?”

“어차피 벗을 거니까.”

“아…… 나 화장실 좀…….”

회승은 소리 죽여 웃더니 일어서는 제인의 손목을 잡아 다시 앉혔다. 그리곤 지그시 쳐다보며 제인의 머리카락을 귀 뒤로 넘겨 주더니 바로 입술을 겹쳐 왔다.

“저기…… 너 와인 안 마셨는데?”

숨을 고르는 사이 제인이 말하자 회승의 입가에 미소가 감돌았다.

"왜? 안 마시고 하면 안 돼?"

몽롱해진 눈빛과 허스키해진 음성. 그리고 장난기 섞인 미소.

제인은 회승에게 빠져들었다. 두 팔을 회승의 목에 감고, 꽉 끌어안았다.

마음을 전하고 싶은데 어떻게 해야 할지는 잘 모르겠고, 그래서 회승에게 의지하고 싶어졌다. 어리숙한 자신을, 좀 잘 봐 달라고.

회승이 제인의 등을 쓰다듬었다. 그 뜻이 전해졌다는 걸 알 수 있었다. 서로의 체온을 느끼며 제인과 회승은 그렇게 교감을 시작했다.

회승의 입술이 제인의 목에 닿았다. 그리곤 뺨과 코를 스치며 다시 귀로, 마지막으로 이마에 닿았다가 입술로 내려왔다. 부드럽고 섬세한 키스였다.

"……불 끄면 안 돼?"

가운 밖으로 드러난 제인의 종아리를 쓸며 올라온 회승의 손이 막 가운의 끈을 풀려고 할 때였다. 제인은 그 손을 잡으며 말했다. 회승의 힘에 밀려, 소파 팔걸이에 등허리를 기댄 채였다.

회승은 그런 제인의 위로 올라와 세워진 두 무릎 사이에 자리를 잡고 있었다.

"왜 안 돼. 침대로 가자."

회승은 제인을 안아 올렸다. 여전히 제인의 팔은 회승의 목을 감고 있었고, 다리 또한 회승의 허리를 감쌌다.

제인은 틈이 벌어지지 않게 회승을 꽉 끌어안았다. 속옷을 입고 있긴 했지만 벌어진 가운 사이로 가슴이 보일 것 같았다.

“너 내가 이렇게 좋은데, 그동안 어떻게 참았대?”

크큭. 단순히 자길 좋아해서 이러는 줄 아나 보다.

“가슴…… 보이잖아.”

“야, 이러고 있으면 다 느껴지거든?”

회승은 어이없다는 듯 웃었다. 그리곤 제인을 안은 상태 그대로 침실로 이동하며 조명을 하나씩 껐다.

“나…… 가슴 작은데…….”

제인은 혼잣말처럼 속삭였다. 침대에 다다른 회승이 제인을 내려놓으며 그 위로 올라갔다.

“본 적은 없지만 그동안 내가 좀 만졌잖아? 딱 좋던데?”

제인의 몸 위로 더욱 밀착하며 회승이 귓가에 속삭였다. 제인의 입가에 웃음이 번졌다.

허벅지를 쓸고 올라온 회승의 손이 배와 등을 배회하다가 제인의 가슴을 살포시 움켜쥐었다. 그 뒤로 회승의 손길은 더욱 대담해졌고, 얕은 숨을 내뱉었다.

캄캄한 방 안, 어슴푸레 비친 달빛이 주는 분위기는 오묘했다. 제인을 들뜨게 했고, 원초적 상태로 쉽게 몰고 갔다.

회승이 거친 숨을 내뱉을 때마다 제인은 아찔함을 더해갔다. 제인과 회승은 서로를 느끼고 있음에도 안달을 냈다.

회승은 거침이 없었고, 제인은 망설임이 있었음에도 불구하고 그랬다. 서로를 완전하게 소유해 나가고 있음에도, 두 사람은 서로를 더 원했다.

그 작은 방 안은 단둘만이 존재하는 세상이 되었다.

chapter 09

조금만 더 다가갈게요

제인은 대문 안으로 들어서며 목 앞으로 검은색 리본이 달린 체크 블라우스의 냄새를 킁킁 맡았다.

찌는 듯한 날씨에 퇴근 시간의 지하철. 역에서 회승의 집까지는 택시를 타서 에어컨 바람에 열기를 식히긴 했지만, 집에 들렀다 올 걸 하는 후회가 들었다. 다행히 좋은 냄새는 안 나더라도 땀 냄새 같은 건 없었다.

안심한 제인은 성큼성큼 계단을 올랐다. 제대한 회승을 빨리 보고 싶었다.

"어머니……."

널찍한 현관 안으로 들어서며 제인은 조심스레 아줌마를 찾았다. 이어서 회승의 이름도 부르고 싶었지만 꾹 참으며 거실로 올라섰다.

"제인아, 나 부엌에!"

"네!"

얘는 뭐하는데 안 보여?

제인은 회승의 방이 있는 2층 계단을 한 번 쳐다보고는 재빨리 부엌으로 갔다.

"어머니, 저 뭐하면 돼요?"

"음……. 뭐하면 되느냐 하면, 일단 이거 마시고 설렁설렁 손이나 씻고 회승이 방 가서 놀고 있어."

"네?"

우리 엄마보다 더 다정하다며 감동하고 있는 사이, 제인은 시원한 오렌지 주스 한 잔을 받아 들었다.

"일하고 오느라 피곤할 텐데 뭘 해. 많이 차리지 않아서 할 것도 없어."

그렇게 말한 아줌마는 진짜 많이 차리지 않아 민망하다는 듯 하하하 웃으셨다. 제인은 예의상 하는 소리라고 생각하며 따라 웃었다. 두세 모금 연달아 마신 주스는 상큼하고 시원했다.

"제가 수저라도 놓을게요."

"세팅 다 끝냈어. 제인이 넌 신발 숨겨 놓고 그 자식 방에 가 있어. 걔, 너한테 잘 보이겠다고 지금 미용실 갔거든. 올 때 됐네. 서프라이즈 해 줘."

"미용실이요?"

"어. 말년 휴가 때 봤지? 걔 머리 긴 거. 용케 들키지 않고 제대를 했더라니까. 미친놈이야, 정말. 어머, 미친놈은 못 들은 걸로.”

궁금했는데 너무 속 보일까 봐 묻지 못했던 걸 알아서 척척 말해 주는 센스. 여전히 다정다감하시고, 거침없는 모습에 웃음이 났다.

아줌마, 진짜 좋다…….

“그럼 저 진짜 숨어 있어요, 어머니.”

“어서 숨어. 회승이 오겠다, 얘. 신발은 아줌마가 숨길게.”

등을 떠밀린 채 부엌을 나선 제인은 2층으로 올라갔다. 조심스럽게 회승의 방문을 열자 짙은 회색 톤으로 잘 꾸며진 회승의 방이 한눈에 들어왔다.

서늘한 에어컨의 기운을 타고 전보다 짙은 회승의 향기가 흘러왔다. 남자 방 특유의 냄새는 전혀 없는, 쓰고 있는 향수와 회승의 살 냄새가 만들어 낸 그런 향기였다.

제인은 조용히 방 안으로 들어가 문을 닫았다. 2층 공간엔 혼자였지만 조심스러웠다.

부모님이 없는 틈을 타 저 침대 위에서 회승과 단둘이 가졌던 은밀한 시간의 기억이 눈에 선해서, 아래층에 있는 아줌마가 괜히 신경이 쓰인 까닭이기도 했다. 도둑이 제 발 저린 꼴이랄까?

제인은 이곳저곳 둘러보며 침대가 놓인 창가로 갔다. 주인을 다시 찾은 방은 미묘하게도 생기가 넘쳤고 그 점이 제인을 설레게 했다.

"좋다……."

침대에 걸터앉으니 눕고 싶었다. 풀썩 몸을 뉘이자, 창틀에 놓인 액자들이 눈에 들어왔다.

고등학교 시절 회승과 막 사귀기 시작했을 때 찍은 사진 옆으로, 다시 만났을 때, 그리고 군대에서 첫 휴가를 나왔을 때 찍은 사진들이 차례로 놓여 있었다.

저때 얼마나 놀랐는지. 애들한테 군바리는 민간인이 아니니 그 모습이 기괴해도 놀라지 말라는 말을 듣고, 까까머리를 한 회승이 새까맣게 탄 몰골로 나타나도 웃어 주고야 말리라는 다짐을 하고 구회승을 봤을 때였다.

"공제인."

'새까맣게'가 아닌, 구릿빛으로 변해 살이 좀 빠진 회승이 하얀 이를 드러내며 웃는데, 한마디로 미치는 줄 알았다. 섹. 시. 해. 서.

안기라고 팔을 벌리기에 와락 품으로 파고들었는데, 나무토막에 안기는 줄 알았다.

살은 빠지고 근육은 늘고. 그런 몸매에 사복을 걸쳐 놓으니 호르몬을 풀풀 풍기는 상남자였다. 미소년의 모습은 온데간데없는.

그리고 그날……. 외모만큼이나 뜨거웠던 구회승…….

"아, 더워."

제인은 손부채질을 했다. 맞춰 놓은 에어컨 온도에 적당히 시원하다고 느낀 방 안이 갑자기 더워졌다.

"앤 언제 오는 거야?"

아무래도 방 안에서는 회승의 기척을 느낄 수 없을 것 같아 밖으로 나가 계단 아래를 주시하는데, 소란스러운 소리가 들렸다.

"제인이 왔어?"

어? 왔다!

후다닥 방 안으로 다시 들어간 제인은 숨을 요량으로 소파 뒤에 다리를 교차해 쪼그리고 앉았다.

"뭐야, 공제인은? 퇴근 시간 지났는데 오지도 않고. 회사 앞으로 갈 걸 그랬나?"

회승의 중얼거리는 소리가 점점 더 가까이서 들려왔다.

왜 이리로 오는 거야? 안 돼! 저리 가!

당연히 마음의 소리를 들을 리 없는 회승은 방 안으로 들어오더니 소파에 앉았다. 풀썩, 소리 이후로 방 안은 조용해졌다. 하지만 이내 제인의 휴대폰 진동 소리가 윙, 하고 울렸다.

"흠……."

들켰다고 생각하고 눈을 꽉 감는데 한숨을 깊게 내쉰 회승은 미동이 없었다.

못 들었나? 에이, 설마.

주의를 기울여 고개를 내미는데, 헉!

"거기서 뭐해, 자기?"

한쪽 팔을 소파에 건 회승이 제인을 내려다보고 있었다.

"하하하, 안……녕?"

제인은 손을 들어 인사했다.

내가 왜 이런 장난을 했을까. 들키고 나니 더없이 유치해 보였다.

"와, 사회인이 이런 장난을 치다니. 사회인이 이러리라곤 꿈에도 생각 못 했네. 사회인이 이래도 되는 거야? 창의력이 너무 없잖아. 그래서 밥 벌어 먹고 살겠어? 광고 회사 다닌다며?"

제인의 손을 잡아 위로 들어 올리며 회승이 말했다.

사회인 얘기를 몇 번이나 하는 거야.

제인은 죽을상을 하고 자리에서 일어섰다.

"왜 그래? 나 그래도 월급 꼬박꼬박 받고 회사 잘 다녀."

회승의 손에 이끌려 옆으로 가 앉으면서 제인이 대꾸했다.

"그래? 그럼 이제 키스할까?"

한쪽 팔로 제인의 허리를 감싼 회승이 코가 맞닿을 정도로 얼굴을 가까이 가져다 댔다.

"월급이랑 키스랑 뭔 상관? 그리고 1층에 아줌마 계시잖아."

제인은 손으로 회승의 어깨를 밀며 얼굴을 뒤로 뺐다.

"1층에 계시니까 키스하자, 우리."

회승은 나머지 한쪽 손으로는 제인의 머리를 받치고 가까이 끌어당겼다.

"아, 머리하러 갔었다며? 어디 보자, 잘됐는지."

제인은 필사적으로 회승을 밀었다. 식사 준비도 다 됐다고 했었는데, 아줌마가 밥 먹으란 말을 하러 올라오실 것 같았다.

"보나 마나, 멋있어."

"히끅!"

회승이 안 되겠던지, 제인의 발목을 잡아 쭉 끌어당겼다. 제인의 등이 한순간에 소파에 닿았고, 회승이 제인의 위로 허리를 숙여 접근했다.

"몸매는 대학교 때 완성됐고…… 얼굴은 회사 다니더니 완벽해졌네?"

코앞에서 속삭인 회승은 제인의 귀로 입술을 옮겨 갔다.

"왜 이렇게 점점 예뻐지는 건데? 불안하게."

"윽……."

회승이 귓가에 입술을 바짝 붙여 속삭이는 바람에 숨결이 다 느껴졌다. 제인은 저도 모르게 몸을 움츠렸다.

"화장 스킬이 늘어서 그래. 그리고 나 그만 일어나고 싶은데."

"아직 안 돼. 키스 좀 하고."

"아, 나중에……."

똑똑.

“야, 꼴통. 제인이 괴롭히지 말고 나와. 밥 먹게. 나 배고프면 미치는 거 알지?”

“헉!”

아저씨의 목소리다.

“아……. 우리 아빠지만, 진짜 싫어.”

“내가 더 널 싫어한다는 것만 알아 둬.”

방문이 닫혀 있어 중얼거리는 회승의 작은 목소리가 들릴 리 없을 텐데 귀신같았다.

“얼른 내려가자!”

회승이 방심한 틈을 타 확 밀어 버린 제인은 얼른 소파에서 내려왔다. 뒤로 밀려나면서 팔꿈치로 상체를 지탱하고 있던 회승은 마음 급한 제인을 약 올리듯 아주 느리게 움직였다.

“빨리!”

제인은 블라우스와 바지의 주름을 손으로 툭툭 펴며 외쳤다.

“난 너 때문에 머리도 하고 왔는데. 넌 나 보고 싶지도 않았지?”

“아니야. 보고 싶었어.”

“그래? 그럼 키스할까?”

또 저 소리다. 군대 갔다 와도 변한 게 없다.

“일단 밥부터 먹자.”

제인은 회승의 손을 잡아 문 앞으로 데리고 갔다.

"아…… 그럼 나는 디절트?"

방문을 여는데, 회승이 혀를 심하게 꼬며 말했다.

"닥쳐."

재빠르게 일갈하고 제인은 계단을 내려갔다. 회승이 그 뒤를 바짝 붙어 따라오며 귓가에 속삭였다.

"그럼 네가 나의 디절트?"

야한 구회승. 군대에서 야한 말만 배워 왔다.

"진짜 그만해. 어른들 계시잖아."

"화났습니까?"

아니, 이것은 그 말로만 듣던 다나까 말투?

회승은 진지하게 말하고 있었지만 제인은 그 모습이 귀여워 웃음이 났다.

"그 정도는 아니야. 하지만 조심하자. 어른들 앞에선 예의를 지켰으면 좋겠어."

"알았어. 대신 엄마 아빠 없을 때 봐, 너."

말귀를 알아들은 것 같긴 한데, 제인은 어째 더 두려워졌다. 회승의 폭주를 모르는 바가 아니라서.

"빨리 와. 면 불면 맛없어."

부엌으로 내려가자 아저씨와 아줌마는 이미 손 빠르게 젓가락질을 하고 계셨다.

회승은 상차림에 매우 놀란 듯 멈춰 섰고, 제인은 내색하지 않기 위해 웃었다.

차린 게 없다는 말이 빈말이 아니었다. 직접 만든 것처럼 보이는 건…… 샐러드뿐이었다. 나머지는 배달 음식이다.

"어머니, 그래도 명색이 아들 제대하는 날인데 너무한 것 아닙니까?"

제인이 앉을 자리의 의자를 빼 준 회승이 그 옆에 앉으며 말했다.

"야, 군대는 너 혼자만 갔다 왔냐?"

오, 아저씨의 저 카리스마 넘치는 음성과 말투. 오랜만에 들으니 반갑게 느껴졌다. 이젠 완벽하게 적응했다고나 할까. 물론 아저씨도 그런 것 같았다. 처음 얼마간은 조심하는 것 같더니 이젠 눈치 같은 건 보지 않으셨다.

"네가 군대에 가 있어서 잘 모르나 본데. 여기 새로 생긴 집이고 진짜 맛있어. 제인아, 너도 얼른 먹어. 탕수육이랑 양장피도 끝내준다?"

아줌마가 요리를 앞으로 밀어 주자 제인은 말갛게 웃으며 잘 먹겠다고 대답한 뒤 젓가락을 들었다.

"근데 아버지. 지금 이 자리에서는 나 혼자만 군대 갔다 온 거 맞습니다만?"

"아……."

회승의 아버지는 큰 깨달음을 얻은 듯, 젓가락질을 멈추고 작은 탄성을 내뱉었다.

"그게 그렇게 되냐?"

"그러네. 당신은 군대 안 갔지, 참."

"하, 거 참. 말은 똑바로 해야지. 제인이도 있는데, 애 오해하면 어쩔? 제인아, 그래도 아저씨 방위 제대했다."

제인은, '어쩔'에서 웃음이 터질 뻔한 것을 꾹 눌러 참았다.

"오해 안 해요, 아버님. 전 방위도 훌륭하다고 생각합니다. 국가를 위해 맡은 바 의무를 다하신 건 똑같잖아요."

"역시 똑똑해. 꼴통이랑 만나기엔 너무 아까워. 내가 너희 아버지 볼 때마다 면목이 없다."

"아니에요. 저희 아빠가 회승이 얼마나 좋아하는데요."

제인은 아저씨와 회승을 번갈아 보며 웃는 얼굴로 말했지만, 회승의 불만 가득한 표정은 풀리지 않았다.

"그렇다면 다행이지만, 재 이제 1년하고 반년 뒤면 이 집에서 쫓겨나게 생겼는데, 괜찮겠니? 내가 너라면 재 찬다."

"회승이가 자기 앞가림 못 하고 그럴 애는 아니잖아요. 너무 걱정하지 마세요."

"그래도 난 걱정이 된다. 야, 꼴통. 너 진짜 어떻게 할 거니? 계획은 있냐?"

"그래서 말인데, 나 모델 해 볼까 생각 중."

"뭐?"

회승을 제외한 세 사람이 동시에 외쳤다.

"다들 왜 그렇게 놀라? 오늘도 머리하러 갔다가 명함 받았어. 계속 이런 걸 받는 걸 보면, 가능성이 있다는 거겠지."

"그래. 내가 외형은 참 잘 낳아 주긴 했다만……."

"저 외형은 내 솜씨야, 여보. 성공하면 엄마랑 반땡, 알지?"

"그럼 엄마 카드로 일단 투자부터 받을게요."

아줌마와 회승의 대화를 들으며 아저씨는 혀를 찼다.

"그보단 네가 하고 싶은 걸 찾아. 넌 꿈이 없어? 내가 널 그렇게 키웠나?"

"내 꿈, 여행가. 그거 돈 있어야 하잖아요. 길에서 자더라도 비행기 표 값은 벌어야지."

아, 그래서 여행 서적이 방에 그렇게 많았구나.

회승이 경영학과를 갔기 때문에 단순히 좋은 직장을 얻고 싶어 하는 줄 알고 있었던 제인은 자신이 회승에 대해 너무 모르고 있었단 생각이 들었다.

미안한 감정과 함께 마음 한구석에 그늘이 들어찬 느낌이었다.

유쾌했던 저녁 식사가 끝났다.

'아빠는 뭐하고 계시냐' 고 묻는 아저씨의 말을 시작으로 제인의 엄마 아빠가 회승의 집으로 오셨고, 어른들만의 술자리가 차려졌다.

회승과 제인은 눈치껏 밖으로 나와 동네에 있는 커피숍으로 갔다.

"내가 사 줘야지. 넌 학생이고, 난 돈 잘 버니까."

회승이 제인의 말에 피식 웃으며 얼마나 버느냐고 물었다.

"이백."

회승의 귓가에 속삭인 제인은 커피 두 잔을 주문했다.

"너무 적지 않아? 너 야근도 많다며?"

"얘가, 얘가. 세상 물정을 아직 모르는구나? 요즘 취업하기도 얼마나 힘든데."

두 사람은 커피를 받기 위해 자리를 옮겼다.

"취업하기 힘든 게 우리 잘못은 아니잖아? 그러니까 노동의 대가는 정당하게 받는 게 맞는 거지. 네 월급, 최저 임금에도 못 미치는 거 아냐?"

"아니야. 그럴 리 없어."

"확신은 못 하네?"

"주문하신 아이스 아메리카노 두 잔 나왔습니다."

"고맙습니다."

회승이 인사를 하고 커피를 받았다. 귀엽게 생긴 여자 아르바이트생이 수줍은 미소를 지었다.

"너 제대한 뒤로 여자들한테 되게 잘 웃는 거 알아?"

편안해 보이는 자리로 가 앉으며 제인이 말했다.

"내가?"

회승이 당연하다는 듯 제인의 옆으로 와 앉았다.

오늘은 진지한 얘기도 좀 하고 싶었기 때문에 앞으로 가라고 하려던 제인은 그냥 묵인했다.

여우 같겠지만, 알바생에게 보여 주고 싶은 모습이기도 했다.

"어. 조심해, 구회승."

"키스도 안 해 주면서 관리는."

회승이 픽 웃으며 구시렁거렸다. 그러더니 휴대폰을 꺼내 만지작거렸다.

"뭐해?"

"네 노동력의 대가가 타당한지 계산 좀 해 보려고. 너 하루 몇 시간 일해?"

제인도 궁금하긴 했다.

"8시간. 근데 야근하는 날이 많지."

"그럼 한 달에 20일 일한다고 치고, 하루 일당 10만 원, 나누기 8은…… 시간당 12,500원."

"것 봐. 최저 임금은 아니라니까."

"야근은 몇 시까지 해? 일주일에 몇 번? 평균적으로 따졌을 때."

"8시에서 10시 사이? 프로젝트 있을 땐 밤 꼬박 새고."

"대단하네. 그럼 연장 근로 시간은 9시까지로 하고."

"연장 근로?"

"저녁 6시에서 10시 사이는 야근이 아니고 연장 근로라고 하는 거야. 야간 근로는 10시에서 다음 날 오전 6시 사이를 말하는 거고."

커피를 마시던 제인은 동작을 멈추고 회승을 존경스런 눈으로 바라봤다.

"어떻게 그렇게 잘 알아?"

"미안하지만, 네가 모르는 거야. 그 정돈 알고 있어야 네 권리를 찾지."

"그래. 내가 잘못했네."

휴대폰에서 시선을 떼고 회승이 제인을 쳐다봤다. 아차 싶었다.

"그러니까 내 말은……."

"아냐. 나 반성 중이야. 신경 쓰지 말고 계산 계속해 봐."

"나 커피."

제인이 컵을 들어 빨대를 입에 대 주자 회승이 쭉 빨아들였다.

"그러니까 연장 근무라고 할 수 있는 것은 국가에서 정한 주 40시간을 제외한 시간에 해당하는 거야. 월요일부터 금요일까지 8시간씩 일한다는 걸 기본으로 하는 거지. 수당 계산은 연장 근로 시간 곱하기 시급 곱하기 50%야. 너는 연장 근로 시간을 3시간으로 보고 여기에 시급 12,500원을 곱하고 다시 0.5를 곱하니까, 시간당 18,750을 더 받아야 하는 거지. 그래서, 수당 계산을 해 보면…… 하루에 56,250원을 더 받아야 하는데 그렇지 못하니까 100,000원에서 이 금액을 빼면…… 43,750원을 하루 일당으로 받는 셈. 그럼 시급으로 따졌을 때 반올림해서 5,469원. 최저 임금이 5,210원이니까 뭐, 최저 임금보다는 295원 더 받는 거네. 하지만 주말에도 일한다고 했지? 그럼 노동력 착취 수준인 거지."

"……."

제인은 할 말을 잃었다. 월급이 많진 않아도 그렇게 적지는 않다고 생각했는데, 일할 의욕이 확 꺾였다.

"참고로 주말 수당은 연장 근로 수당보다 더 높지. 남들 놀 때 일하니까."

"회사 다니기 싫어진다. 아, 스트레스……."

"어떡하긴. 야근 수당 요구해."

"하지만 광고 회사는 거의 다 야근한다고."

"그럼 그냥 그 돈 받고 다닐 수밖에. 연장 근로 수당도 요구하지 않은 상태에서 야근하면 돈 못 받아."

"뭐? 하지만 그걸 요구했다가는 잘린다고."

"역시 전태일은 위대한 사회운동가이자 혁명가야."

"나더러 전태일처럼 불의를 향해 외치라는 건 아니지?"

"그래도 난 널 응원할 테지만 안 되겠다. 나 모델 해야겠다. 빨리 너 회사 그만두게 하고 책임져야지."

말뿐이라 해도 감동이었다.

"아니야. 그래도 난 이 일이 좋으니까. 생각해 줘서 고마워."

"진짜? 다행이다. 덥석 회사 그만두겠다고 하면 어쩌나 걱정했는데."

아무튼, 군대를 갔다 와도 장난기는 여전히 가득하다. 제인은 농담에 응하듯 한 번 흘겨봐 주고는 피식 웃었다.

"그런데 공제인, 난 고맙다는 말보다 사랑한다는 말을 더 좋아하는 거 알지?"

"사랑해."

회승이 제인의 어깨에 팔을 둘렀다. 서로를 마주 본 제인과 회승은 같이 웃었고, 똑같은 마음으로 서로를 응시하다가 입을 맞췄다.

chapter 10

처녀들의 이야기, 그리고 우리

서로의 일로 바쁜 탓에 모처럼 야근 없는 금요일, 제인과 은지는 민주의 오피스텔에 모였다. 모두 티셔츠나 소매가 없는 티, 그리고 짧은 팬츠 차림이었다.

"이게 얼마 만이야. 자, 짠!"

거실 탁자를 두고 모여 앉아 옆집에 피해가 가지 않을 정도로 틀어 놓은 음악 소리에 몸을 흔들던 세 사람은 민주의 말에 소주잔을 들어 건배했다.

"치킨엔 맥주라고 누가 그래? 역시 치맥보다는 치소지."

"너무 좋다."

"이게 사는 맛이지, 뭐. 안 그래?"

제인과 민주는 은지의 말에 격하게 공감했고 셋은 웃음을 터트렸다.

"제인이 너, 내일 회사 안 나가지?"

"프로젝트 하나 끝나서 다음 주까지는 좀 여유로울 것 같아."

"너네 회사 진짜 심해."

"어떻게 하겠어. 밥 벌어먹고 살려면 어쩔 수 없지."

꿈꿔 왔던 직업을 갖게 됐지만 제인은 일을 시작했던 처음만큼 행복하지 않았다. 아프니까 청춘이다? 칫, 가능하면 아프지 않은 청춘을 보내고 싶었다.

"그래도 제인이는 잘나가는 애인 있잖아. 우리 이삭이는 아직 1년이나 남았다고!"

"뭐가?"

제인은 닭다리를 한입 뜯으며 물었다. 아픈 청춘에 대한 고민은 소주 한 잔과 닭다리로 날려 버렸다.

"뭐긴 뭐야! 제대지!"

아…….

"이거 너 먹을래? 하나 남은 거야."

"너밖에 없어."

은지가 제인의 닭다리를 가져갔다. 휑해진 제인의 검지와 엄지엔 번지르르 기름만 남았다.

"그게 너한테 위로가 될 줄 알았지."

"으이구, 이년들아. 그 나이에 닭다리 하나 가지고 좋단다."

소주를 따르며 민주가 타박했다.

"야. 너는 최준영이 있으니까 먹는 거에 욕심이 없는 거야. 외롭지 않으니까."

"맞아."

제인이 냉큼 동의했다. 먹는 건 이제 삶의 유일한 낙.

회승은 여전히 옆에 있었지만 은지, 이삭과의 관계와 다를 바가 없었다. 무슨 말인가 하면, 보고 싶다고 볼 수 있는 여건이 아니라는 것이었다. 왜냐하면 구회승은…….

"근데 어떻게 구회승은 못하는 게 없냐? 외모, 공부, 돈, 춤, 노래…… 다 잘해, 다."

"없긴. 나한테 못해."

정적이 흘렀다. 그리곤 곧 민주와 은지가 제인을 보며 슬픈 얼굴로 웃었다.

"왜 그래? 넌 이런 남자의 애인이잖아. 이번 호, 메인이더라?"

민주가 제인 쪽으로 잡지 한 권을 던져 주었다. 상의를 탈의한 채 청바지를 입은 회승은, 한쪽 팔을 굽혀 침대를 짚은 상태로 상체를 비스듬히 세운 채 무료한 표정을 짓고 있었다. 한마디로 섹슈얼했다.

"내 친구지만 진짜 잘났다."

은지의 말에도 제인은 웃지 못했다. 비행기 값만 벌고 끝내겠다더니, 회승은 표 대신 오피스텔을 샀고, 차를 샀고, 그리고 오피스텔을 옮기고, 차를 바꿨다.

구회승은…… 잘나가는 모델이 되었다.

"내 남자지만, 얼굴 진짜 오랜만이다."

"그래도 연락은 한다며."

"응. 하지, 연락. 안부만 묻고 끝내야 하는 연락……. 이건 사귀는 것도 아니고, 안 사귀는 것도 아녀."

민주와 은지가 서로 술을 따라 주려고 했다.

"왜? 내가 불쌍해?"

"에이, 아니……."

세상 오래 살고 볼 일이다. 민주가 빈말을 다 하고.

"모델 일은 언제까지 할 거래? 그런 얘기 안 해 봤어?"

"좋아하는 것 같아서……. 런웨이에만 서면 애가 반짝반짝 빛나잖아. 차마 그런 걸 물어볼 순 없었어."

"워킹이 진짜 예술이긴 하더라."

패션쇼에 서던 회승의 모습이 눈에 선했다. 사람들을 압도하며 런웨이에서 제왕처럼 군림하던 그 모습이.

"이거라도 봐야겠다."

회승을 생각하니 그리워졌고, 그리워하니 보고 싶었다.

"야, 안 돼. 술 먹다 말고 뭔 잡지를 봐?"

던져 줄 땐 언제고 민주가 잡지를 휙 채 갔다.

"왜? 또 여자랑 화보 찍었구나?"

"몰라. 나도 아직 펼쳐 보진 않았어."

민주의 거짓말은 그럴싸했다. 이런 일이 처음이었다면 제인은 완벽하게 넘어갔을 것이다.

"그래? 알았어. 아, 안주 하나 더 시킬까? 갑자기 매콤한 게 먹고 싶네."

제인도 굳이 그 사진들을 보고 싶은 마음은 없었다. 씁쓸하게 웃은 제인은 잡지 대신 배달 음식 책자를 뒤적거렸다.

"뭐가 좋을까? 떡볶이? 낙지볶음? 닭발?"

"낙지. 정력에 좋잖아. 내가 시킬게."

휴대폰을 들여다보고 있던 민주가 대답했다.

"정력? 뭐 쓸데가 있어야 말이지. 그치, 은지야?"

"그러니까. 순전히 저만 위한 안주네. 아니다, 최준영을 위한 건가?"

"크크큭. 우리가 좀 도와주자. 쟤네 요즘 권태기라잖아."

주문을 끝냈는지 민주가 휴대폰을 침대 위로 던지며 한숨을 내쉬었다. 키득거리던 은지와 제인은 민주에게 집중하지 않을 수가 없었다.

"그러게. 우리 요즘 사귀는 게 아니라…… 꼭 섹스 파트너 같아. 만나면 밥 먹고 그거밖에 안 해. 다른 거 할 시간도 없고, 영화 보고 차 마시고 드라이브하는 건 수없이 해 본 일이라 더 하고 싶지도 않고."

은지와 제인은 뜨악한 눈으로 민주를 바라봤다. 별일 아니라는 듯 밝게 말했어도, 민주는 씁쓸해 보였다. 안에 암 유발 덩어리 같은 무언가가 박혀 있는데도 빼낼 생각이 없는 무기력함도 엿보였다.

"최준영이 분명 그럴 마음은 아닐 텐데. 남자들은 어쩔 수 없다니까."

은지의 말이 맞다. 민주도 그걸 모르지 않을 테고. 하지만 민주는 여자다. 그걸 다 알지만, 상처 받는 존재.

"알지. 그러니까 또 헤어지지는 않는 거지."

민주다운 강한 모습을 보여 왔지만 한계가 오고 있으리라. 그 한계가 가져다주는 결과를 발표하는 날은, 민주가 훌훌 털어 버린 후가 될 것 같았다.

"그래. 그러니까 민주 네가 좀 참아. 최준영 같은 남자 만나기가 어디 쉬워? 대기업 다니지, 외모 출중하지, 집안 좋지. 그 회사가 일은 많아도 연봉은 진짜 세다며. 지금 헤어지면 다른 여자만 좋은 일 시키는 거다, 너. 아, 결혼하는 건 어때? 준영이 대리 달았겠다, 먹고 사는 덴 지장 없을 것 같은데. 너도 잘 벌고. 그치? 제인아?"

"……글쎄? 민주 넌 어떤데? 하고 싶어?"

"생각 안 해 본 건 아닌데, 이런 상태에서 하는 건 아니라고 봐. 왠지 지금 결혼한다고 해도 우리 관계는 똑같을 것 같다. 밥 먹고 섹스하다가 자겠지. 밥 먹고 그냥 자거나."

"힘내, 친구야. 아무튼 섹스는 좋은 거잖아?"

푸하……. 은지의 말은 제인과 민주를 웃게 했다. 다행이었다. 분위기가 반전돼서.

딩동.

"낙지다!"

"네가 가서 받아 와."

"어!"

제인은 자리에서 벌떡 일어났다. 지갑을 들고 현관으로 향하기 바로 직전에 은지와 민주가 의미심장하게 눈빛을 교환하는 것 같아 왜 저러나 싶었지만 제인의 관심사는 오로지 낙지였다.

반가운 마음으로 문을 벌컥 연 제인은 빠르게 지갑도 열었다.

"얼마예…… 구회승?"

칭칭 동여맨 검은색 목도리. 반코트 아래 블랙진에 감싸인 쭉 빠진 다리. 위로 세워 넘긴 앞머리의 흰 눈을 툭툭 털며 회승은 그렇게 제인의 눈앞에 서 있었다.

"얼마냐고? 공제인 원."

세상에. 얘가 여기엔 웬일이지? 오늘 스케줄이 특히나 많다고 퇴근 전에 문자 왔었는데.

"뭐해? 안 안기고. 낙지 값 안 줄 거야?"

회승은 제인을 향해 팔을 벌렸다. 환하게 웃는 얼굴에선 빛이 났다.

"……낙지가 어디 있는데?"

회승이 긴 손가락으로 바닥을 가리켰다. 두 개의 흰 봉지가 놓여 있었다.

제인은 회승을 잠시 쳐다보다가 와락, 덮치듯 안겨 버렸다. 두 팔로 회승의 목을 끌어안고 두 다리로는 회승의 허리를 꽉 조였다. 그리고 회승의 목에 얼굴을 파묻고, 마음껏 냄새를 맡았다.

"구회승…… 보고 싶었어……."

"나도……."

회승이 제인의 귓가에 속삭였다. 별말 아닌 그 단어가 참 달콤했다.

"아씨, 여기 주차하기 되게 힘드네."

땡, 하며 엘리베이터 문이 열리자 여전한 희원의 목소리가 먼저 들렸다. 민주의 집은 엘리베이터에서 제일 가까운 곳이었다.

"집 앞에서부터 진짜 니들은……. 그만 좀 떨어져! 나 들어가게!"

희원은 아예 대학을 그만두고 회승의 매니저로 일을 시작했다. 스케줄을 끝내고 회승과 같이 왔지만, 주차를 하고 오느라 조금 늦게 올라온 듯했다.

"너네 뭐야? 블라인드 다 내리고. 지금 밖에 눈 와. 첫눈."

희원이 앞에 서 있는 두 사람을 밀치고 먼저 안으로 들어갔다. 제인과 회승은 합체한 그 상태로 희원의 뒤를 따랐다.

"진짜? 눈 와?"

모두가 애들처럼 좋아하며 창가에 다닥다닥 붙었다.

"최준영도 같이 있으면 좋을 텐데. 이 자식은 오늘도 야근이란다. 바람났나?"

삐빅삐빅.

민주의 말이 끝나기가 무섭게 현관에서 소리가 났다. 현관 번호를 입력하는 소리다.

"설마?"

"최준영?"

민주와 은지, 그리고 제인은 현관문을 바라봤다. 회승과 희원은 다 알고 있다는 듯 관심이 없었다.

"뭐하냐? 다들 거기서?"

진짜 최준영이었다. 준영은 자연스럽게 외투를 벗어 걸어 놓고, 편한 옷을 찾아 입고 나왔다.

곧장 창가에 있던 민주에게로 와 잘 지냈냐고 물으며 가볍게 키스를 하더니, 싱크대에서 술잔을 찾아 들고 바닥에 앉았다.

"누가 제일 늦게 오래. 제일 잘나가는 건 난데. 그것 때문에 네가 돋보이잖아, 지금."

회승은 시비를 걸었고,

"그런 사소한 것 때문에 묻히는 존재감이라면 모델 그만 둬야지."

준영은 여전히 능수능란하게 받아쳤다.

"유치하게 그런 거 가지고 싸우냐, 니들은? 철 좀 들어, 시키들아."

그리고 제일 철이 안 든 것 같은 희원은 '철'을 논하다가 회승과 준영에게 동시에 닥치란 소리를 듣고 흥분했지만, 회승과 준영은 서로 술을 따라 주며 신경 쓰지 않았다.

"민주야, 너 표정이 우리랑 있을 때하고는 아주 딴판이다?"

"어머, 내가 그랬니?"

"어. 섹스 파트너라며?"

나직이 묻는 제인 때문에, 민주와 은지는 웃음을 터트렸다.

"너네 거기서 뭐해? 개야? 무슨 눈 구경을 아직도 해? 빨리 와, 한잔해야지!"

세 사람은 웃으며 달려가 사이사이를 비집고 앉았다. 누가 뭐라고 할 것도 없이 동시에 잔을 들었다.

"사랑과 우정을."

"위하여!"

epilogue 1

민주와 준영의 이야기

"이런 젠장."

민주는 9센티의 힐을 신고 비탈길을 뛰어 내려가고 있었다. 보는 이마저도 불안하게 만드는 묘기였다, 그건.

최준영, 가 버린 거 아냐?

이게 다 그 늙은 할아범 교수가 수업을 30분이나 늦게 끝내 주었기 때문이다. 주차장에 도착해 준영의 차를 찾아 두리번거리는 민주는 매우 조급했다.

"저기 있다!"

준영의 차 넘버를 확인한 민주는 그제야 엉거주춤 구부리고 있던 허리를 폈다. 그리곤 잰걸음으로 준영의 차가 있는 곳으로 갔다.

준영이 가 버리지 않은 것에 대한 반가움이 매우 컸다. 얼굴로 번지는 미소를 참지 못하고 드디어 준영의 차 앞에 당도한 민주는 선팅된 차 안을 들여다봤다.

준영은 차 시트에 기대 눈을 감고 있었다. 단잠에 빠진 듯했다. 민주는 조수석으로 가서 문을 열어 보았다. 잠기지 않았는지 문이 달칵 열렸다. 민주는 준영이 깰라 조심조심 차에 올랐다.

아…… 잘생겼다.

민주는 몸까지 틀고 앉아 대놓고 준영을 감상했다.

길게 내려온 앞머리 아래로 보일 듯 말듯 감춰진 짙은 눈썹은 데생해 놓은 듯했고, 코의 시작점부터 높게 올라온 라인과 날렵한 콧등은 깎아 놓은 듯했다.

그리고 날렵하지만 뚜렷하게 각진 턱 선과 진중함이 묻어나오는 인중 아래의 얇지도 두툼하지도 않은 입술은 키스를 불렀다.

꿀꺽.

자신도 모르게 침을 삼킨 민주는 천천히 입술을 준영에게로 가져갔다. 그리고 눈을 감고 준영의 입술을 본격적으로 음미하려던 순간이었다.

"저리 안 치워?"

착 가라앉은 준영의 말에 민주는 감고 있던 눈을 느릿하게 떴다. 아직 준영의 입술과 자신의 입술은 닿아 있었고, 그 상태에서 준영이 말을 했기 때문에 입맞춤은 더욱 아찔하고 달콤했다.

민주는 다시 눈을 감고 깊은 키스를 위해 달려들었다. 하지만 바로 그 순간 준영의 손끝이 민주의 이마에 닿으며 뒤로 쭉 밀어 버렸다.

"죽을래, 너 진짜?"

"아……."

민주는 어쩔 수 없이 원래의 자세로 돌아와 아픈 이마를 문질렀다. 거울을 내려 확인해 보니 이마의 중간이 빨갰다.

"야! 자국 났잖아!"

민주는 준영을 확 째려보며 소리쳤다.

"어쩌라고? 그럼 감방 갈래? 성추행범이 어디서 큰소리야?"

민주에게 이런 일들을 몇 번 당해 본 경험이 있는 준영은 당황하기보다는 짜증스럽게 말했다.

"야, 김민주. 한 번만 더 이래라?"

"그러게 누가 그렇게 섹시하래?"

"너 안 만나."

보통 잘생겼다는 등의 칭찬을 날려 주면 피식 웃으며 없던 일로 해 주던 최준영인데, 이번엔 심각했다. 그 나이 많은 애인한테 이른다는 말보다 안 만나 준다는 말이 더 서러웠다.

"진짜야?"

민주는 울컥함을 숨기며 물었다. 평소처럼 콧방귀를 끼며 그러든가 말든가 하는 반응을 보여 주고 싶었지만, 최준영이 그냥 으름장을 놓는 것 같지는 않은 느낌이 들었다.

"어."

그렇게 대답한 준영은 시동을 걸고 차를 출발시켰다. 아이들과 만나기로 약속이 된 상태였고 준영은 픽업을 와 준 것이었다.

하지만 민주는 그 수고가 하나도 고맙지 않았다. 보지 않겠다는 둥 못된 말이나 뱉어 낼 거라면, 데리러 와 주는 행동들로 기대를 심어 주지 않는 편이 나았다.

지이잉.

준영의 휴대전화가 울렸다. 운전석과 조수석 사이의 수납함에 놓여진 휴대폰 액정에 '내 여자'란 글자와 함께 불이 들어왔다. 헤어졌다 만나기를 반복하는 그 나이 많은 여자다. 빌어먹을.

"지금?"

준영의 목소리가 좋지 않았다.

무슨 일이 생긴 건가? 또 애들하고 같이 못 있는 거야?

민주는 준영의 표정을 살폈다.

"바로는 못 가고, 한 30분 걸릴 것 같은데."

이것 봐. 이럴 줄 알았어.

민주의 얼굴에 불만이 가득 차올랐다.

"운전 중이야. 다시 전화할게."

그 늙은 여자가 안 좋은 말을 했는지, 준영이 약간 인상을 쓰며 전화를 끊었다.

"가 봐야 하는 거지? 나 그냥 지하철역에 내려 줘."

진짜 속마음은 아니었다. 준영이 진짜 역 앞에 내려 준다면 무진장 열이 받을 것 같았다.

하지만 또 한편으로는 그 늙은 여자 때문에 최준영이 얼굴을 굳힌 채 있는 꼴을 보는 것도 싫었다.

그 여자가 최준영한테 어떤 식으로든 막강한 영향력을 행사하고 있다는 걸 확인하고 싶지 않았다.

"됐어. 데려다 줄게."

"아, 나도 됐어."

민주는 신경질을 냈다.

"왜 짜증이냐?"

"내가 언제?"

뻔뻔하게 대답하는 민주를 '그래, 됐다.' 하는 얼굴로 한 번 쳐다본 준영은 운전에 집중하는 것처럼 보였다. 그리고 기어코 민주를 약속 장소까지 데려다 주었다.

"안 들어가?"

민주가 벨트를 풀며 물었다.

"어."

준영의 대답에 민주가 기막히다는 듯 탄성을 자아냈다.

"그럴 거면 왜 왔는데? 애들 얼굴 보고 가려고 온 거 아니었어?"

"태우기 전이면 몰라도, 어떻게 내리라 그러냐?"

"진짜 너 짜증 난다."

민주는 문을 열며 말했다. 준영 쪽은 쳐다보지도 않은 채였다.

"뭐가?"

"이럴 거면, 나한테 잘해 주지 말라고!"

차에서 내려 소리친 민주가 문을 쾅 닫았다. 바로 조수석 쪽 창문이 찍 내려갔다.

"잘해 준 거 없거든?"

"왜 데려다 주냐고!"

민주가 돌아서려다가 큰 소리를 냈다.

"바보냐? 말했잖아, 아까. 그리고 네가 아니라 오은지나 김희원이었어도 데려다 줬을 거야."

"걔네가 너 좋아한대? 나처럼 이성으로?"

"하…… 알았다. 겁나 미안하게 됐네. 됐지?"

"야!"

싸기지 없는 말투에 민주가 소리를 빽 질렀지만, 준영은 차를 몰고 휑하니 사라져 버렸다.

"아우, 저 싸가지. 진짜 안 보고 살든가 해야지."

민주는 준영이 떠나간 자리를 보며 씩씩대다가 약속 장소로 걸음을 옮겼다. 뛰다가 까지기라도 했는지 발가락과 발목 뒷부분이 욱신거렸다.

마음을 다 주어도 돌아오는 건 이런 상처뿐이겠지.

준영과 싸우는 것도 지겹다. 문을 열며 민주는 한숨을 내쉬었다. 왠지 지쳐 간다는 걸 확실히 인지해 버린 순간이었다.

* * *

민주는 준영의 전화를 받았다.

애들과 모이는 자리에서 자신을 데려다 주고 가 버린 준영은 거의 파할 시간이 되어서 온다는 소식을 전했고, 민주는 그런 준영이 왠지 보기 싫어 피하듯 먼저 집으로 와 버렸다.

생일에는 준영이 일이 있어 같이하지 못했기에 그 후 처음 하는 통화였다. 내심 미안하다며 준영이 먼저 연락을 해 오지 않을까 생각하던 시점이었다.

"왜?"

민주는 평소처럼 '쭌영아!' 하고 반갑게 전화를 받지 않았다. 하지만 목소리가 너무 퉁명스러운 것도 마음에 들지 않았다.

왜 이제야 전화를 하는 거냐고 투정을 부리는 걸로 준영이 받아들이면 어쩌나 짜증이 일었다.

—뭐하냐? 나와. 밥이나 먹자.

준영은 평상시와 똑같이 무심한 듯한 어조로 말했다.

그치. 또 나만 꽁해 있었던 거지.

"됐어. 집에서 먹을래. 귀찮아."

귀찮을 건 없었다. 그렇지 않아도 출출하던 참이었고 누구 같이 밥 먹고 놀 사람 없나, 여기저기 연락해 볼 생각이었다.

하지만 준영을 만나고 싶지는 않았다. 감정 정리를 하고, 이제 다 잊었으니 진짜 친구로 지내자고 멋지게 선포할 수 있을 때까지는.

—데리러 갈게. 30분 있다 나와.

뚝, 전화가 끊겼다. 아니, 끊긴 게 아니라 최준영이 일방적으로 끊었다.

"뭐야, 이 새끼?"

민주는 휴대폰을 보며 말을 뱉고는 다시 컴퓨터 화면에 집중했다. 나가고 싶은 마음이 정말로 없어져 버렸다.

드르륵, 드르륵.

장바구니에 넣어 두었던 블라우스를 결제하려는데, 책상 위에서 휴대폰이 몸을 떨어 댔다. 발신자는 '♡우리쭌영이♡'였고, 말대로 30분을 약간 넘긴 시각이었다.

민주는 저장된 이름도 바꿔 버려야겠다고 생각하며 전화를 받았다.

—도착했어.

"어. 잘 가."

세수도 하지 않은 얼굴을 탁상 거울로 확인하며 민주는 말했다. 이 상황에서 왜, 세수라도 하고 있을걸 하는 후회를 하는 건지 이해할 수 없었다.

—너 왜 또 이러는데?

민주의 미간이 구겨졌다.

"내가 뭘 어쨌다고? 귀찮아서 나가기 싫다니까? 나, 너 오라고 한 적 없다?"

—그럼 나와서 선물이라도 받아 가.

"선물?"

아씨, 요놈의 주둥이가 방정이다. 민주는 기쁘다는 듯 되물은 입을 툭툭 때렸다.

—밥보다 선물이 좋다며?

아아……. 저번에 강남에서 만났을 때를 말하는 거다. 밥을 사고 술까지 산 최준영이 일 있어서 가 봐야 한다고 해 놓고는, 성현이를 만난다니까 바로 안 간다고 또라이짓을 한 날.

"문 앞에 놓고 가."

선물이 뭘까 매우 궁금하지만, 이 상태로는 만날 수가 없다.

—장난해? 싫으면 말아.

"잠깐만 기다려!"

준영이 전화를 끊을 기세였기 때문에 민주는 얼른 외치고 종료 버튼을 눌렀다. 그리곤 후다닥 화장실로 씻기 위해 들어가려는데, 갑자기 자신이 왜 최준영에게 잘 보여야 하냐는 의문이 머릿속을 스쳤다.

오히려 오늘 이런 후줄근한 모습을 보여 주고 최준영에게 미련이 남을 때마다 이제 날 여자로 보기 어려울 거야, 하며 다짐하는 것도 괜찮은 방법 같았다.

민주는 무릎이 나온 추리닝 바지와 김칫국물이 묻은 티셔츠 차림 그대로 밖으로 나갔다. 자고 일어나서 다시 묶지도 않은 머리는 목 뒷부분의 머리카락이 고무줄을 탈출한 상태였다.

"최준영."

원룸 건물 밖으로 나오자 준영이 바로 보였다. 자동차 보닛 쪽에서 담배를 피우고 있었다.

"……누구세요?"

놀랐는지 한동안 말이 없던 최준영이 담배 연기를 후, 뱉으며 물었다. 무심한 눈길에 민주는 더 뻔뻔해지려는 노력을 기울였다.

"네가 선물 줄 사람."

민주는 슬리퍼를 끌고 터덜터덜 준영의 앞으로 걸어갔다. 준영이 민주를 빤히 바라본 채, 마지막으로 담배를 한 번 더 빨아들이고 연기를 내뱉었다.

"누가 볼까 겁난다, 진짜. 네가 사람이야?"

"선물이 뭔데?"

민주는 얼른 선물이나 주고 꺼지라는 티를 팍팍 내며 신경질적으로 말했다.

"넌 선물 받을 자세가 안 돼 있네, 보니까."

"그래서 줄 거야, 말 거야?"

"일단 가서 좀 씻고 나와."

준영이 민주의 머리통을 잡아 원룸 쪽으로 돌아서게 압력을 가했다.

"아, 됐어!"

민주는 준영의 손을 탁 쳐 냈다. 그리고 원룸 안으로 다시 들어가려는데 준영이 뒤에서 저벅저벅 걸어오는 소리가 나더니 자신을 지나쳐 계단을 먼저 성큼성큼 뛰어 올라갔다.

"뭐하냐? 와서 문 안 따고."

민주의 움직임이 느껴지지 않자 준영은 아직 계단 아래에 있는 민주를 내려다보며 말했다.

"난 너를 내 집에 들일 생각이 없는데 어쩌지?"

"어? 저기 사람 온다!"

민주는 그 몰골을 다른 사람 또한 보게 될까 봐 얼른 계단을 뛰어 올라갔다.

"뻥이야."

민주가 열쇠로 문을 열자 준영이 웃으며 말했다. 인상을 구기며 민주가 다시 문을 잠그려는 순간, 준영은 문을 열고 쏙 들어가 버렸다.

"이게 뭐하는 짓?"

침대에 걸터앉아 웃이며 잡동사니들을 발로 슥슥 걷어 내는 준영에게 민주는 가슴 앞으로 팔짱을 끼며 물었다. 어이가 없다, 정말.

"빨리 준비해. 배고프다."

천연덕스럽게 딴소리를 하고는 책상 위에 있던 잡지를 끌고 와 아예 침대 위로 몸을 누이는 준영이다. 확실히 이상해졌다.

"귀찮아. 그냥 가든가, 짜장면이나 시켜 먹고 가든가."

"결론은 어쨌거나 다 가는 거냐?"

잡지를 넘기다 말고 멀뚱히 민주를 응시하며 준영이 말했지만, 그 말을 무시하며 민주는 배달 음식 책자를 넘겼다.

"짜장? 짬뽕?"

"넌? 그냥 같은 걸로 시켜."

민주의 물음에 딴생각에 빠져 있던 준영은 다시 잡지를 뒤적거리며 대답했다. 딴생각이라 함은, '김민주의 불친절에 나는 왜 이렇게 더러운 기분을 느끼고 있는 것인가?' 에 관한 것이었다.

"난 탕수육. 그럼 탕수육 하나, 짬뽕 하나. 네가 사는 거지?"

애교스런 말투가 아니다. 준영은 다시 민주를 쳐다봤다. 책자를 보고 휴대전화에 번호를 입력하고 있는 모습이 지금까지 봐 왔던 느낌과 달랐다.

당연히 다르지. 고딩 때 이후로 화장 안 한 모습은 처음이니까. 머리는 산발을 해서 저렇게 안 씻고 있으니……. 근데 왜 예뻐 보이지?

준영은 잡지를 탁 덮었다. 그리고 옆으로 누워 얼굴을 괴고 민주를 응시했다.

"안녕하세요. 여기…… 흐흐, 네. 또 저예요. 탕수육 하나,

짬뽕 하나요. ……네에."

잃어버린 김민주의 다정하고 애교 있는 말투는 거기서 나왔다. 준영은 어이없음과 허탈감에 피식 웃음이 나왔다.

"야, 지갑."

준영이 청바지 뒷주머니에서 머니클립을 꺼내 민주에게 던지려는 순간, 원룸 문이 벌컥 열리며 누군가 '김민주!' 하고 외쳤다. 남자 목소리에 준영은 침대에서 벌떡 일어났다.

"왔냐?"

자주 있는 일이라는 듯 민주는 아무렇지 않게 아는 척을 했지만, 정작 집으로 들어온 성현은 준영을 보자 당황한 기색이 역력했다.

무슨 사이인데 열쇠까지 있어?

여자 집에 문을 벌컥 열고 들어온 백성현과 대수롭지 않은 민주를 보며 준영은 표정이 굳었다. 아무리 같은 학교에 친한 친구라고 하지만, 이건 좀 심하다는 생각이 들었다.

그리고 나한테는 왜 열쇠 안 주는데!

"짬뽕이랑 탕수육 시켰는데, 너 짜장면 시켜 주랴?"

"짜장면은 약한데? 네 리포트 다 돼서 가지고 온 거걸랑. 최준영 오랜만이네. 잘 지냈어?"

성현은 백팩을 내려놓고 부엌 틈새에 끼어 있던 밥상을 얼른 꺼내 오며 물었다.

이건 또 뭐야? 왜 이렇게 자연스러워?

대답 대신 준영은 탐색하는 눈길로 둘을 쳐다보면서 눈썹을 치켜 올렸다. 그사이 민주는 중국집에 전화해 짜장면 하나와 단무지를 추가했다.

"근데 너, 김민주네 집 열쇠는 왜 가지고 있냐?"

준영의 질문에 성현은 상다리를 펴다가 잠깐 멈칫하더니, 다시 손을 놀리며 대답했다.

"아, 며칠 전에 여기 책을 놓고 가서 민주가 여분 키 준 거야. 밖에 있으니까 직접 가지고 가라고."

성현은 상을 다 펴고 부엌에서 행주를 적셔 왔다.

민주는 부엌에서 개인 접시를 꺼내 물에 닦고 있었는데, 그 좁은 부엌에서 둘이 함께 움직이는 모습이 준영은 과히 좋지 않았다.

"그래도 여자 혼자 사는 집에 남자가 이렇게 막 드나드는 거 보기 좋지는 않은데. 누가 보면 동거하는 것 같잖아, 꼭."

"남이 어떻게 보든 무슨 상관이야. 우리만 아니면 됐지. 그렇지, 백성현?"

접시를 들고 온 민주가 상에 내려놓으며 말했다. 그리곤 한쪽 자리를 차지하고 앉았다.

"아니야. 난 생각 못 했는데, 준영이 말도 일리가 있는데? 그리고 너 벌써 그렇게 소문났으면 어쩌지?"

"어쩌긴, 짜샤. 책임져라."

성현의 어깨에 팔을 걸치며 민주는 털털하게 웃었고, 백성현은 또 고개를 끄덕거렸다.

아주 놀고들 자빠졌다.

준영은 기분이 퍽 상했다. 짜증도 났고 담배 생각이 간절해졌다. 바지 주머니를 만지자 담뱃갑이 느껴지지 않았다. 차에 두고 온 모양이었다.

담배도 피울 겸 그냥 가?

준영이 자리에서 일어서려던 순간 민주와 성현이 깔깔거리며 웃었다. 고개를 젖혀 웃으며 민주가 성현의 허벅지를 팍팍 때렸다.

빡치네?

준영은 꼼짝 않고 자리에 앉아 있었다. 아무래도 생각과 달리, 자신은 김민주를 친구로만 보고 있지 않은 모양이었다. 머리가 지끈거렸다.

* * *

오피스텔 앞에서 몇 개째인지도 모를 담배를 입에 물었을 때 예슬이 나타났다. 준영은 불을 붙이지 않은 담배를 그냥 휴지통에 넣었다.

"추운데 들어가 있지? 담배 안에서 피워도 된다니까. 창문 열고 환기만 잘 시키면 되는데."

싱긋 웃으며 차근차근 말하는 음성. 여성스러운 옷과 구두.

예슬은 여전히 첫눈에 반했던 그 모습 그대로인데, 준영은 헝클어진 머리와 김칫국물이 묻은 옷을 입고 있던 민주가 자꾸 눈에 밟혔다.

"어디 들어가자. 할 말 있어."

예슬은 준영의 표정과 말투에서 불안함을 느꼈다. 드디어 올 것이 온 건가? 여자의 무서운 직감이었다. 하지만 예슬은 웃었다.

"집이 코앞인데 어딜 가? 들어가자, 나 추워. 빨리 따뜻한 물에 샤워하고 싶단 말이야."

은근한 유혹이었다. 새로울 건 없지만, 준영이 넘어오지 않은 적은 없었다.

"그럼 여기서 빨리 말할게."

예슬은 절망했다. 자신이라면 몰라도 준영이 배신하는 일은 없을 줄 알았다.

"너 삐쳤지? 저번에 싸울 때 내가 헤어지자고 그래서. 며칠 동안 전화 한 통 없더니, 제대로 화풀이하러 왔구나? 알았어. 미안해. 내가 잘못했어. 알잖아, 나 화나면 그런 소리 잘하는 거. 이젠 다시 안 그래. 맹세."

가슴은 울먹울먹한데, 예슬은 꾹 눌러 참으며 수다스럽게 말했다.

진짜 이게 마지막이라고? 그럴 리 없다. 준영은 다시 돌아와 주었고, 이번에도 그럴 거라고 믿고 싶었다.

그런데 예전처럼 그런 확신이 생기지 않아 심장이 두방망이질했다. 스커트 밖으로 나온 다리가 후들후들 떨렸다.

"미안해."

웃고 있다고 생각했는데, 준영의 그 한마디에 눈물이 후드득 떨어졌다. 예슬은 얼른 눈물을 훔쳐 냈다.

미소를 다시 점검하고 준영의 마음을 돌리기 위해 입을 벌리려는 순간, 준영의 품으로 끌어당겨졌다. 예슬의 입에서 흐느낌이 터져 나왔다.

진짜 이별이구나, 우리…….

눈물은 멈추지 않았고, 준영은 예슬을 품에 안고 기다렸다. 다른 여자에게 가기 위해서였지만 가슴이 욱신거렸다.

너만큼 사랑할 수 있을지는 모르겠지만, 그래도 지금은 너보단 민주가 더 크네.

준영은 예슬의 머리에 입술을 내려 위로했다.

"정말 나 잊을 수 있어?"

예슬이 울먹이는 목소리로 물었다.

"네 전부를 잊을 수는 없겠지. 하지만 대부분은 잊어버릴 걸. 그럴 수 있을 것 같으니까 가는 거고."

"술 취해 전화할지도 몰라."

"그러지 마. 네 전화 안 받을 거야."

최준영, 이 나쁜 놈!

예슬은 준영의 가슴을 주먹으로 때렸다.

"불쑥 찾아갈 수도 있어."

"내 웃는 모습은 볼 수 없겠지."

나쁜 새끼!

예슬은 또다시 준영의 가슴을 때렸다.

"그럼 네가 돌아와. 기다릴게……."

'네가 오면 난 웃어 줄 수 있어.'

준영은 예슬의 양팔을 잡아 조심스럽게 거리를 벌렸다. 그리고 눈물 젖은 두 눈을 응시했다.

"제발 그러지 마. 나 돌아오지 않아."

예슬은 자신을 잡고 있는 준영의 팔을 떨쳐 냈다. 그리고 오피스텔을 향해 걸었다. 준영이 따라와 주길 간절히 원했지만, 준영은 자신의 뒷모습만 쳐다보고 있다는 걸 알았다.

* * *

"맛있냐?"

막대 사탕을 입에 문 채 운전을 하는 준영에게 시선을 주며 민주가 물었다.

"근데 너 말투 계속 그렇게 할 거냐?"

"어."

준영은 피식 웃었다. 예전의 김민주가 아니었지만 그래도 좋았다.

"근데, 너네 오늘부터 사귀는 거야?"

뒷자리에서 회승의 팔짱을 꼭 끼고 있는 제인이 물었다.

"아니."

"어."

민주와 준영이 동시에 대답했다.

"너네 뭐 벼락이라도 맞았냐?"

"맞아. 최준영이 민주 같고, 민주가 최준영 같아. 그치?"

제인과 회승은 서로를 살가운 눈빛으로 마주 보고는 고개를 끄덕였다.

"김민주가 튕기고, 최준영이 매달리는 날이 오기도 하는구나. 난 언제쯤 튕길 수 있을까?"

회승의 말에 모두 웃음을 터트렸다. 춥지만, 참 따뜻한 날이었다.

epilogue 2

삶이 달콤한 이유는 네가 내 옆에 있기 때문이야

팀 분위기가 화기애애했다.

"무슨 일 있어요?"

제인은 칫솔이 든 케이스를 서랍 안에 넣으며 물었다. 1년 늦게 들어왔지만, 아직도 말을 놓지 못하고 있는 옆자리의 후배에게.

군 복무로 제인보다 4살 위였기 때문에 뭘 시키는 것도 눈치가 보여 제인은 이 나이 많은 후배를 좋아하지 않았다.

"아, 오늘 회식한다고."

이것 봐, 이것 봐. 또 반말이다. 입사한 이래로 줄곧.

제인은 '김은수'라는 이름과는 절대 어울리지 않는 성격의 남자를 힐끗 째려보고는 책상 서랍을 좀 세게 닫았다.

이 쉐키 쉐키 흔들어 버릴 쉐키.

"당연히 갈 거지? 선배님?"

모니터를 들여다보고 있던 김은수가 씩 웃으며 물었다. 제 반말에 부글부글 끓고 있는 제인의 속을 들여다보고 있는 사람처럼, 선배님이란 호칭을 빼놓지 않고 붙이며 제인을 약 올렸다.

그럼에도 제인이 입을 다물고 있는 이유는 사장님 아들이란 소문 때문이었는데, 실제로도 사장님과 농담을 주고받을 정도로 가까워 보였기 때문에 제인뿐만 아니라 회사 사람들 중 김은수에게 함부로 하는 이는 없었다.

아오, 사장님 아들 아니기만 해 봐. 가만 안 둬, 진짜.

"제인 씨 빠지면 안 돼. 팀 회식이긴 하지만 사장님이 마련하신 자리니까. 왜인지는 말 안 해도 알지?"

"네."

제인 위의 대리, 그리고 그 위의 자리에 위치한 차장이 파티션 너머로 고개를 삐쭉 내밀고 말하자 제인은 환한 미소로 응대했다. 그걸 보더니 김은수가 의미심장한 웃음을 지으며 제인을 쳐다봤다.

"왜요?"

제인의 질문에 김은수가 모니터 화면을 손가락으로 가리키더니 키보드를 두들겼다. 또 왜 저러나 싶어 모니터를 보니, 메신저를 통해 메시지가 날아왔다.

아니, 가만 보면 선배는 나한테만 쌀쌀맞은 것 같아서. 나한테 왜 그래?

아, 이 이름만큼 곱상한 얼굴과 달리 성격은 거침이 없는 인간 같으니라고.

제, 제가 언제? 그건 오해…….

제인은 의도적인 반말로 메시지를 보냈다.

와, 반말이다. 그래, 그렇게 말 놓고 회사 밖에선 오빠라고 부르기?

오빠 같은 소리 하고 있다.

저 잠깐 통화 좀 하고 올게요.

제인은 정확한 존대로 메시지를 보내고 얼른 휴대폰을 들고 사무실을 빠져나왔다.

"자기, 어디 가?"

정원으로 꾸며진 옥상으로 가기 위해 엘리베이터를 기다리는데, 제작팀 카피라이터 이 대리가 엘리베이터 앞에 와 섰다.

"옥상이요. 대리님은요?"

"나도."

이 대리가 담뱃갑과 라이터를 흔들어 보였다. 여자라서 흡연을 숨기거나 하는 성격이 아닌 이 대리는 가끔 걸러 내지 않은 말로 사람을 당황하게 할 때가 있었지만, 이 회사에는 워낙 그런 성격들이 많아 신경 쓸 거리도 안 됐다.

오히려 눈치 보고 할 말을 다 하지 못하는 자신의 성격이 제인은 아웃사이더처럼 느껴질 뿐이었다.

딩.

엘리베이터 문이 열렸다.

"판타스틱한 애인은 잘 있어?"

엘리베이터에 오르며 이 대리가 물었다.

"네."

올라가는 버튼을 누르며 제인은 씩 웃었다.

"회사 앞에 차 대 놓고 자기 픽업해 가더니, 요 며칠 안 보인다? 싸웠어?"

"그렇죠, 뭐……."

옥상과 연결된 엘리베이터 문이 열렸다. 이 대리는 내릴 때부터 담배를 한 개비 빼내고는 옥상으로 들어서자마자 불을 붙였다.

"그 잘생긴 얼굴을 보고도 화가 나, 자기는? 신기하다."

이 대리가 연기를 내뱉으며 킥킥 웃었다.

"그게…… 제가 아니라……."

"아, 역시 그렇지?"

"어머, 대리님. 구회승도 사람 열 받게 할 때는 있다고요."

제인은 발끈했지만, 역시나 이 대리는 피식 웃을 뿐이었다.

"그래? 난 화가 나더라도 그 얼굴로 한 번 웃어 주면 맥 못 출 것 같던데."

"그건 그렇지만…… 전 억울하다고요."

눈동자를 굴리며 회승과의 분쟁에 관해 생각하던 제인은 단호히 말했다.

자기가 불리할 때는 실실 웃으면서 요리조리 잘도 피해 가는 구회승은, 정작 이쪽에서 잘못한 일에 대해서는 갑의 행세를 했다. 확실히 연애의 스킬이 우위에 있다고 할 수 있겠다.

"참, 그날은 잘 들어갔어? 자기 술 엄청 마신 날."

이 대리의 질문에 제인은 인상부터 써졌다. 이틀 전의 기억이 떠오르자 또 욕지기가 치밀었다.

"아무래도 황 과장은 미친 것 같죠, 대리님?"

황 과장은 예그리나 화장품 홍보팀 과장으로, 회사와는 꽤 관계가 오래된 클라이언트였다. 문제는 제인의 회사 직원들을 자기네 회사 아랫사람 부리듯 한다는 것이며, 이번에 술을 엄청나게 퍼마시게 된 것도 그 또라이 때문이었다.

잡지에 나갈 광고 시안 A, B, C 중 분명 B로 컨펌을 해 놓고 잡지가 발행되고 나서는 왜 A가 아니냐고 생난리를 친 것이다. 결국 회사는 손해를 보고 광고 집행을 다시할 수밖에 없었다.

"그 인간한테는 직접 보여 주고 팩스 받아야 한다니까. 절대 혼자 가는 일 없어야 하고. 자기도 그래서 이번에 독박 쓴 거 아냐. 다음엔 메일으로라도 증거를 남기라고. 알았지?"

"저는 몇 번이나 간다고 했는데 바쁘다고 오지 말라고, B안으로 가자고 한 거거든요. 그리고 황 과장 성격 아시잖아요. 메일을 보내도 메신저를 해도, 전화로 연락 오는 거."

"하긴. 그 새끼한테 당한 이가 한둘은 아니지. 힘내. 사장님이 오늘 쏘신다는 말도 있던데."

이 대리의 응원에도 불구하고 제인은 이가 갈릴 뿐, 힘이 나지 않았다. 그리고 이틀 만에 술을 넣을 생각을 하니 속도 울렁거렸다.

"더 마시지 않아도 될 것 같은데……."

제인은 울먹거리며 야외 테이블 위로 축 늘어졌다.

"그때 핸드폰 잃어버렸다더니, 찾았구나?"

이 대리가 제인이 손에 쥔 휴대전화를 가리키며 물었다.

"네. 다행히 직원이 카운터에 잘 뒀더라고요."

"그날 바로 찾았어?"

"……네."

제인은 그날의 기억을 떠올렸다.

말단 사원인 김은수가 집에 바래다주는 임무를 맡았고 취한 자신을 옆구리에 끼고 술집 밖으로 나와 택시를 잡는데, 회승이 그때 도착한 것이었다.

통화가 되지 않자 회승은 불이 나도록 전화를 해 댔고, 정신이 없는 제인을 대신해 옆에 있던 사장님이 받아 위치를 알려 주었던 것이다.

덕분에 회승은 김은수와 함께 있던 제인의 모습을 보고 엄청나게 열이 받았고, 그래서 제인은 회식이 있단 말을 하기가 참으로 무서운 상황이었다.

"다행이네. 난 그만 들어가야겠다."

이 대리는 꽁초를 가까운 휴지통으로 던지고 자리에서 일어났다.

"먼저 들어가세요. 전 통화 좀 하고 갈게요."

"그래. ……아, 자기네 팀 김은수 말이야. 애인 있니?"

"글쎄요. 있다는 말도, 없다는 말도 못 들은 것 같긴 한데. 왜요, 대리님? 관심 있으신 거예요? 꺄악."

제인은 두 손을 쫙 펴 얼굴에 바짝 붙이며 놀란 척했다.

"좋단다. 그냥 걔 선수 같아서."

"아, 확실히 그렇긴 하죠?"

김은수에 대한 관심이 아니라, 이 대리도 자신과 같은 거부감을 느꼈거니 생각하며 제인은 고개를 끄덕거렸다.

"먼저 간다."

"네, 들어가세요."

제인은 손을 번쩍 들어 흔들곤, 이 대리가 완전히 보이지 않게 되자 회승에게 전화를 걸었다.

—…….

"여보세요?"

신호가 끊기고 분명 휴대폰 액정에는 통화 중이라는 표시가 떠 있는데, 전화 건너편은 조용했다.

"회승아?"

—……내가 이따가 전화할게.

뚝. 알았다고 할 겨를도 없이 전화가 끊겼다.

"……뭐지?"

이런 적은 처음이라 낯설었다. 통화가 어려우면 무엇 때문에 그런지 설명을 해 주고 전화를 끊던 회승이라, 제인은 생뚱맞은 기분에 휩싸였다.

기분이 나쁘다고 하기에는 좀 과하고, 씁쓸하고 공허하다고 해야 하나? 그림으로 표현하자면 뚫린 가슴 사이로 바람이 휙 불고 지나간 것 같은 그런 이미지라 할 수 있겠다.

"이러고 있으면 뭐해. 가서 일이나 하자……."

멍하게 허공을 응시하고 있던 제인은 흐느적흐느적 자리를 털고 일어났다.

"제인 씨, 동양 제약 광고 집행 정리 끝났지?"

사무실로 들어오자마자 사수인 송 대리의 질문에 제인은 그건 또 무슨 소리냐는 얼빠진 얼굴을 해야 했다.

'이 사람이 그걸 하라고 한 적이 있었나?'

"대리님, 그거……."

"보니까 제인 씨가 오전 중에 엄청 집중해서 마무리하는 것 같던데요? 바탕화면에 저장해 놓은 거, 제가 봤습니다."

진땀을 흘리며 언제 시켰느냐고 물어보려는데 김은수가 끼어들었다.

'얘는 또 뭐래?'

눈에 힘을 주고 김은수를 쳐다보자, 그가 눈짓으로 제인의 컴퓨터 화면을 가리켰다.

얘, 아까부터 왜 이럼?

한 대 때리면 소원이 없겠다는 생각을 하며 모니터를 바라보던 제인의 눈의 휘둥그레졌다.

'있다! 있어!'

'동양 제약 광고 집행안' 이란 이름으로 저장된 PPT 파일이 떡하니 있었다. 배경화면 한가운데에. 분명 제인이 한 것은 아니었다. 제인은 작성된 파일들을 광고주별로 분리된 폴더 안에 넣어 뒀었다.

"대리님, 지금 보내 드릴게요……."

후다닥 메신저를 켜고 파일을 첨부해 송 대리에게 보낸 제인은 김은수를 휙 쳐다보았다. 김은수는 서슬 퍼런 제인의 시선을 예상했다는 듯 여유롭게 웃더니, 입 모양으로 '커피' 라고 중얼거리곤 손짓으로 마시자는 동작을 취했다.

'기다리던 바라고!'

제인은 엉덩이로 의자를 쭉 밀며 휙 일어서서 탕비실로 향했다. 곧 김은수가 따라오는 발소리가 들렸다.

"이게 어떻게 된 일이죠? 김. 은. 수. 씨?"

탕비실에 아무도 없는 것을 확인한 제인은 김은수를 향해 돌아섰다.

"설마, 화났어?"

"아직은요."

제인의 대답에 김은수는 킥 웃었다. 으……. 진짜 얄밉도다.

"설명을 좀 빨리해 주실까요?"

"화낼 거면 얘기해 주기 싫은데?"

"얘기 안 해 줘도 화낼 거거든욧!"

"아, 그래? 근데 화내지 말지."

김은수는 태평하게 제인을 지나쳐 종이컵에 커피 믹스를 넣고 뜨거운 물을 받았다. 그리고 티스푼으로 커피를 저으며 제인을 쳐다보더니 말했다.

"화내니까 넘 귀엽잖아."

"하……."

기가 막힌다, 진짜. 이렇게 넘어가 보려는 수작인 것 같은데 어림없다는 걸 보여 주고 싶었다.

"제가 똑같은 질문을 몇 번 해야 김은수 씨는 대답해 줄 마음이 생기는 걸까요?"

"같이 밥 한번 먹으면 쉽게 말해 줄 것 같은데. 밥 먹을래, 나랑?"

"아니요. 됐고요. 저 지금 발에 힘 들어갔거든요. 김은수 씨 정강이를 한 대 걷어차기 전에 제발 말해 주실래요? 왜 그 파일이 내 컴퓨터에 있는 건지?"

제인의 협박에도 김은수는 여전히 싱글싱글 웃으며 커피를 호호 불어 한 모금 마셨다.

나아쁜 쉐애키다, 아주.

"아이고, 무서워라. 얼른 말해 줘야겠다. 더 놀리다가는 정강이가 아니라 나하고 말도 안 섞을 기센데?"

제인은 참을 인 자를 머릿속에 그리며 김은수를 노려보았다.

"잡지 광고 잘못 나간 날, 우리 술 마시러 가려고 막 퇴근 준비하는데 제인 씨 전화 받으면서 나갔었잖아. 남자 친구 전화였지, 아마? 그래서 기다리는데 마침 외근 나갔다가 들어온 송 대리님이 말하더라고. 제인 씨 오면 동양 제약 집행안 마무리해서 오늘까지 달라고 전하라고. 그런데 그때 뭔 정신이 있어, 제인 씨가? 그래서 그냥 내가 한 거야. 알다시피 파일은 제인 씨 화면에 깔아 둔 거고."

"그럼 깜박했다고 한 일이 그거였어요? 그래서 그때 술자리에 늦게 온 거고요?"

"어."

대수롭지 않게 대답한 김은수는 다시 커피를 한 모금 마셨다.

"하……. 고마워요. 하지만 아무리 그랬어도 나한테 말을 전했어야죠. 만약 아까 김은수 씨가 없었다면, 나 진짜 무능력한 사람으로 찍힐 뻔했다고요."

"그러네. 거기까진 생각 못 했다. 미안."

이 인간을 진짜……. 설마 일부러 나 엿 먹으라고 그런 건 아니겠지? 대학원 졸업이라고 1년 늦게 들어와도 같은 계급에, 분명 연봉도 높을 거고. 승진 심사에서 김은수한테 밀릴 심산이 컸다.

제인은 김은수의 얼굴을 자세히 살폈다. 하지만 말갛게 웃는 얼굴에서는 그런 시커먼 속내를 찾으려야 찾을 수가 없었다. 오히려 그런 생각을 한 자신이 참 못나 보였다.

"알았어요. 그만 가요. 아, 그런데 그 반말 말인…… 어!"

김은수는 생각보다 제인과 가까이에 있었다.

제인이 뒤를 돌아본 순간, 김은수의 가슴팍에 얼굴이 눌릴 위기였고 그걸 피하려고 허리를 젖히다 보니, 김은수의 한 손은 제인의 손목을 잡고 다른 한쪽 팔은 허리를 감고 있었다.

"……고, 고마워요."

자신을 바라보는 김은수의 눈을 피하며 제인이 말했다. 그리고 김은수와 다시 멀어지기 위해 균형을 잡고 몸을 움직이려는 찰나,

"어어? 둘이 뭐해? 연애해?"

옆 팀의 황 대리가 탕비실 입구에 나타났다.

"아니요! 제가 넘어질 뻔해서요!"

"진짜야?"

황 대리가 허허 웃으며 김은수에게 시선을 던졌다.

"넘어질 뻔한 건 진짭니다."

뭐가 그래? 왜 대답이 애매모호한 건데!

"대리님! 진짜 아니에요. 아시잖아요. 저 만나는 사람 있는 거."

제인은 난처하다는 듯 웃으며 말했다.

"하하하. 내가 소문 내 줘야 하는 거야, 은수 씨?"

"필요하면 말씀 드리겠습니…… 악!"

……차 버렸다. 김은수의 정강이를.

"아아……."

"하하하, 괜찮아?"

김은수의 엄살과 황 대리의 웃음소리를 뒤로하고, 제인은 앞만 보고 걸었다.

—그래서 또 술을 마신다고?

거래처에 들렀다가 바로 회식 장소 앞에 도착한 제인은 가로수 아래 만들어진 벤치에 앉아 회승과 통화 중이었다. 회승의 못마땅한 목소리에 제인은 간이 쪼그라든 상태였다.

"술을 마신다라기보다는 회식이니까 아무래도 고기를 주로……."

—그래, 그럼. 술은 마시지 마.

그건 불가능하다는 걸 아는 회승이 일부러 얄밉게 하는 말임을 알고 있었다.

광고업계라는 게 워낙 야근도 많고 일도 힘들어 퇴근길에 술 한잔씩 하는 일이 다반사인데 회승은 그걸 무척이나 싫어했다. 몸도 망가지고, 밤늦게 다니면 위험하다는 지당한 이유 때문이었다.

"아니, 그게…… 사장님이 마련하신 자리이기도 하니까 아무래도……."

'너도 사회생활 해 봐' 라는 말이 목구멍까지 차올랐지만 제인은 참았다. 만취인의 모습을 회승에게 몇 번, 아니, 좀 많이 보여 준 탓에 입지는 좁아질 때로 좁아져 있었다.

"제인 씨? 누구랑 통화하는데 그렇게 인상을 써? 이마에 주름 생기겠네."

제인은 얼른 휴대폰을 손으로 가렸다. 목소리를 듣고 짐작했던 대로 김은수가 앞에서 실실 웃고 있었다.

—뭐냐? 남자 목소리 들린다?

이런, 그새 들어 버렸군. 아무튼 김은수, 도움이 안 된다. 도움이.

"먼저 들어가세요."

김은수의 얼굴을 한 번 보고 아까 걷어찬 정강이는 괜찮나 싶어 시선을 내리자, 김은수가 흠칫 뒤로 물러섰다.

흡…… 진작 걷어차 줄 걸 그랬다.

"더 이상은 안 돼. 진짜 아팠다고. 병원 안 가 봐도 되나 몰라."

손을 가볍게 내저어 보인 김은수는 마지막까지 사람 약을 올리고 나서야 고깃집 안으로 사라졌다.

—야, 공제인!

"남자가 아니라 직장 동료. 안 들어가고 뭐하냐고 인사차 물어본 것뿐이야. 그리고 나한테 남자는 하나지. 누군지 알려 줘?"

—노력한다.

"사랑해."

어쩔 수 없다는 듯 회승이 웃음을 흘렸다.

—나 오늘 일 있어서 너 데리러 못 가. 적당히 마셔.

"못 오는 건 괜찮은데, 무슨 일인데?"

—에이전시 사람들 만났어. 그래서 아까 전화 못 받은 거고. 자세한 건 만나서 얘기해.

명함을 몇 개 받았는데, 그중에서 어디가 나을지 알아본다고 하더니 진전이 좀 있는 모양이었다.

"계약하는 거야?"

—아직. 하는 거 봐서.

큭큭. 특유의 거만한 말투에 둘은 같이 웃었다. 회승의 자신감은 나이를 먹어도 죽지 않았다.

"사람들 잘 만나, 그럼."

—그리고 넌 저번에 내가 가르쳐 준 대로 술 먹는 척하면서 막 버려. 알았지?

술을 마시는 척하며 버리는 방법은 의외로 많았다. 하지만 간이 작은 제인이 그런 걸 잘해 낼 리 없었다. 시도하려는 생각만으로도 온몸이 긴장을 해 버렸다.

"응. 알았어. 이따 연락할게."

—그래. ……야!

"응?"

—아까 그 남자, 저번에 너 택시에 태우려던…… 맞지?

"어……."

—아, 진짜…… 신경 쓰인다?

질투하기는. 회승의 음성은 까칠했지만, 제인의 입매는 히죽 늘어졌다. 우리에게 권태기란 없다! 우리 사랑 영원히. 음하하하.

"그럴 필요 없는데? 나 김은수 씨랑 안 친해. 걱정 마."

—웃지 마. 짜증 난다고. 그리고 너네 회사에는 남자들이 너무 많아.

"걱정하지 말래도. 우리 팀엔 김은수 씨 빼고 다 유부남이야."

—뭐!

회승이 버럭 소리를 지르는 바람에 제인은 깜짝 놀랐다.

"왜?"

—혈압 올라. 안 되겠다. 일단 끊어. 생각 좀 하게.

"무슨 생각?"

—널 그 회사에 그렇게 놔둬도 되나 하는, 뭐 그런 생각.

그리고 김은수랑 붙어 다니지 마. '커피 한 잔쯤이야' 하고 같이 마셨다가 걸리면 죽는다.

'커피 한 잔쯤이야' 에서 자신의 목소리를 흉내 내듯, 여자 목소리를 낸 회승 때문에 제인은 웃음이 터졌다.

'어, 사장님이다.'

제인은 다시 전화하겠다는 말을 남기고 후다닥 식당으로 향했다.

회식 자리는 웃음바다였다. 그럴 수밖에 없는 것이 사장님 말씀 한마디, 한마디에 모두 작정한 듯 혼을 실어 웃었기 때문이었다. 물론 한 사람을 제외하고.

이게 웃겨? 왜? 왜 웃는 거야? 난 포인트를 못 잡겠네? 분명 웃는 이유는 있는 거지?

그런 말들을 배를 잡고 즐거운 척 웃고 있는 제인에게 속삭이는 김은수였다.

제인은 그런 김은수를 못마땅하게 바라보다 2차를 가자는 사람들의 손길을 뿌리치고 택시에 올랐다. 그리고 회승의 집 앞에 내렸다.

〈나 도착했는데. 어디야?〉

메시지를 보내자마자 회승에게서 바로 전화가 걸려 왔다. 좀 늦으니까 어디 들어가 있으라는 말에 제인은 그냥 놀이터로 향했다.

'음…… 장미 냄새.'

가을의 바람이 놀이터를 둘러싸고 있는 들장미 내음을 가득 싣고 왔다. 놀이터에서 회승과 쌓아 올린 추억들이 새록새록 떠올랐다.

그러고 보니, 큰 사건들은 이 놀이터에서 이루어진 것들이 많았다. 사귀자는 말을 하고 서로에 대한 마음을 확인한 곳도 여기였고 헤어지고 나서 회승이 다시 마음을 표현한 곳도 여기였다. 아, 처음 손잡은 장소도 놀이터였다.

기분 좋아.

제인은 놀이터로 오기 전 마트에서 산 쭈쭈바 꼭지를 따고 입에 물었다. 콧노래가 나왔다. 쌀쌀함이 감도는 가을 바람에 술도 좀 깨는 것 같았다.

녹기 전에 빨리 오면 좋을 텐데.

회승 몫으로 산 쭈쭈바를 톡톡 건드린 제인은 밤하늘을 올려다봤다. 많지는 않지만 그래도 제법 별이 반짝이고 있어 무척이나 반가웠다.

날도 좋고, 바람도 좋고, 별도 보고. 또 좋아하는 사람을 기다리고. 아름다운 밤이다.

"많이 기다렸어?"

제인의 고개가 단숨에 회승을 찾아 돌아갔다. 오늘따라 특별히 더, 더, 더 멋있어 보이는 회승이 눈앞으로 걸어왔다.

주려고 집어 든 쭈쭈바는 그냥 손에 쥔 채, 제인은 회승에게 시선과 온정신을 빼앗겨 쳐다만 보고 있었다.

"왜 이래? 또 취한 거야?"

회승은 미간을 좁히고 제인을 살폈다. 옆에 바짝 붙어 앉아 냄새도 킁킁 맡았다.

"너 왜 이렇게 이기적이야?"

제인은 멍하니 말했고, 회승은 갑자기 무슨 소릴 하느냐는 듯 한쪽 눈썹을 치켜세웠다.

"왜? 뭐가?"

"너무 이기적이잖아. 얼굴이……."

"……."

아무런 대꾸 없이 눈을 깜박깜박, 제인의 얼굴만 쳐다보고 있던 회승은 뒤늦게 웃음을 터트렸다.

"와, 너 진짜……. 제대로 꼬시네?"

의도한 건 아니었지만 제인을 보는 회승의 눈빛이 '오늘 또 반함.'이어서 제인은 히죽히죽 웃었다.

"광고 회사 다니더니 창의력이 많이 늘었나 봐?"

"그치? 광고 회사 다니는 게 그렇게 나쁜 것만은 아니라니까. 너무 싫어하지 말라고."

제인의 말에 피식 웃은 회승은 주머니에서 작은 상자를 꺼냈다. 하얀 리본이 달린 네모난 상자는 굳이 뚜껑을 열지 않아도 그 안에 뭐가 들어 있을지 알 것 같았다.

"나 오늘 계약금 받았어."

회승이 상자를 열었다. 디자인은 달랐지만, 누가 봐도 한

쌍이 분명한 두 개의 반지가 나란히 놓여 있었다.

"나 지금 예약하는 거다."

"……어?"

"우리 결혼."

제인은 웃었다.

"너 꼭 나랑 결혼해야 돼. 이거 되게 비싸."

으이그.

제인은 팔꿈치로 회승을 툭 쳤지만, 계속 웃음이 났다. 이니셜이 새겨져 자신과 회승의 손에서 반짝이는 반지는 별보다 아름다웠다.

epilogue 3

알렵봉봉, 알렵여봉봉

"모델은 누가 좋을까?"

캐니아 카메라 섬네일 스케치 회의가 끝나 가자 제인과 같은 팀의 김 부장이 말을 꺼냈다.

"걔 누구지? 요즘 한창 뜨고 있는 그 모델……. 왜, 마스크 좋은 놈 하나 있잖아."

"구회승이요?"

제작 2팀 부장의 말에 신입으로 들어온 미래가 신이 나 대답했다. 신입이라 이런 대답이라도 하고 싶은 마음이었지만, 그것보다는 잘하면 구회승을 실제로 볼 수 있겠구나 하는 기대감이 더 컸다.

"그래, 걔! 몸값 오르기 전에 하나 찍으면 좋을 것 같은데."

"에이, 부장님. 구회승은 벌써 B급 정도는 받죠."

"제인 씨는 어떻게 생각해?"

모델 프로필 파일을 막 뒤지고 있던 제인은 페이지를 넘기다 말고 굳어 버렸다. 제발 구회승만은 아니길 바라고 있던 터라 이 상황이 무척이나 난감했다.

자신을 콕 찍어 그런 질문을 날리는 김 부장이 그렇게 야속할 수가 없다.

회승을 오다 가다 본 적이 있는 회사 사람들은 얼굴을 볼 때마다 잘 지내냐는 둥, 잘난 애인을 둬서 좋겠다는 둥의 말들을 늘어놓아 노이로제에 걸리기 직전이었다.

"구회승보다는 이승후가 더 괜찮지 않아요?"

제인의 입에서 어떤 대답이 나올지 기대하고 있던 사람들은 하나같이 의외라는 반응이었다. 옆에 앉아 있는 김은수는 대놓고 빤히 바라보며 호기심을 드러내 제인을 더욱 짜증스럽게 만들었다.

"왜 그래? 싸웠어? 남자 친구라며? 기회가 있으면 밀어줘야 하는 거 아냐?"

"헤어졌거든요."

일순간 회의실이 싸해졌다. 하지만 웃음 띤 얼굴로 폭탄을 터트린 제인은 정작 무심한 얼굴로 다른 모델들을 제시함으로써 이것저것 묻고 싶어 근진근질한 사람들의 입을 봉쇄해 버리는 데 성공했다.

"저는 제인 선배님이 제시하신 모델들보다 구회승이 더

좋은 것 같은데……. 광고 이미지와 더 잘 맞는 것 같고요."

미래의 말에 딱딱하게 굳어 가던 회의실이 다시 여러 의견들로 시끄러워졌다.

하지만 그로 인해 문제가 생겼는데, 그것은 바로 구회승으로 모델이 정해진 것이었다. 사람들은 제인의 눈치를 보면서도 '공은 공, 사는 사'라는 말로 정리를 해 버렸다.

그 말이 왜 안 나오나 했다.

제인은 비죽 웃었다. 하지만 이쪽에서도 건진 게 있으니, 그건 바로 더 이상 회승에 대한 질문은 하지 않을 거라는 확신이었다. 헤어졌다는 거짓말을 했을 땐 순간 찔리기도 했지만, 아주 만족스러웠다.

"그럼 오늘은 여기까지 하지, 뭐. 다들 수고했어."

"수고하셨습니다. 아, 그리고 저…… 헤어졌다고 소문 좀 내 주세요. 말 안 나오게……. 솔직히 헤어진 지 얼마 안 돼서 제가 좀 힘들거든요."

제인은 회의실을 나가기 전 씁쓸하게 웃는 모습을 보여 주는 걸 잊지 않았다.

"그래, 그래. 걱정하지 마. 어서 가서 일 봐."

"네, 그럼……."

제인은 일부러 어깨를 축 늘어트리며 회의실을 나왔다. 그리고 바로 탕비실로 가 웃는 얼굴로 커피 믹스를 종이컵에 붓는데, 불청객이 등장하는 바람에 얼른 웃음을 지워야 했다.

김은수. 아무튼 타이밍하고는. 좋아하려야 좋아할 수가 없다.

"진짜야?"

"네."

"그래?"

"네!"

제인은 커피를 휘휘 대충 젓고는 길을 막고 있는 김은수에게 비켜 달라는 눈짓을 했다. 무슨 꿍꿍이가 있는지 씩 웃음을 흘린 김은수는 과해 보이는 동작으로 자리를 비켜 주었다.

"분명히 헤어졌다고 했다?"

뭐래?

제인은 뒤통수로 날아오는 김은수의 말을 못 들은 척 무시하고는 룰루랄라 자리로 갔다.

* * *

"선배님, 프랑스 촬영에 안 가신다는 거 사실이에요?"

기획 1팀 앞을 지나가던 미래가 제인을 발견하고는 쪼르르 달려와 물었다.

"나 대신 김은수 씨가 가기로 했어."

"그거, 주 대리 대신 제인 씨가 가는 걸로 위에서 결정 났다."

마침 아침 간부 회의를 끝내고 팀으로 돌아오던 부장이 바삐 말하며 자리로 갔다. 주 대리는 모친상 중이었다. 설마 하긴 했는데, 일이 이렇게 되길 바라지 않던 제인은 한숨을 내쉬었다.

"오늘 오전에 구회승 계약하러 온다더라. 가서 인사라도…… 아, 헤어졌다 그랬지? 그럼 일적으로 가, 일적으로. 어차피 촬영장에서 부딪히고 그래야 할 거 아냐. 요즘 애들은 헤어져도 친구로 지내고 그런다며."

"네."

대답은 그렇게 해도 제작팀 권한인 계약 자리까지 가고 싶진 않았다. 이럴 줄 알았으면 회승에게 미리 귀띔이라도 해 둘 걸 그랬다. 헤어진 걸로 하자고. 촬영장까지 가게 생겼으니 불안하다.

"선배, 차장님 주차장에서 차 대고 있을 테니까 준비해서 나오래."

슬리퍼를 질질 끌며 자리로 돌아온 김은수가 슈트 재킷을 걸치며 제인에게 말했다. 제인은 고개를 끄덕이고 스토리보드를 넣어 둔 가방과 필요한 자료를 분주하게 챙겼다.

가구 광고 건으로 경기도까지 가야 했기에 오전 일찍 출발해야 했고, 외근을 갔다가 오면 회승과는 우연찮게라도 마주치는 일이 없을 것 같아 잘됐다 싶었다.

하지만 그건 오판이었다. 광고주와 늦은 점심을 하고 차장님, 김은수와 따로 커피까지 한잔하고 천천히 회사로 들어오는데, 눈에 익은 밴이 보였다.

오전에 온다더니.

제인은 혹시 몰라 주위를 살피며 엘리베이터로 향했다.

"왜 그래?"

"아무것도 아니에요."

차장에게 어설프게 웃어 보인 제인은 버튼을 누르고 엘리베이터를 기다렸다.

뚜벅, 뚜벅.

발걸음 소리가 유독 크게 들렸다. 정확하고 당당한 걸음걸이였다.

고개를 돌리자 짙은 선글라스를 착용한 회승이 누군가와 함께 한쪽 입꼬리만 씩 올려 웃으며 걸어오고 있었다.

"아이고, 이게 누구야. 구회승 씨! 만나서 반갑습니다."

회승이 선글라스를 벗으며 차장이 내민 손을 잡아 악수했다.

얘는 미리 와 놓고 왜 지금 들어와?

딩동.

엘리베이터 문이 열렸다.

회승과 함께 온 서 실장과 명함을 주고받은 차장이 제일 먼저 엘리베이터에 올랐고, 버튼을 누르고 있다가 마지막으로 엘리베이터에 오른 제인은 구석에 위치하며 제작부가 있는 8층과 기획팀이 있는 9층 버튼을 연달아 눌렀다.

그리고 회승에게 아는 척 말아 달라는 메시지를 막 입력하려는데, 불쑥 회승의 목소리가 흘러나왔다.

"공제인, 안녕."

안 돼!

제인은 떨떠름하게 웃으며 고개를 끄덕였다.

"먼저 아는 척도 안 해 주네?"

"아니, 그게……."

"헤어졌으니까요."

김은수, 저 인간이 드디어 미쳤나 봐.

엘리베이터 안에 있던 사람들의 시선이 모두 김은수에게로 향했다.

"헤어졌다면서요. 그럼 아무래도 불편하죠, 뭐."

모두가 혼란에 빠진 가운데, 중차대한 말을 심드렁하게 내뱉은 김은수의 표정은 참 뻔뻔해 보였다. 제인은 다시 한 번 정강이를 차 주고 싶은 충동을 느꼈다.

"아, 우리 헤어졌구나. 실장님, 걱정 안 하셔도 되겠네요."

회승은 실장에게 해야 할 말까지 제인을 응시한 채 해 버렸다. 제인은 잘못했다는 시선을 보내며 손가락으로 휴대전화를 가리켰다.

그사이 엘리베이터는 8층에서 멈췄고, 실장과 함께 엘리베이터에서 내린 회승은 뒤도 안 돌아보고 걸어갔다. 싸한 기운이 다시 닫히는 문 안으로 들어와 제인을 휘감았다.

"설마 선배가 찬 거야? 구회승 아직 반지 끼고 있던데?

아직 못 잊었나 봐. 올…….”

휘파람까지 부는 김은수를 제인은 죽이겠다는 의지를 보이며 째려보았다.

* * *

보름 후, 제인은 프랑스에 도착해 있었다.

“모델은?”

“도착했답니다!”

“제인 씨, 모델 안내 좀!”

“네!”

에펠탑이 보이는 밤의 센강. 촬영 현장을 알뜰히 살피며 바삐 움직이던 제인은 촬영 감독의 말에 얼른 회승이 타고 있는 밴으로 이동했다.

“촬영 준비 다 됐대요.”

밴 앞에 서 있는 매니저에게 말하자 그가 고개를 끄덕였다.

“회승아.”

“어.”

회승의 대답이 들리자 매니저가 밴의 문을 열었다. 목 베개를 하고 시트에 기대 있던 회승이 눈을 뜨고 밖으로 시선을 돌렸다.

“숏 들어간대.”

"그전에 재 좀 잠깐 들어오라 그래, 형."

매니저가 별말 없이 길을 터 주었다. 제인은 잠시 곤란한 표정을 짓다가 이내 차 안으로 올랐다.

"왜? 우리 헤어진 거 하기로 했잖아?"

"그러니까 뽀뽀 좀 한 번 해 봐. 진하게."

"에에?"

"생각해 보니까 부탁은 네가 한 건데 너무 조건 없이 받아들인 것 같아. 넌 회사 사람들을 속이는 거지만, 난 전 국민을 속이는 일이거든. 이쪽이 더 부담이 크다고."

제인은 기가 막혀 헛웃음이 터졌다. 촬영 때문에 마음이 급해진 터라 뽀뽀 따윈 하고 싶지 않았다. 끝나고 나서라면 몰라도.

"너 메이크업 끝났잖아. 입술 번지면 어떡하려고?"

"그럴 줄 알고 입술은 나중에 바르라고 했어."

"나중에. 지금 다 너 기다려."

제인의 설득에 회승은 콧방귀를 꼈다.

"빨리해. 네가 이럴수록 촬영은 늦어지고 그 피해와 손해는 너희 회사 몫이라고."

아, 진짜…….

제인은 회승의 말이 끝남과 동시에 입술을 갖다 댔다. 맞댄 회승의 입술이 길게 늘어지며 웃는가 싶더니, 곧 여느 때처럼 유려하게 움직이기 시작했다.

"읍. 그, 그……만!"

제인을 놓아준 회승은 혀로 입술 주위를 쓸며 웃었다.

이 음란 마귀. 나이를 먹어도 그대로다.

"이제야 촬영할 맛이 좀 나네. 정리하고 나와, 자기."

씩 웃으며 손수건을 건넨 회승은 윙크를 날리고 밴에서 먼저 내렸다. 제인은 고개를 절레절레 저으며 얼른 거울을 찾아 립스틱이 번진 입술을 닦고 차 문을 열었다.

"이거 발라, 제인 씨."

안면이 있는 코디가 웃는 얼굴로 립스틱을 내밀었다.

"고마워요, 언니."

제인은 어색하게 웃으며 대충 입술에 대고 톡톡 두드린 후, 앞서 걸어가고 있는 회승을 현장으로 안내하기 위해 뛰었다.

"컷!"

감독의 외침 뒤로 박수 소리와 함께 수고하셨다는 말들이 오갔다. 촬영이 예상보다 일찍 끝나자 현장의 분위기는 더 좋았다.

헤어진 여자를 잊기 위해 여행 중인 남자가 카메라에 담긴 애인과의 사진을 보다가 차마 삭제하지 못해 강에 던져 버리려던 순간, 카메라의 로고가 보이고 손을 멈춘 남자는 웃어 버리는 스토리.

눈빛 연기가 중요했는데, 제인이 보기에도 회승은 무척이나 잘해 낸 것 같았다.

"제인 씨, 물!"

윽, 또 시작이다. 제인은 얼른 회승에게로 생수병을 가지고 갔다.

"이러지 않기로 했잖아."

회승에게 생수병을 내밀며 제인은 아주 작은 소리로 윽박질렀다. 촬영 중간에도 구회승은 '땀나네? 제인아, 휴지!' 혹은 '공제인, 물!' 이라는 말로 코디가 할 잔심부름을 콕 찍어 제인의 이름을 부르며 시켰었다.

늦가을의 문턱에서 땀이 날 리는 없었다. 갈증도 그렇게 나지 않았을 테고. 아무튼 그 덕에 회사 사람들은 헤어진 게 맞느냐는 소리를 다시 해 대기 시작했다.

"심부름? 이러지 않기로 한 건 아니지. 헤어진 척하겠다고 한 건 맞지만."

못 산다, 정말.

"배고프다. 뒤풀이 몇 시?"

"두 시간 뒤. 호텔 가서 좀 쉬고 있어. 근데 뭘 그렇게 봐?"

물을 마시는 회승의 시선을 따라 제인이 고개를 돌렸다. 김은수가 감독과 얘기를 나누는 것 외에는 특별한 게 없자 제인은 다시 시선을 돌렸다.

"그럼 이따 봐."

정리를 하기 위해 자리를 뜨려는 제인의 손을 회승이 잡았다. 그리곤 다른 사람이 볼 수 없는 각도로 가져갔다.

"1004호. 스케줄 핑계로 일찍 자리 뜰 거니까 눈치껏 빠져

나와.”

“못 말려, 진짜.”

“싫은 표정은 아닌데?”

“해외잖아.”

제인의 대답에 회승은 야릇한 웃음을 흘렸다.

“알럽봉봉.”

손을 놔주는 대신 회승이 제인에게만 들리게 작게 속삭였다.

“알럽여봉봉.”

뒤돌아서던 제인 역시 달콤하게 속삭였다.

— *The End*

작가 후기

서른 살의 N소설.

본격적으로 글을 써야겠다고 마음먹은 순간, 언젠가 꼭 한번은 학창 시절에 푹 빠져 읽던 N소설을 써야지 하고 생각했습니다. 그때가 20대 후반이었고, 지금은 서른의 문턱을 넘었습니다. '언젠가'가 아니라 지금이 아니라면, N소설은 영영 못 쓸 것 같은 예감이 들었죠. 세대 차이라는 걸 걱정했고, 아이들의 나이와 한 살이라도 가까운 지금이 적격일 것 같았습니다.

다행히 러브썸의 시작은 제 머릿속을 가득 메운 장면들로 쉽게 채워졌습니다. 글의 중반까지도 문제가 없었죠. 하지만 문득 내가 이 아이들의 마음과 생각을 잘 표현하고 있는지 의문이 들었습니다. 예전의 글들처럼 좋은 반응을 얻어 낼 수 있을지 확신도 들지 않았고요.

여전히 재밌게 쓴 글이기는 하지만, 처음엔 N소설의 옷을 입힐 생각이었던 러브썸은 로맨스의 옷으로 갈아입고 나오게 됐기에 독자 분들의 관심을 받을 수 있을지, 출판사에 피해를 주는 것은 아닐지 하는 걱정이 많았습니다. 그래서 이번 글은 유독 수정이 많았습니다. 새로 쓴 에피소드도 많았고요.

굳이 아쉬움을 찾아보라면 요즘 아이들의 모습을 날것 그대로 생생하게 전하지 못했다는 것인데, 욕설과 은어. 그리고 속어들을 많이 걸러 내야 했습니다. 그러다 보니 캐릭터의 선명함과 밝고 경쾌한 느낌이 무뎌진 건 아닌가 싶은 마음이 있었습니다.

아마 연재 당시 함께해 주신 독자 분들과 편집자님들의 조언이 없었다면 전 아마 지금도 방황하고 있을지도 모르겠습니다. 당부와 염려로 욕설과 은어. 그리고 속어들을 많이 걸러 내긴 했지만, 혹시 불쾌감을 느끼신 분들이 계신다면 넓은 아량으로 이해해 주시길 부탁드립니다.

아이들의 생생한 모습을 쓰고 싶었고, 요즘 우리 아이들이 욕을 많이 한다고 하지만 그 아이 자체가 나쁘다는 생각은 하지 않았습니다. 그 연령대에 할 수 있는 일들이 있듯이 언어도 그 부분의 일부라 생각했습니다. 철이 들고 성인이 되면, 우리가 그랬듯 자연히 장소와 상황에 맞는 언어를 구사하겠죠?

처음이자 마지막 학원물이 될 러브썸이 엄마와 딸이 같이 읽을 수 있는 책이었으면 좋겠습니다. 그리고 적어도 자녀분들이 성인이 되었을 때는 이 세상에 러브썸 3부도 나오길 바라봅니다.

마지막으로, 꼼꼼히 제 글을 살펴 주셔서 절 행복한 괴로움에 허덕이게 했던 편집자님들, 예쁜 표지 만들어 주신 디자이너 분, 출판사 관계자 분들. 그리고 어려운 이때에 무려 두 권의 글을 흔쾌히 사 주신 분들께 감사의 인사를 전합니다. 새해 복 많이 받으시고, 멋진 인생을 꿈꾸시고 멋있게 이루시길 기원합니다.

2014년의 마지막 날, 이지은 배상